Jacques Berndorf
Der Bär

Vom Autor bisher erschienene Bücher bei KBV:

»Mords-Eifel«
»Der letzte Agent«
»Requiem für einen Henker«

Jacques Berndorf ist das Pseudonym des 1936 in Duisburg geborenen Journalisten Michael Preute. Nachdem er für *Stern, Spiegel, Time-Life* und *Paris Match* lange Jahre alle Krisenherde der Welt bereist hat, ist er nun sesshaft geworden. Er lebt und arbeitet in der Eifel und hat sich mit seinen »Eifel-Krimis« um den Ermittler Siggi Baumeister zum meistgelesenen deutschsprachigen Krimiautor entwickelt. Siggi Baumeister erblickte 1989 in »Eifel-Blues« das Licht der Welt und ermittelt im Grafit-Verlag nun schon seit elf Büchern. Zwischendurch hat der Eifeldetektiv einige wenige Abenteuer bei anderen Verlagen erlebt, und diese längst vergriffenen Titel werden nun endlich beim KBV der großen Siggi-Baumeister-Fangemeinde zugänglich gemacht.

Im Jahr 2004 stellte Jacques Berndorf unter dem Titel »Mords-Eifel« eine Sammlung spannender Kurzkrimis der Eifeler Autorenkollegen zusammen.

Jacques Berndorf

Der Bär

KBV
KRIMI

www.kbv-verlag.de
E-Mail: info@kbv-verlag.de
Telefon: 0 65 93 - 99 86 68
Fax: 0 65 93 - 99 87 01
Umschlagillustration: Ralf Kramp
Satz: Volker Maria Neumann, Köln
Druck: Grenz-Echo AG, Eupen
www.grenzecho.be
Printed in Belgium
ISBN 978-3-940077-02-8

1. Kapitel

Morgens um sieben war die Welt noch in Ordnung, die Sonne schien, mein Teich lag zur Hälfte in gleißendem Licht, ein Feuerschwanzlibellenpaar versuchte einen Hochzeitsflug und machte eine Bruchlandung auf einem Seerosenblatt, weil irgendetwas nicht klappte. Ich warf den Fischen eine Handvoll Futter in das Wasser und wartete, dass sie kamen. Sie kamen und wirkten ausgesprochen dümmlich, weil sie immer so aussehen, als habe ihnen jemand einen Kaugummi gegen schlechten Mundgeruch verordnet. Und weil ich gut gelaunt war, fand ich, dass sie aussahen wie eine Meute hungriger Menschen, die bei McDonald's auf den argentinischen Einheitsbrei warten.

Satchmo sprang durch die Zaunlücke von der Kirche hinauf, hielt eine beachtlich große Maus im Maul und brüllte trotzdem seinen Triumph hinaus. Er kam an den Teichrand, setzte die Maus wie ein Spielzeug sorgfältig ab und ließ sie laufen. Die Maus sauste im Geschwindschritt die Schräge in den Garten hinunter und war im Gras verschwunden. Satchmo schien das nicht im Geringsten zu interessieren, bis er sich kurz straffte und die zwei Meter im Flug erledigte. Dann hielt er die Maus im Maul und jaulte, als habe er den Gral gefunden. Das würde eine Weile so weitergehen, aber fressen würde er sie nicht. Das war absolut unter seiner Würde.

Unter dem Basaltbrocken am Moorbeet hatten sich wie üblich etwa fünfzig kleine Frösche versammelt, die nicht größer waren als der Nagel meines kleinen Fingers. Als die Sonne sie traf, bewegten sie sich unruhig. Ich wusste nichts über ihre Nacht und ihren Tag, ich wusste nur, dass sie wachsen und dann verschwunden sein würden, um irgendwann wieder aufzutauchen und ihre Eier in meinen Teich zu legen. Vielleicht würden ein oder zwei die Reise überleben, Glück haben. Das Gartenrotschwänzchen kam, tschilpte laut, nahm schnell von einem Stein aus Wasser auf und verschwand wieder. Schwalben und Mauersegler huschten durch die Luft und jagten Futter für ihre unersättliche Brut. Es war ein Eifelmorgen, er war still und voller Leben, und nur selten kam ein Auto vorbei.

Dann schrillte das Telefon, und ich ging nicht sonderlich schnell an den Apparat. Es war Dr. Michael Winter aus Koblenz, und er war aufgeregt.

»Wir suchen doch nach alten Katastereinträgen an der Ahr. Wir wollen rausfinden, wer die Grundstücke und Häuser der Juden übernahm. Das ist vielleicht ein heißes Ding. Wollen Sie es wissen?«

»Will ich.«

»Tut mir leid, dass ich so früh anrufe. Also, es existieren sechstausend Akten über diesen Vorgang im Bereich des Bundes. Aber die Akten unterliegen angeblich dem Datenschutz, sie werden nicht herausgegeben.«

»Dann müssen wir den krummen Weg nehmen und über einzelne Hausbesitzer gehen, die genau wissen, dass ihr Haus einmal ein jüdisches Haus war.«

Er schwieg einen Augenblick. »Ich habe jedenfalls in ein Wespennest gestochen. Meine Nachfrage war denen richtig peinlich. Sehen wir uns?«

»Wir sehen uns.« Wir machten einen Termin aus. Er war von der nachdenklichen Sorte, er war ein angenehmer Mensch, ein Vollblutjournalist.

Rudi Latten stand in der Tür. »Ich nehme mal deine Mähmaschine auseinander und schärfe das Messer.« Er grinste. »Ich habe sowieso nichts zu tun.«

»Dann mach mal, du Mähmaschinenmesserschärfer.«

Er verschwand hinter dem Haus, und ich lobte das Dorf. Wer hat schon Nachbarn wie diese?

Paulchen rieb sich an meinen Beinen, und ich gab ihm etwas von dem Industriefutter, das er über alles liebte. Huhn und Karnickel in feiner Soße. Willi fehlte, ich hatte Willi überhaupt noch nicht gesehen, und wahrscheinlich hatte er wieder einmal seinen Spezialtrick benutzt. Ich ging also in das Schlafzimmer und fand ihn unter der Decke. Er schlief fest und anscheinend traumlos. Es ist jeden Morgen dasselbe Theater: Er wartet vor der Tür, bis ich schlaftrunken herauskomme, wischt dann in den Raum hinein unter das Bett und sucht sich anschließend genussvoll den wärmsten Platz. Ich nahm ihn, sagte »Guten Morgen« und warf ihn raus. Er war beleidigt und verdrückte sich hüftschwenkend, sein Hintern war reinste Verachtung.

Hermann, der Hans Dampf in all meinen Hausgassen, rumorte auf dem Dachboden herum, ein Radio dudelte »Ich hab dich so lieb«, es war alles in allem ein ganz normaler Start in den Tag.

Nicht so normal war der Anruf Günther Probsts von der *Dauner Burg,* der guttural und bedächtig etwa folgendes Statement abgab: »Also, Sie sollten vielleicht mal kommen. Also, wir könnten ja einen Happen zusammen essen. Frühstück also. Kaffee oder Tee? Na ja, ist ja alles da. Ich hätte nämlich eventuell eine Story für Sie, also eine ziemlich ... na, wie sagt man da? Also eine ziemlich verrückte Geschichte. Ur-Bayern würden das deppert nennen. Also komisch irgendwie. Also ...«

»Ich komme gleich. Das passt mir gut.« Und weil er ein feines Hotel hat, rasierte ich mich.

Ich rollte über den Querverbinder nach Rengen und hatte eines dieser Erlebnisse, die so typisch für die Eifel sind. Da stand rechts am Straßenrand ein Golf mit Warnblinkanlage. Der Fahrer kniete vor dem Fahrzeug im tiefen Gras und beschäftigte sich mit irgendetwas. Ich bremste, stieg aus und ging zu ihm.

Der Mann war etwa fünfzig, trug Arbeitskleidung und kniete vor einem jungen Rehbock. Das Tier litt, hatte einen zerschmetterten rechten Lauf, das Bein war verdreht und das Sprunggelenk unnatürlich angewinkelt. Das Tier stöhnte in einem festen Rhythmus, es klang erbärmlich.

»Ist mir reingesprungen, verdammt noch mal«, sagte der Mann. Es klang wie türkisches Deutsch, es klang hart und bekümmert. »Weißt du, ist mir einfach reingesprungen. Ging zu schnell, ging sehr schnell. Husch, war er raus aus dem Gebüsch und knallt mir auf den Kotflügel. Kannst du sehen, ist Beule. Ich konnte nichts machen.«

»Hast du den Förster angerufen? Oder sonstwen? Hast du ein Handy?«

»Ja, habe ich. Aber habe ich keine Nummer. Handy ist für meine Frau. Die hat Asthma und kann mich anrufen, aber ich rufe nie an.«

»Die Bullen vielleicht, äh, die Polizei?«

»Na ja, aber weiß ich nicht die Nummer. Notruf, oder so. Oh verdammt noch mal!« Er streichelte dem Tier ununterbrochen über den Kopf. »Muss ich in Apotheke, muss ich Medikament holen für Asthma. Oh, Scheiße! Kannst du totmachen?«

»Ich? Bist du verrückt?!«

»Ich kann auch nicht, ich kann so was nicht. Wer kann so was?«

»Vielleicht Förster, vielleicht Polizisten. Ich weiß nicht. Ich telefoniere mal.« Ich ging zu meinem Wagen und rief die Polizei an. Sie sagten, sie würden vorbeikommen.

»Polizei kommt gleich«, murmelte ich.

Er sagte: »Meine Frau ist krank, schlimm krank. Muss ich Asthmamittel holen.«

»Dann fahr doch, ich bleibe hier.«

»Machst du das?«, fragte er.

»Na sicher mache ich das. Du kommst dann wieder hier vorbei, falls die Polizisten dich brauchen.«

»Das ist gut, Mensch«, sagte er und stand auf. Dann fuhr er los.

Jemand in einem lindgrünen Subaru rollte heran und stieg aus. Er trug Grün, was ich unter diesen Umständen für hervorragend hielt.

»Er hat Schmerzen, da ist eine Menge kaputt.«

Der Mann war vielleicht dreißig. »Das haben wir gleich«, sagte er. Er ging zu seinem Wagen und kam mit einem Brecheisen zurück. »Gehen Sie mal weg da«, sagte er.

Ich ging sogar ganz schnell weg, ich kann bei diesen Dingen nicht zuschauen.

Er sagte: »Ist schon erledigt.«

Ich sagte: »Die Polizei kommt gleich.«

»Ich mache das schon«, versicherte er und wischte sich die Hände an der Jeans ab.

Tod am Morgen.

Im Frühstücksraum waren eine Menge Leute, und offensichtlich waren sie alle gut gelaunt. Irgendjemand musste einen Witz erzählt haben, sie lachten alle lauthals. Ich erkundigte mich bei der Bedienung, ob ich mitlachen könnte, und sie flüsterte: »Der Belgier, der am runden Tisch, hat einen Blondinenwitz erzählt. Was sucht eine Blondine am Meeresgrund? Antwort: Leonardo di Caprio.« Sie kicherte, wurde wieder dienstlich. »Herr Probst hat den Tisch da ausgesucht. Er kommt gleich. Kaffee, Tee?«

»Weder noch. Schokolade.«

Dann kam Probst in seiner unnachahmlich geistesabwesenden Art in den Raum gesegelt. Er trug einen seiner leichten, braunen Anzüge, die so aussahen, als habe er vier Wochen drin geschlafen. Seine Anzüge sind aus Seide, sehen aber immer so aus. »Was ist? Lassen wir uns was Fleischiges mit Ei machen?«

»Nichts dergleichen. Ich bin sowieso zu fett.«

Er grinste und setzte sich mir gegenüber. »Was macht das weibliche Geschlecht?«

»Es wächst und gedeiht und hat mit mir nichts am Hut.«

»Wie schön!«, strahlte er. Dann wandte er sich an die Bedienung. »Also, ein paar Würstchen, ein Rührei vielleicht. Nein, nicht für mich, für den Baumeister hier.«

Ich widersprach nicht, ich mag seine Küche.

Nachdem wir eine Weile über das Wetter, die Gesamtwirtschaft, die Regierung in Berlin, den Bundeskanzler, den Arbeitsminister, den Finanzminister und ähnliche unwichtige Dinge geschwätzt hatten, begann er unvermittelt: »Also, da war eine junge Dame hier. Was heißt jung ... also vielleicht so um die dreißig. Schmal, sehr klein, feuerrotes Haar, gefärbt. Eine Schnauze wie ein Maschinengewehr, studierte Historikerin. Die sitzt an einer Doktorarbeit. Über Gerolstein. Also nicht über Gerolstein, wie das heute so ist, sondern über ein Jahr, ein bestimmtes Jahr. 1888.« Er grinste. »Ich sehe, Sie lächeln, aber die hat irgendwie Power. Sie will nämlich einen

Mord beweisen. Also, nicht einen Mord, sondern vielmehr ... also, sie will einen Täter nach hundertelf Jahren fassen und überführen, und ...«

»Lebt der in einem Altenheim?«

Er begann schallend zu lachen. »Nein, nein. Sie behauptet, dass sie ziemlich sicher weiß, wer den Mord begangen hat. Geht so was überhaupt?«

»Das könnte klappen. Immer vorausgesetzt, sie hat die Leiche.«

Er war entzückt: »Die, ausgerechnet die, hat sie nicht.«

»Dann wird es nicht gehen. Auf was hofft sie denn? Ich meine, sie muss doch irgendeinen Ansatzpunkt haben? Wenn schon keine Leiche, dann wenigstens ein schriftliches Zeugnis, dass jemand aufgrund von Gift oder körperlicher Gewalt zur Leiche wurde. Irgend so etwas muss sie doch haben.«

»Sie ist noch mehr oder weniger jung«, bat er um Verständnis. »Sie hat eine Menge krauser Ideen im Kopf, aber auch eine Menge ganz vernünftiger Ansichten. Also, ich will mal sagen: Das, was sie vorhat, ist nicht ohne.«

»Was ist denn, wenn ein altes Gerolsteiner Geschlecht drinhängt?«

»Das habe ich sie auch gefragt«, nickte er. »Aber da hat sie keine Bedenken. Sie sagt, das Geschlecht existiert nicht mehr.«

»Das gibt es nicht«, erklärte ich aufgebracht. »Eifler sind nicht totzukriegen. Irgendeine Linie lebt immer wieder auf, irgendwer fühlt sich immer betroffen. Wie heißt denn die möglicherweise betroffene Sippe?«

Er lachte glucksend. »Schmitz!«

»Ach, du lieber mein Vater. Das könnte gehen, weil man immer behaupten kann: Sie sind nicht gemeint.« Wir schwiegen eine Weile, und ich widmete mich meinen Würstchen.

Zusammen mit dem Kakao war das eine etwas herbe Mischung.

»Tja«, meinte er dann, »eigentlich ist sie nach Gerolstein gekommen, um zu heiraten. Hat sie jedenfalls gesagt.«

»Und wer ist der Glückliche?«

Er grinste wieder. »Ob der so glücklich ist, weiß ich nicht genau. Er war zusammen mit ihr hier und hat in zwei Stunden genau zwei Worte gesagt: Guten Tag. Das war es dann. Und sie sagte: Mein Verlobter trinkt keinen Schnaps.«

»Oh Gott, so was heiratet man doch nicht.« Dann nahm ich den unvermeidlichen Anlauf. »Und was, bitte, habe ich damit zu tun?«

Er lächelte traumverloren in Richtung Fenster. »Ich habe ihr gesagt, sie könnte vielleicht mit Ihnen zusammentreffen. Also, ich habe vielleicht gesagt, nichts versprochen oder so.«

»Habe ich das richtig verstanden, die junge Frau ist aus Gerolstein?«

»Richtig, der Vater sitzt im Sprudel. Irgendein höheres Tier.«

»Und der Name?«

»Schmitz natürlich. Sie heißt Tessa.«

»Ich denke, so heißen nur Pferde.«

»Irgendwie ist sie ein Pferd.« Er sah mich an, weil er natürlich versprochen hatte, dass diese Tessa mich treffen könnte. Er lächelte lieblich.

»Also gut, sie soll kommen. Heute Nachmittag in meinem Garten. Vierzehn Uhr. Und pünktlich.« Dann machte ich mich über den Rest meines Frühstücks her, und wir sprachen Belangloses. Ich erwähnte nur noch: »Sie sollte ihren Verlobten mitbringen. Der Mann interessiert mich.«

»Vielleicht eröffnen wir einen Hilfsfond«, murmelte er auf seine treffliche Weise. »Der Mann ist blond, dürr, trägt eine Nickelbrille und wirkt so hoffnungsfroh wie Boris Jelzin.«

»Ich zahle zehn Mark ein«, versprach ich leichtsinnig. Dann trollte ich mich.

Es war klar, dass ich mir Hilfe holen musste, ehe ich allein diesem Maschinengewehr und dem Verlobten gegenübersitzen würde. Wer hat schon mal mit einer Dame geplaudert, die nach hundertelf Jahren einen Mörder überführen will?

Ich hockte mich also an den Teich und rief Rodenstock an der Mosel an. Er war nicht da, stattdessen erklärte Emma lammfromm: »Rodenstock hier. Und bitte, verkaufen Sie mir nichts.«

»Ich habe aber etwas ganz Besonderes für Sie, gnädige Frau. Ein Unterwäscheset, dass Ihrem hochzuverehrenden Gatten die Augen klingeln werden.«

»Baumeister, du Ekel. Macht nichts, ich liebe dich trotzdem. Hast du dich verliebt?«

»Nein, wieso? Sollte ich? Habe ich da etwas nicht mitgekriegt?!«

»Na ja, ich dachte, wenn du anrufst, ist eine Frau im Spiel.«

»Das ist nicht ganz falsch«, murmelte ich. »Sie ist rothaarig, etwa dreißig, klein und hat eine Schnauze wie eine Kalaschnikow oder so was.«

»Klingt toll. Aber wahrscheinlich ist sie verheiratet oder so.«

»Eher oder so. Sie ist verlobt.«

»Dann schubs ihn weg, Baumeister.«

»Kannst du nicht einmal vernünftig reden? Ich meine, irgendwie mitteleuropäisch gesittet? Musst du unbedingt und immer auf meinen Einsamkeiten herumreiten? Ich meine ...«

»Tut mir leid.« Sie war schnell, sie war betroffen, es war gar nicht mehr spaßig.

»Schon gut. Ich habe eine Frage. Kennst du dich unter Historikern aus?«

»Nicht sehr. Da ist Rodenstock besser. Und der ist beim Zahnarzt. Sie streiten, ob er seine letzten vier Backenzähne opfern soll.«

»Sag ihm, er soll sie opfern. Wir leben in einer Zeit strahlender, schneeweißer Gebisse. Also raus mit dem Schrott, umsatteln auf Weißwandbeißer. Hör zu, diese Frau, die rothaarige, kommt gleich hierher. Sie will eine Doktorarbeit schreiben. Es geht um einen Mord in oder bei Gerolstein im Jahre des Herrn 1888. Sie behauptet, den Mörder zu kennen, hat aber keine Leiche.«

»Das soll vorkommen. Warum nicht? Wenn sie hartes Material hat? Warum eigentlich nicht? Hör sie an, das weitet deinen Horizont. Da fällt mir ein, dass mich morgen eine Verwandte besucht. Etwas jünger als hundertelf Jahre, so runde achtunddreißig. Sie ist Jüdin, heißt Esther, und sie kommt direkt aus Tel Aviv, hat zwei Scheidungen hinter sich, dabei gut abgesahnt, keine Kinder und lebt jetzt sozusagen in Hotels. Falls du also ...«

»Nicht ich, bitte. Lass mich da raus. Sag Rodenstock bitte Bescheid, er soll mich mal anrufen. Vielleicht hat er ja Tipps oder so was.«

»Ich habe einen Kollegen bei der Amsterdamer Kripo. Der ist Historiker, den rufe ich jetzt mal an. Wir melden uns, okay? Und noch etwas, verdammt noch mal: Ich will dich doch nur glücklich sehen, Baumeister. Nichts sonst. Dieses Alleinleben geht dir doch auf den Geist, oder?«

»Ein bisschen«, gab ich zu. »Aber bemüh dich nicht, ich komme schon zurecht.« Da hockte ich in der Sonne und dachte darüber nach, wieso mich so viele nette Leute unter die Haube bringen wollten. Taugte ich als Einzelwesen eigentlich gar nichts? War ich nur gesellschaftsfähig mit irgendeinem weiblichen Menschen an meiner Seite?

Sechs oder sieben der winzigen Frösche machten einen Ausflug in das flache Wasser. Immer schön langsam, immer der Reihe nach und in hübschen kleinen Sprüngen. Dann schwammen sie hintereinander einen kleinen Kreis und hüpften dann über die Moorerde zurück unter ihren Basaltblock. Genug getan für heute, Schluss mit dem Kindergartenausflug.

Hermann kam in den Garten und war weiß wie eine Wand. »Die Platten mussten abgeschliffen werden.« Er hustete.

»Dann nimm den Gartenschlauch, damit geht das Zeug runter.«

»Hat keinen Zweck.« Er schüttelte den Kopf. »Das schmiert dann nur.« Er drehte sich eine Gauloises und rauchte genüsslich. »Ich frage mich natürlich, wie wir die Billardplatte da raufkriegen.«

»Ich bestelle einen Kran.«

Er grinste. »Willst du den Dachstuhl abheben?«

»Warum nicht? Das wäre doch mal was Neues. Ich mache mir Kaffee. Willst du auch einen?«

Er wollte, und wir hockten uns in die Küche und starrten zum Fenster hinaus und schlürften den Kaffee. Dann klingelte das Telefon, diesmal war es Rodenstock: »Hör zu, ich habe mich mal erkundigt. Es ist unter Historikern zur Zeit Usus, sich mit regionalen Themen zu beschäftigen. Die Geschichte der Heimatgemeinde, du verstehst schon, was ich meine. Insofern ist die Dame sicherlich up to date. Und ein Mord als Thema ist nicht von schlechten Eltern, finde ich. Ohne Leiche fehlt einem was, aber vielleicht ist das ja zu kompensieren.

Vielleicht hat sie Quellen ausgegraben, die einem die Schuhe ausziehen. Also, für eine Historikerin muss sie gute Nerven haben. Schließlich will sie in der eigenen Gemeinde recherchieren.« Dann machte er eine Pause und bemerkte unumwunden: »Ich würde gern mitmachen. Emma auch. Sie hat schon wieder diesen Blick.«

»Aber sie soll ihren verdammten Colt zu Hause lassen.«

»Den hat sie nicht mehr. Sie hat ihn abgegeben. Jetzt jammert sie und will einen neuen. Ich habe ihr einen versprochen. Mit ziseliertem Lauf und so.«

»Schreckschuss, kauf eine Schreckschusswaffe. Das reicht für die Frau, das reicht vollkommen. Na schön, kommt her. Und bringt eine Schüssel Eis mit. Für mich Zitrone, viel Zitrone.«

»Ich geh mal wieder«, murmelte Hermann. »Die Schleifmaschine ruft.«

Dann sagte eine weibliche Stimme in der Haustür: »Wollt ihr frische Erdbeeren?«

»Will ich. Siebenhundertvierundvierzig Kilo und sechsunddreißig Gramm.«

»Ich hab nur Körbchen.«

»Das ist aber fein.« Wir wurden handelseinig, ich bezahlte und verstaute die Ware im Eisschrank. Irgendwann würde ich Zeit haben, sie zu zuckern und zu essen. In drei Wochen oder so, jedenfalls vor Einbruch des Winters.

Ich legte mich auf das Bett und las *Alexander* von Gisbert Haefs. Es war richtig schön, den ollen Aristoteles sprechen zu hören, als liege er neben mir.

Sie kamen in schneller Reihenfolge. Erst rauschte Emma mit ihrem Volvo auf den Hof, dann fiel sie mir um den Hals, dann schubste Rodenstock sie beiseite und umarmte mich, und als wir alle drei gleichzeitig irgendeinen Blödsinn von uns gaben, tuckerte ein betuchter Golf Diesel auf meinen Hof, am Steuer ein blonder, dürrer Mensch mit einer Nickelbrille. Er drehte das Fenster herunter und fragte in unsere freundlichen Gesichter: »Könnte es richtig sein, dass ich hier einen Herrn Siggi Baumeister antreffe?«

»Das ist richtig«, nickte Rodenstock freundlich. »Verlassen Sie Ihr Fahrzeug und stellen Sie sich mit erhobenen Händen zur Durchsuchung.«

Der mit der Nickelbrille wusste absolut nicht, was er davon halten sollte. Die Frau neben ihm stieg aus, sie war rothaarig und klein und zierlich und hübsch. Und sie sagte: »Wir sind angekündigt.«

»Kann man so sehen«, nickte Emma. »Wer kocht jetzt Kaffee?«

»Ich. Hockt euch in den Garten, gebt euch die Hände und vertragt euch.« Ich ging in die Küche und setzte eine Kanne Kaffee an. Dann schleppte ich Tassen und all das Notwendige auf einem Tablett hinaus. Paulchen hatte sich bereits auf Emmas Schoß breitgemacht, und Satchmo saß auf der Schulter von Rodenstock. Willi streifte um die Hosenbeine von der Nickelbrille.

»Es ist so, Frau ... wie war der Name?«

»Schmitz. Tessa Schmitz.«

»Also, es ist so, dass wir Freunde von Herrn Baumeister sind. Und Ihr Vorhaben interessiert mich. Nicht ohne Grund, wie Sie gleich hören werden. Meine Frau ist holländische Kriminalrätin. Ich bin Kriminaloberrat a.D. Wir sind aber recht handzahm. Einen hundertelf Jahre alten Mord? Ist das tatsächlich so? Und wie sieht Ihr Material aus?«

Dann herrschte Schweigen, ich drehte mich herum und versuchte, Land zu gewinnen. Es war mir vollkommen klar, was Rodenstock wollte: Er wollte sie kirre machen, kleinkriegen, ehe sie anfing, ihr Genie zu betonen. Ich kriegte noch mit, wie sie munter lossprudelte: »Also, das ist ja irre. Fachleute, richtige Fachleute. Wissen Sie, das ist ein echtes Manko bei dieser meiner Arbeit: Niemand hört richtig zu, und niemand ...« Den Rest verschluckte die Hausecke.

Als ich zurückkehrte, sagte sie gerade: »Und dann kam mir eine Idee. Ich dachte: Du musst einfach fest daran glauben, dass dieser Mord zu beweisen ist. Du darfst dich durch nichts davon abbringen lassen, dass es noch Material gibt, das Licht in diese Sache bringt. Ich sagte mir immer wieder: Tessa, gib nicht auf, ich dachte ...«

»Erst mal Kaffee«, sagte ich rasch und hart. Ich sah, wie Emmas Blick zum Himmel schweifte, wie sie alle Heiligen beschwor, um Gnade flehte.

Ich drückte der Nickelbrille die Kaffeekanne in die Hand und sagte freundlich: »Na los, junger Mann, niemand soll darben.«

Er nahm die Kaffeekanne mit ganz spitzen Fingern, als sei sie eine Kreuzotter. Und dann wusste er nichts damit anzufangen.

»Da drin ist Kaffee«, half Emma süß. »Der muss in die Tassen.«

»Ingbert«, sagte Tessa mahnend. »Du bist gefordert.«

Ingbert beugte sich vor und fragte Rodenstock: »Darf ich einschenken?«

»Aber ja«, murmelte Rodenstock. »Zu freundlich.«

Die Zeremonie dauerte ziemlich lange, aber Ingbert schaffte das alles ohne zu zittern, wofür ich ihn heimlich bewunderte.

»Können wir langsam noch einmal von vorn beginnen?«, fragte ich. »Wann soll denn diese Tat geschehen sein? Ich meine das präzise Datum.«

»An einem Freitag. Es war der 24. August 1888«, antwortete Tessa wie aus der Pistole geschossen.

»Wo genau ist das passiert?«, fragte Emma.

»Es war genau an der Stelle, wo von der Straße zwischen Gerolstein und Daun der alte Weg nach links auf Rockeskyll abging. Geradeaus kam man nach Essingen. Da war ein kleines Wäldchen, ein großes Gebüsch.«

»Uhrzeit?«, fragte Emma sachlich.

»Es muss nachts gewesen sein. Die Uhrzeit habe ich nicht.«

»Wer wurde denn getötet?«, fragte Rodenstock. Er hatte ein Blatt Papier vor sich und einen Kugelschreiber in der Hand. Er machte sich eine Notiz.

»Ein Mann. Seinen Namen habe ich nicht. Alter ungefähr dreißig. Die preußische Gendarmerie in Gerolstein wurde am Morgen über einen Vorfall, bei dem ein Unbekannter sein Leben gelassen haben soll, verständigt. Sie zog mit zwei Gendarmen, einem Arzt und einem Einzelrichter aus. Ich habe alle Namen.«

»Warum soll jemand namens Schmitz den Namenlosen getötet haben?«, hakte Rodenstock nach. Ein paar Dinge hatte ich wohl beim Kaffeeholen verpasst.

»Weil an dieser Stelle auf Rockeskyll zu ein Bauer namens Schmitz ein Kartoffelfeld hatte. Und vier Tage später war Schmitz mitsamt seiner Familie verschwunden. Ausgewandert nach den USA. Mit einem Motorsegler namens *Memphis*, der hundertdreiundvierzig Auswanderer an Bord hatte. Schmitz und seine ganze Familie, Frau und acht Kinder, waren darunter.«

»Warum soll dieser Schmitz, der an der Stelle ein Kartoffelfeld hatte, diesen Mann ermordet haben?«, fragte Emma. Sie rauchte einen dieser widerlich stinkenden holländischen Zigarillos.

»Weil der wahrscheinlich der einzige Mensch weit und breit war, der über Bargeld verfügte«, entgegnete sie rasch und weidete sich an unserer Verblüffung.

»Wieso denn das?«, fragte Rodenstock und machte sich wieder eine Notiz.

»Ich vermute, das war ein Händler. Die zogen mit Körben oder Pfannen und Töpfen, mit Hausrat eben, durch die Gegend.«

»Viel zu schnell«, sagte Emma. »Das geht mir alles viel zu schnell. Sie sagten, dass ein Bauer die Gendarmerie in Gerolstein benachrichtigte. Frühmorgens wahrscheinlich, oder?«

»Das ist korrekt.«

»Daraufhin zogen zwei Gendarmen, ein Richter und ein Arzt aus Gerolstein an den Tatort. Ich nehme an, Sie haben das Protokoll des Tatortes.«

»Das habe ich. Es ist Bestandteil einer alten Akte der Stiftung Preußischer Kulturbesitz in Berlin. Wir waren vor vierzehn Tagen dort, Ingbert und ich.«

»In dem Protokoll muss aber doch stehen, wer das Opfer war, oder zumindest, wer das Opfer denn gewesen sein könnte.« Rodenstock war aus irgendeinem Grunde sauer. Er setzte scharf nach: »Wie kommen Sie zu der Annahme, dass das Opfer ein Händler war?«

»Ganz einfach. Die Beamten fanden am Tatort einen zweirädrigen Karren mit einer Art Plane darüber. So sahen diese Verkaufskarren damals aus.«

»Wer zog den Karren denn?«, fragte ich. »Etwa ein Pferd?«

»Selbstverständlich«, sagte sie leicht säuerlich. Sie war offensichtlich empört, dass wir sie so krass ins Gebet nahmen. »Was soll es denn sonst gewesen sein?«

Rodenstock sah mich lächelnd an, dann zwinkerte er Emma zu. »Nun, damals war ein Pferd immer noch das

Privileg des Adels und der reichen Bürger. Diese wandernden Verkäufer hatten meist einen Esel oder ein Maultier, manchmal einen Ochsen. Die waren genügsamer und entschieden billiger. Wahrscheinlich steht im Protokoll Zugtier oder so etwas, nehme ich an.«

»Das steht da«, nickte sie mit schmalen Lippen.

»Wird bei dem Opfer eine Heimatgemeinde angegeben?«, fragte Rodenstock.

»Nein«, sagte Ingbert ganz ernst. »Und genau das macht mich stutzig.«

»Wieso denn?«, fragte Emma freundlich.

Ingbert sah seine Tessa an, aber die sah gänzlich desinteressiert zu meiner Gartenmauer hinüber. Da schwelte ein Konflikt.

»Es ist so«, sagte Ingbert und wurde zusehends munterer. »Gerolstein lag in den preußischen Landen. Die hatten eine sehr straffe Verwaltung, die waren geradezu berühmt für ihre Beamtenschaft. Nehmen wir an, der Händler war das, wofür Tessa ihn hält: Also ein durchaus seriöser, durch die Eifel ziehender Händler. Dann hätte er zumindest nach damaligem Verwaltungsrecht eine Kennkarte gehabt, einen behördlichen Eintrag, wo er zu Hause ist, wie er heißt, woher er kommt.« Er sah Emma an. »Stimmen Sie mir zu?«

Sie nickte. »Das denke ich auch. Angenommen, er war kein solcher Händler, wer kann er Ihrer Meinung nach gewesen sein?«

»Ein Roma«, sagte Ingbert einfach. »Ein Zigeuner.«

»Unmöglich«, mischte sich Tessa scharf ein, und der Zorn machte sie noch hübscher. »Roma konnten sich in der Eifel noch nie sehen lassen. Sie wurden immer weggejagt.«

»Eben nicht immer«, widersprach ihr Ingbert sanft. »Es gab unter ihnen Leute, die sogar sehr beliebt waren. Sie dienten als Boten zwischen den Gemeinden, sie brachten manchmal Briefe von Haus zu Haus, sie waren sehr verlässlich, und sie konnten viele Geschichten aus anderen Städten und Gemeinden erzählen. Sie waren so etwas wie die fehlende Tageszeitung.«

»Und verfügten diese herumziehenden Zigeuner über Bargeld?«, fragte Rodenstock.

»Selten«, sagte Ingbert sehr sicher. »Und wenn sie welches hatten, zeigten sie es nicht, sondern versteckten es irgendwo. Und es waren in der Regel nie mehr als ein paar meist wertlose Münzen.«

»Somit fiele also auch dieser Landwirt namens Schmitz als Raubmörder aus«, sagte ich.

»Nicht unbedingt, aber sehr wahrscheinlich«, nickte Ingbert.

»Wie ist denn dieser Mann mit dem Karren überhaupt getötet worden?«, fragte Rodenstock.

»Er hatte einen zertrümmerten Schädel«, sagte Ingbert. »Aber das ist nicht das Ausschlaggebende. Das Entscheidende ist für mich, dass dieses Tatortprotokoll nicht den geringsten Hinweis auf eine Besonderheit enthält und schon gar keinen Hinweis auf einen Verdächtigen.« Er lächelte versonnen. »Das ist schon merkwürdig: Da wird nachts zwischen Gerolstein und Daun ein Mann erschlagen. Das wird zur Kenntnis genommen, protokolliert, aber nicht sonderlich merkwürdig gefunden. Die zwei Gendarmen stammten aus Gerolstein, waren Gerolsteiner Jungens. Der Arzt war der Medizinalrat Dr. Xaver Manstein, ein höchst geachteter Gerolsteiner, damals etwa vierzig Jahre alt. Der Richter war Severus Brandscheid, ein gebürtiger Trierer und gleichzeitig ein großer Hobbygeologe, der Fossilien und Steine sammelte und diese Funde in seinem Amtsgericht in Glasvitrinen zeigte. Also höchst ehrbare Leute.

Und die lassen ein Protokoll schreiben, in dem nur steht, dass ein Namenloser von einem Unbekannten so heftig auf den Kopf geschlagen wurde, dass er augenblicklich verstarb. Das ist alles, das ist absolut alles. Der Fall wird an keiner Stelle, in keinem Amt, auch nicht in der Kreisstadt Daun in den folgenden Jahren wieder erwähnt. Auch im Preußischen Zentralregister findet dieser Mord nicht statt, schon gar keine Verfolgung von Tätern. Das Merkwürdigste ist vielleicht, dass dieser Ermordete nirgendwo vermisst wird. Es gibt nirgendwo eine Vermisstenanzeige. Es ist so, als sei der Mann vom Himmel gefallen. Es ist so, als habe diese Tat nicht stattgefunden. Und das ist für das damalige Preußen ein schieres Wunder, für Gerolstein ein vollkommen unglaublicher Vorgang.« Er sah zu seiner Tessa hin, die beleidigt wirkte und ihn keines Blickes würdigte. »Mein Spezialgebiet sind nämlich die preußischen Rheinlande der damaligen Zeit.« Dann sank er in sich zusammen, er hatte seinen Senf dazugegeben, sein Senf wirkte entschieden überzeugender als der Senf seiner Verlobten.

»Wenn ich Sie richtig interpretiere, dann vermuten Sie so etwas wie einen vertuschten Skandal.« Rodenstock sprach ganz leise.

»Richtig«, nickte Ingbert. »Da muss irgendein großes Ding versteckt worden sein. Irgendetwas Bedeutsames. Ehrlich gestanden vermute ich die Einmischung äußerst honoriger Leute, wahrscheinlich waren lokale Politiker verstrickt, möglicherweise Bürgermeister.« Er wuchs wieder zu seiner beachtlichen Länge empor, als habe ihn jemand aufgeblasen. »Um klarzumachen, wie der Unterschied zwischen mir und meiner Verlobten aussieht, möchte ich definieren: Tessa macht es sich zu leicht, einfach den nächstgelegenen Bauern zum Täter zu machen. Das habe ich ihr wiederholt gesagt, das ist unwissenschaftlich.«

»Hah!«, sagte Tessa und starrte in den blauen Eifelhimmel.

»Wir Frauen haben es immer ein bisschen schwerer«, murmelte Emma. »Aber wie Baumeister andeutete, wollen Sie beide heiraten.«

»Das ist richtig«, nickte Tessa. »Das wollen wir. Deshalb sind wir eigentlich hier. Ingbert sollte meine Eltern kennenlernen.«

Ingbert sagte nichts dazu, zeigte ein steinernes Gesicht, und ich dachte bei mir: Tessa-Mädchen, da musst du aber schwer aufpassen, dass Ingbertchen dir nicht von der Schippe springt.

»Wie auch immer«, versuchte Emma die Szene aufzuheitern, »wir sollten vielleicht noch eine Kanne Kaffee machen.«

»Moment, Moment«, murmelte Rodenstock. »Ich hätte gern von Tessa gewusst, wieso sie eigentlich auf den Landwirt Schmitz gekommen ist. Sie muss doch einen Grund haben.«

»Habe ich«, sagte sie erfreut. »Kennen Sie die damaligen Auswanderungswellen?«

Ich wusste genau, dass Rodenstock darüber gelesen hatte, aber er schüttelte den Kopf. »Keine Ahnung. Klären Sie mich auf.«

»Wir haben um 1890 generell im Gebiet Gerolstein hundertsiebenundvierzig Auswanderer. Gemeint sind in der Regel ganze Familien, also liegt die wirkliche Zahl etwa sechs- bis siebenmal so hoch. Die Familien hatten nicht selten zehn Kinder und mehr. Das Land war arm, die Landwirtschaft legte sich selbst durch ein unsinniges Erbrecht lahm, die Böden gaben nicht viel her. In der Regel wird immer gesagt: Die Eifel war bitterarm, also wanderten die Leute aus. Aber so einfach war das nicht. Es gab ungezählte Familien, die dem preußischen Staat ganz einfach Steuern schuldeten. Sie konnten nur auswandern, wenn sie den Regierungsstellen zusammen mit einem Antrag auf Auswanderung das Geld vorweisen konnten, mit dem sie die Überfahrt bezahlen wollten.« Sie machte eine gekonnte Pause, sie setzte ein Zeichen. »Auch wenn es hier um eine historische Doktorarbeit geht, muss ich den Mut zu viel Fantasie aufbringen. Der August des Jahres 1888 war ein heißer Monat. Die Klimaaufzeichnungen sind zwar nicht komplett, aber komplett genug, um das sagen zu können. Der Mann, das spätere Opfer, macht sich von Gerolstein aus auf den Weg nach Daun. An der Einmündung des Weges nach Rockeskyll macht der Mann halt. Wahrscheinlich zündet er sich ein Feuer an, wahrscheinlich isst er irgendetwas. Die Nacht bricht herein. Nach den Unterlagen des Katasteramtes Gerolstein lag das Haus des Landwirtes Schmitz leicht erhöht auf dem Hang nach Rockeskyll in ungefähr dreihundert Metern Entfernung. Das heißt: Der Landwirt Schmitz konnte von seinem Haus aus das Feuer sehen, das das spätere Opfer entfacht hatte.« Sie machte wieder eine Pause, sie schürzte die Lippen, sie strich sich eine Haarsträhne aus dem Gesicht, sie scheuchte mit einer schnellen Handbewegung eine Fliege weg.

»Wir kommen jetzt also zu diesem Landwirt Schmitz, mit Vornamen Berthold. Sein Los war unbeschreiblich ärmlich, aber das war zu den damaligen Zeiten in der Eifel leider normal. Zusammen mit seiner Frau, die Susanna hieß, hatte er acht Kinder. Dazu kam noch ein Onkel, der im gleichen Haus lebte, ein gewisser Sebastian Tombers. Sie waren also elf Leute in dem Haus. Sie hatten viel zu wenig Land, um diese elf Menschen zu ernähren. Das hatte zu einer sozialen Verelendung geführt. Berthold Schmitz war vorbestraft. Und zwar wegen Waldfrevel. Auf gut deutsch hat er also Holz gestohlen, um es im Winter etwas warm zu haben. Er hatte von einem privaten Geldvermittler ein Darlehen aufgenommen. Mit diesem Geld hat er den Nachweis erbracht, dass er die Überfahrt nach Amerika bezahlen konnte und ...«

»Augenblick mal«, unterbrach ich scharf. »Woher, zum Teufel, wissen Sie von diesem privaten Kredit?«

»Aus einem Kirchenbuch von Michelbach. Dort hat nämlich der Pfarrer die privaten Kredite dieses Geldvermittlers untersucht und zur Anzeige gebracht. Dabei wurde ausdrücklich erwähnt, dass Berthold Schmitz aus Rockeskyll einen Kredit bekommen hatte.«

»Sehr gut, weiter.«

»Die Familie Schmitz war so heruntergekommen, dass sie nur drei Äcker zu bearbeiten hatte, da war kein Hoffnungsschimmer in Sicht. Die Äcker hatten sie zwar verkauft, aber der Ertrag war geradezu lächerlich. Nehmen wir einmal die einfachste Sichtweise an, versetzen wir uns in diese Nacht. Berthold Schmitz sieht das Feuer dieses Händlers. Er geht dorthin, er sieht den Karren und hat nur eine Idee: Dieser Mann muss Geld bei sich haben.« Sie seufzte. »So ist es dann passiert.«

»Wie ist es dann passiert?«, fragte ich. Ingbert hatte recht, sie war zu schnell, zu leichtfertig. »Sie müssen doch eine Vorstellung davon haben, was sich zwischen den beiden Männern zutrug.«

»Muss ich nicht«, antwortete sie schroff. »Mir reicht, dass der unbekannte Händler mit zertrümmertem Schädel zurückblieb.«

Eine Weile herrschte Schweigen, Ingbert breitete leicht die Arme aus, als wolle er Tessa korrigieren. Aber er sagte nichts.

»Haben Sie eine Vorstellung davon, wie viele Bauerngehöfte an diesem Weg lagen?«

Tessa nickte. »Wir haben eine alte Karte ausgegraben. Der Händler kam von Gerolstein. Nehmen wir das einmal an. An diesem zurückgelegten Weg lag zweitausend Meter entfernt ein Gehöft. Die Leute konnten das Feuer des Händlers nicht sehen. Und auch das Gehöft des Berthold Schmitz war für sie nicht sichtbar. In Richtung Daun lag dann noch in etwa eintausend Metern Entfernung das Haus eines Schuhmachers. Auch der konnte wegen der Windungen der Straße weder das Feuer des Händlers sehen noch den Hof von Berthold Schmitz.«

»Wenn ich Sie also richtig verstehe«, murmelte Rodenstock und schrieb etwas auf, »dann konnte sich Berthold Schmitz vollkommen unbeobachtet fühlen. Richtig?«

»Korrekt. Niemand konnte ihn sehen.«

Plötzlich verstand ich, auf was Rodenstock hinauswollte. Ich verzögerte noch einmal. »Ich hätte trotzdem gern gewusst, wie Sie sich den Streit zwischen beiden Männern vorstellen.«

Tessa sah zur Kirche hinüber. »Ich weiß nicht, ob Berthold Schmitz von Beginn an einen Plan hatte. Vielleicht ist er zunächst nur an das Feuer des Mannes gegangen, weil er neugierig war, nichts sonst. Vielleicht ergab sich zunächst ein Gespräch. Vielleicht ging aus dem Gespräch hervor, dass der Händler gute Geschäfte gemacht hatte. Vielleicht fasste Berthold Schmitz erst dann den Entschluss, den Mann auszurauben. Das werden wir niemals erfahren. Es kam zum Streit, es kam zu der Tötung.«

»Was denken Sie?«, fragte Emma Ingbert.

»Das ist gut überlegt und sehr strikt«, sagte Ingbert. »In diesem Punkt stimme ich mit Tessa überein. Es kann durchaus so gewesen sein.«

»Bleiben wir dabei, dass es so gewesen sein kann. Ein paar Tage später bricht Berthold Schmitz mit seiner Familie nach

Amsterdam auf, um das Schiff zu erreichen. Er hat den Händler erschlagen, er hat das Geld. Ich nehme an, dass er vermeiden wollte, ohne einen Pfennig in der Tasche in den USA anzukommen. Sehe ich das richtig?«

Ingbert nickte schnell. »Von der Motivation her kann ich zustimmen, vom weiteren Verlauf aber nicht. Wir wissen, dass die Familie in die Nähe von Chicago ging – wie übrigens viele Familien aus der Eifel. Ein Jahr später schrieb Berthold einen erschütternden Brief an den Pfarrer von Gerolstein.

Seine Frau war gestorben, er litt höchste wirtschaftliche Not. Dann kam keine Nachricht mehr. Falls er den Händler ausgeraubt hat, wird der vielleicht ein paar Münzen besessen haben. Mehr kann es nicht gewesen sein, denn dem Berthold Schmitz hat es nicht geholfen. Einer seiner Söhne übrigens ist um 1910 in die Eifel zurückgekehrt, aber nicht nach Gerolstein, sondern nach Hillesheim. Er hat glaubhaft berichtet, die Familie sei ohne einen Pfennig in die USA gekommen. Und die Familie sei dort zunächst vollkommen verarmt und habe von katholischen deutschen Gemeinden ernährt werden müssen. Das änderte sich erst, als der Vater mitsamt der Familie nach Süden wanderte und dort eine andere Frau heiratete.«

Rodenstock wandte sich sehr väterlich an Tessa. »Ich habe Bedenken, dass Berthold Schmitz der Täter gewesen ist. Wissen Sie warum? Nun, er war ein Bauer, ein sehr erdhafter Mensch und sicherlich sehr praktisch veranlagt. Wenn er ungesehen den Händler erschlagen hätte, lag nichts näher, als den Händler zu beseitigen, einzugraben oder so. Nichts lag näher, als den Tatort vollkommen zu verändern, den Karren und das Zugtier zu stehlen, und beide in den nächsten Tagen billig zu verkaufen. Die einfachste Art, noch vor der Abreise schnell zu Geld zu kommen.« Er lächelte.

»Leuchtet Ihnen das ein?« Er verstärkte das Lächeln. »Sie können an Ihrer Version festhalten, aber Sie werden begreifen müssen, dass sie zu viele Fehler hat, zu viele Lücken.«

»Und wie könnte es abgelaufen sein?«, fragte Tessa etwas verbissen.

Rodenstock sah Emma an, und sie zögerte nicht. »Nun, wir haben zwei rätselhafte Punkte. Erstens: Wer war der Tote? Und zweitens: Weshalb wurde er erschlagen? Das mit dem möglichen Geld bei dem Händler leuchtet mir nicht ein. Nehmen wir an, der Händler hatte wirklich Geld. Nehmen wir an, er war ein Mann, der gewohnt war, in seinem Karren zu übernachten. Dann wird er das Geld so versteckt haben, dass niemand es auf Anhieb finden konnte. Einverstanden? Ich würde sogar auf einen Mann tippen, der eben nicht ein seriöser Händler war. Nicht unbedingt ein Krimineller, aber jemand, den man verscharren konnte, ohne dass ihn jemand vermissen würde. Ich schlage vor, an einem anderen Punkt zu beginnen. Bei der Frage nämlich, wieso dieser Fall keine Fortsetzung hatte, wieso nicht nach Verdächtigen gefahndet wurde, wieso der Fall geschah, aber nichts folgte. Warum?«

»Es gibt weder Primär- noch Sekundärquellen«, sagte Ingbert tapfer. »Es gibt im Grunde gar nichts. Und es ist einhundertelf Jahre her.«

Emma lächelte. »Das glaube ich nicht. Es gibt immer Quellen. Und dann gebe ich noch zu bedenken: Was, wenn der Händler gar nicht aus Gerolstein, sondern aus Daun kam? Was ist, wenn er aus Rockeskyll kam? Was ist, wenn er nirgendwoher kam? Ich will damit sagen, dass er möglicherweise an dieser Stelle für ein paar Tage so etwas wie ein festes Lager hatte. Weil er zum Beispiel damit rechnete, dass Leute mit Geld des Weges kamen. Ich stimme meinem Mann zu: Wenn der Bauer Schmitz ihn tötete, hätte er die Leiche verschwinden lassen. Den Karren und das Zugtier auch. Die waren nämlich Bargeld, das er nach Ihrer Theorie dringend brauchte.« Sie lächelte versonnen. »Das scheint so, als mache es alle Ihre Voraussetzungen kaputt, aber das ist nicht so. Rodenstock, sag was!«

Rodenstock grinste und schnarrte: »Jawoll!« Dann drehte er sich zu Tessa. »Ich hoffe, der Berufskriminalist darf etwas bemerken. Angenommen, Sie würden mir den Fall vortragen, so würde ich nach kurzem Nachdenken nur an einer Stelle zu graben beginnen. Es ist die Stelle, die Sie selbst bereits erwähnt haben. Wir haben es mit preußischen Beamten zu tun, die damals tatsächlich so etwas wie den Status des Göttlichen innehatten.« Er grinste voller Ironie. »Es muss einen Grund geben, weshalb der Fall zu den Akten gelegt wurde, still und schweigsam. Und genau an dieser Stelle müssen Sie ansetzen! Und insofern ist es wirklich eine Gerolsteiner Geschichte: Denn der Arzt, der Richter und die Gendarmen kamen aus Gerolstein. Einverstanden?«

»Einverstanden«, nickte Tessa. Sie hatte in diesen Sekunden sehr nah am Wasser gebaut, und Emma murmelte beschwichtigend: »Ach, Kindchen!«

Und weil das gar nicht hilfreich war, weinte Tessa einen Moment, und der schweigsame Ingbert sah ihr dabei interessiert zu, als habe sie einen Anfall sonderbaren Hustens.

»Ich habe noch Erdbeeren«, sagte ich in die Stille.

Niemand wollte Erdbeeren, stattdessen schrillte irgendein Handy. Jeder griff sich in irgendeine Tasche, weil niemand wusste, wo es schrillte. Es war die übliche Idiotie.

Emma war gemeint. Sie lauschte einen Augenblick, sagte dann ganz erschreckt: »Oh Gott, Kindchen!« und lauschte wieder. Schließlich steckte sie das Teufelsding zurück in ihre Handtasche und bemerkte zu Rodenstock: »Sie kommt nicht morgen, sie kommt heute, und sie steht vor der Tür und hat fast einen Weinkrampf. Könntest du vielleicht einmal kurz ...«

»Ich fahre eben kurz an die Mosel«, murmelte er.

»Du bist lieb«, sagte sie.

»Das weiß ich«, murmelte er.

»Tja, dann gehen wir mal«, sagte Tessa.

»Tja, das scheint gut«, nickte Ingbert sachlich.

»Wir sehen uns«, versicherte ich dümmlich, weil mir nichts anderes einfiel.

»Ich lasse Ihnen meine Telefonnummer hier.« Sie schien sich beruhigt zu haben. »Und ich danke auch schön für die Hilfe.«

Als sie fuhren, war Rodenstock längst vom Hof, und Emma stand malerisch in der Gegend rum und winkte ihnen nach. »Der wird sie nicht heiraten«, murmelte sie gedankenvoll. »Der wird wahrscheinlich niemanden jemals heiraten.«

»Aber warum will sie, dass er sie heiratet?«

»Sie hat sich das so ausgeguckt, und also will sie es so. Du verstehst Frauen eben nicht, mein Lieber. Wir können so unendlich dämlich sein.«

»Und was hälst du von dem Fall?«

Sie sah mich an. »Wir werden ihn lösen, was denn sonst?«

»Weil ich eigentlich keine Zeit habe«, sagte ich.

»Die habe ich auch nicht«, erwiderte sie. »Trotzdem werden wir das Ding lösen und irgendwie weiterleben.«

»Zu Befehl!«

»Kann ich eines deiner Sofas haben? Ich bin eine alte Frau. Ich habs im Kreuz und in den Beinen und überall. Tessa ist richtig hübsch und richtig süß, aber heiraten wird er sie nicht. Oder später, nach der Pensionierung. Sie ist nämlich auch ein Teufel. Wäre das nichts für dich? Ich meine, zum Spielen, oder so.« Sie schlug sich auf den Schenkel. »Verdammte Tat, ich vergesse immer, dass du die Nase voll hast. Gehen wir rein? Ich fürchte um meinen edel-blassen Teint.« Sie sah aus wie jemand nach acht Wochen Gomera. »Und ich hasse mich, dass ich Rodenstock losgeschickt habe.«

»Warum bist du nicht selbst gefahren?«

»Weil ich ein faules Stück bin. Und weil er sowieso gesagt hätte: Ich mach das schon. Aber du hast recht, ich nutze ihn schamlos aus. Zu dem Fall: Siehst du eine Möglichkeit, weiterzukommen?«

»Ja, wir werden uns darauf konzentrieren müssen, Kirchenbücher und so etwas zu lesen. Es gab Pfarrer in Lissendorf, Michelbach, Rockeskyll und Gerolstein, die aufgeschrieben haben, was los war. Vielleicht finden wir Hinweise.«

Wir schlenderten ins Haus. Paul lag auf dem Küchentisch und schlief fest. Strategisch ist der Punkt ideal: Er kann alles überwachen, die Küche, den Flur, den Hof. Das Einzige, was stört, sind gelegentlich Katzenhaare in der Butter. Aber wozu hat der Mensch Augen?

Hermann kam hochkonzentriert herein und murmelte: »Also, es geht mit einer Mischung aus Terpentin und Leinöl.«

»Was geht?«, fragte ich.

»Ach so, ja. Die Balken müssen eingeölt werden. Das gibt dem Holz einen edlen Schimmer, würde ich sagen.« Er goss sich einen Becher Kaffee ein und verschwand wieder.

»Der hat mich gar nicht gesehen«, murmelte Emma verblüfft. »Ist der immer so?«

»Wenn er arbeitet, arbeitet er. Wenn er den Papst auf dem Dachboden entdeckt, würde er auch nur sagen: Rutsch mal zur Seite, Kumpel, ich habe zu tun. Wie geht es Rodenstock eigentlich?«

»Gut«, sagte sie zufrieden. »Gut bis sehr gut. Er will ein Buch machen, ein Fachbuch. *Alle meine Tatorte* – irgendetwas in dieser Richtung. Das kann gut werden, falls er es wirklich angeht. Und falls die vorgesetzte Behörde zustimmt und die Akten rausgibt. Soll ich uns etwas in die Pfanne hauen? Spiegeleier?«

»Spiegeleier!« stimmte ich zu. »Bratkartoffeln, wenn ich die Kartoffeln schäle? Nachmittags Bratkartoffeln stimmen mich immer froh. Diese Tessa imponiert mir. Sie geht einen extremen Fall an.«

»Und sie wird noch viel weinen und lachen und jubeln – und wieder weinen. Ich möchte wissen, was ihr Vater dazu sagt. Zwiebeln in die Bratkartoffeln? Oder Schinkenspeck?«

»Dann müssten wir erst eine Sau jagen gehen.«

»Dein Eisschrank sieht aus wie nach einem Durchzug von Napoleons Armee. Du müsstest mal wieder was auffüllen. Hier gehört eine Frau ins Haus.«

»Du kannst die Scheiß-Kuppelei auch nicht lassen.«

Sie grinste wie ein Junge. »Ich liebe dich eben, Baumeister. Du bist so richtig schön naiv. Da wittert jede Frau die große Aufgabe. Koch mal noch einen Kaffee, sonst schlafe ich im Stehen ein. Meine Mutter sagte immer: Bevor du zu kochen anfängst, solltest du einen Kaffee trinken. Das schärft den Geschmackssinn.«

»Wo hat deine Mutter gelebt? Was war sie?«

»Sie war eine Hausfrau, und sie war eigentlich eine gute Mutter. Und sie starb in Auschwitz.«

»Das wusste ich nicht. Hast du eine klare Erinnerung an sie?«

»Nicht sehr klar. Als sie sie holten, war ich fast noch ein Baby. Und es gelang ihr irgendwie, mich im Keller zurückzulassen. In einer alten Zinkwanne. Ich wurde von einer Nachbarin gefunden, die offiziell behauptete, ich sei ihr Kind. Schäl nicht so viele Kartoffeln. Das reicht.«

Eine Weile herrschte Schweigen. Dann sprachen wir über Belanglosigkeiten und hockten uns an den Tisch, um zu essen. Wir tranken Kaffee und konnten nicht weitersprechen, weil Werner einen Vierzigtonner rückwärts in den Hof setzte und dann brüllte: »Die Steine! Die Steine!« Wenn Werner brüllt, ist Sendepause für alles, was lebt.

»Kipp sie gegen die Wand«, sagte ich.

Er hatte ein teuflisches Lachen im Gesicht. »Dir ist doch klar, dass dein sonniger Lenz jetzt zu Ende ist. Jetzt musst du arbeiten, sonst kann kein Mensch mehr auf deinem Hof parken.«

»Sklaventreiber.«

Es gab einen Krach, als hätte jemand vor, mein Haus abzureißen. Die Grauwacke knallte auf das alte Pflaster, und ein paar Brocken kullerten natürlich in Richtung Haustür. Ich nahm Arbeitshandschuhe und schleppte sie auf den Haufen. »Für die Teichumrandung«, erklärte ich. »Die Steine haben in der Diagonalen alle um die vierzig bis fünfzig Zentimeter. Das interessiert keinen Menschen, aber es ist wichtig für meine kleine Welt. Und es macht Spaß. Glaubst du, dass der Tote ein Händler war?«

Sie schüttelte den Kopf. »Glaube ich nicht. Er war irgendetwas anderes, vielleicht war er ein besonderer Mann. Aber anscheinend gibt es nicht einmal ein Grab. In dem Jahr nahm diese Wasserfabrik ihre Produktion auf, nicht wahr?«

»Ja, der Gerolsteiner Brunnen legte los. Ein Mensch namens Castendyck gründete ihn – und niemand ahnte, was daraus werden sollte.«

»Vielleicht hängt der Mord damit zusammen?«

»Das könnte sein«, nickte ich. »Das könnte sogar gut sein. Es war sozusagen der Beginn der Industrialisierung Gerolsteins.«

»Aber sie hätten, wenn es ein Gerolsteiner gewesen wäre, die Leiche nicht so einfach verscharren können«, überlegte sie.

»Moment, junge Frau. Wir wissen nicht, was mit der Leiche passierte, wir wissen gar nichts. Kann es nicht sein, dass er als ehrenhafter Bürger unter Anteilnahme des Männerchores zu Grabe getragen wurde? Nach einem – was weiß ich – Herzanfall, Schlaganfall, Herztod?«

»Das wäre hilfreich, denn dann müsste es in den Akten zu finden sein.«

»Also brauchen wir die Abteilung Tod und Geburten. Und wir brauchen die Liste der Beerdigungen, die nach diesem Datum verzeichnet wurden.« Wir hockten uns in den Garten, Emma wechselte dann auf eine Liege und schloss die Augen. »Ich werde etwas ruhen, sagte meine Mutter immer. Eine Minute später schnarchte sie wie ein Walross, und wir Kinder mussten auf Zehenspitzen gehen. Jedenfalls erzählte solche Sachen immer meine ältere Schwester.«

»Und wie hat die überlebt?«

»Auf einem alten Kutter im Rotterdamer Hafen. In einem Raum, der nicht größer war als anderthalb Quadratmeter. Sie hat nie erfahren, wie sie dorthin gekommen ist. Es war einfach so, basta.«

Eine halbe Stunde später rollte Rodenstock auf den Hof. Eine Weile war nichts zu hören, dann erschien eine Figur wie aus einem Kitschfilm. Die Frau war mittelgroß, trug irgendetwas Seidenartiges, Knallrotes. Sie hatte lange schwarze Haare, die zu einem Turban aufgetürmt waren. Und sie stakste auf meinem Rasen herum wie ein Storch im Salat. Sie sagte dauernd »uhuh!« und ging so vorsichtig, als sei sie nur provisorisch verschraubt. »Das ist aber sehr rustikal hier«, sagte sie mit einem Alt, der einem die Schuhe auszog. Sie trug den Hauch von goldenen Riemchensandalen am Ende ziemlich langer Beine. Sie sah Emma auf der Liege, und sie tirilierte: »Ach Gottchen, ist das anstrengend hier. Liebling, es ist so fantastisch, dich zu sehen. Also, was du da geheiratet hast, ist ja ziemlich beeindruckend. Der Mann ist ja so was von viril. Ach Gottchen, da ist ja noch einer. Und wer ist das?«

»Siggi Baumeister«, sagte Emma träge. »Und steig endlich aus dieser Andeutung von Schuh, und benimm dich wie eine Mitteleuropäerin, und küss mich nicht auf den Mund, das ist unhygienisch, und benimm dich so, als seist du ein menschliches Wesen, und rechne nicht damit, dass du etwas erbst.«

Rodenstock stand am Gartentor und lachte sich krank.

2. Kapitel

Das war also Esther aus Tel Aviv. Merkwürdigerweise war sie wegen Emmas ruppiger Begrüßung nicht im Geringsten beleidigt. Sie zischelte: »Also, geerbt habe ich genug. Mehr als du je besessen hast, mehr, als ich je verbrauchen ... ach nein, ich schaffe das schon. Sag mal, Tantchen, was treibt ihr denn so hier auf dem Acker?« Sie setzte sich in die Hollywoodschaukel und war sehr dekorativ.

»Wir wollen einen Mord klären«, murmelte Emma. »Da ist ein Mann erschlagen worden, und wir vertreten ab sofort Recht und Ordnung.«

»Tante Corona hat neulich auch gefragt, warum du dich denn dauernd mit blutigen Geschichten beschäftigen musst. Niemand in unserer Familie beschäftigt sich mit so was. Und Zinsen bringt es auch nicht und Ansehen kaum. Gottchen, muss das sein?«

»Das muss sein«, nickte Rodenstock. »Hattest du einen guten Flug?«

»Nicht gerade«, antwortete sie düster. »Ich habe diesen Meyer-Rebstock getroffen, den aus New York mit der feuchten Aussprache und den klammen Händen. Und er hat mir gesagt, was er so treibt, und schließlich hat er mir ein unsittliches Angebot unterbreitet. Und er war erstaunt, dass ich nicht wollte. Nein, es war kein guter Flug. Und Schlaf habe ich auch nicht gekriegt, ich bin nervös. Dieser Park hier macht mich auch nervös. War der Teich schon immer da? War das früher so ein alter Feuerlöschteich? Und die Ente da drauf, lebt die? Und goldige Goldfischchen, wie süß.«

»Es sind auch Erdkröten da«, murmelte ich. »So groß wie meine Hand. Und sie fauchen und speien Feuer, und manchmal kriechen sie an Land und fallen die Eingeborenen an. Ganz abgesehen von den alten Landaalen, die Jungfrauen jagen.«

Sie hatte einen breiten Mund. »Dann brauche ich keine Angst zu haben, das ist schon lange her. Aber sagen Sie mal, sind Sie ein Landwirt oder so was?«

»Er ist ein Sowas«, sagte Rodenstock. »Er ist ein Meister in Sowas. Und wie machen wir das jetzt, verdammt noch mal? Esther, hast du irgendwelche Verwandten, die du besuchen könntest, bis wir den Fall geklärt haben? Ich will nicht unhöflich sein, aber ...«

»Wer hat denn Verwandte in dieser Walachei?«, fragte sie spitz.

»Hören Sie auf«, sagte ich wütend. »Sie haben wahrscheinlich Ahnung, ob das *Carlton* in London besser ist als das *Carlton* in Washington. Aber weshalb ein Gänseblümchen auf meiner Mauer steht, wissen Sie nicht. Ich bin hier zu Hause, und ich möchte dabei von Ihnen nicht gestört werden. Und Ihr verdammtes Tütü lassen Sie bitte, klar?«

Jetzt war sie wirklich getroffen. Jetzt kam ihr Emma zu Hilfe. Sie sagte sehr sanft: »Also, Esther meint das alles nicht so. Sie ist neurotisch, aber lieb, sie ist meschugge, aber sie ist es gern. Stimmt das so, Liebes?«

»Das stimmt so«, schluchzte Liebes.

»Na schön, also, was ist?«, fragte Rodenstock aggressiv. »Du bist zwar Verwandtschaft, aber den Fall müssen wir trotzdem angehen.«

»Er ist eben viril«, grinste Emma. »Pass auf, Liebes, du hast zwei Möglichkeiten. Entweder du weichst zu Onkel Karl nach München aus oder du hälst die Klappe, bleibst hier und genießt die Ruhe. Ich weiß, Ruhe macht dich krank, aber so ist die Lage nun mal. Was willst du?«

Da sagte das erstaunliche Wesen ganz leise und glockenklar: »Dann hätte ich gern mal Ruhe.«

Dann kam Hermann in den Garten geschossen und sagte: »Ich habs, ich weiß, wie wir die Balken abgrenzen. Wir drehen Sisalstricke und legen die wie eine Borte an die Balken. Das sieht gut aus, ist haltbar, dämmt und ist eine der Lösungen, die ich vertreten kann.«

»Das ist schon ein komischer Haufen hier«, sagte Esther lächelnd. »Und wer ist das nun schon wieder?«

»Das ist Hermann, bester Kopf im Haus«, sagte ich. »Nun trockne die Tränen und pack deine Sachen aus. Und wenn du vernünftig bist, gehst du mit Tante Emma nach Daun und kaufst dir ein paar praktische Sachen.«

»Oh ja, Joop hat fantastische Hemden, solche mit Karos, wie bei den Waldarbeitern.«

»Oh Gott«, sagte Hermann inbrünstig. »Der Siggi meint Pullover und gute solide Schuhe und Jeans und so ein Zeug. Nicht Joop.«

»Aber Joop ist so was von gut«, sagte Esther erstaunt.

»Joop ist Pipifax«, sagte Hermann, und das kam sehr endgültig.

»Also komm, wir fahren mal ein paar Klamotten kaufen.« Emma stand auf. »Und dabei bringe ich dir was über die Eingeborenen bei. Die Eifler sind genauso gut wie Juden, Liebes.«

»Wie bitte?«, fragte Esther schrill.

»Na ja, beide sind Weltmeister im Überleben.«

Sie nahm Esther sorgsam wie ein Kind am Arm und ging mit ihr davon.

Hermann setzte sich auf den Rasen und drehte sich eine Gauloises.

Rodenstock murmelte: »Sie ist erbärmlich einsam. Das Single-Syndrom. Es ist noch nicht lange her, dass sie versuchte, sich das Licht auszublasen und abzutreten. Darüber redet sie nie.«

»Keine Familie?«

»Doch, schon. Aber eben nicht genug. Was treiben wir jetzt?«

»Wir sollten zum alten Mattes nach Lissingen gehen.«

»Wie soll der uns helfen?«

»Der könnte Erinnerungen haben ... wenn er noch welche haben kann.«

»Wie alt?«

»Der muss so gegen die hundert laufen. Ich liebe Hundertjährige.«

»Dann lass uns fahren.«

Hermann trollte sich wortlos zu seinen Sisalstricken und wir nahmen das Auto unter den Hintern. Ich wusste nicht mehr genau, wo der alte Mattes in Lissingen wohnte, aber ich hoffte, das würde uns jemand sagen können.

Eine Frau, die im Rinnstein vor dem Haus kehrte, sagte lapidar: »Mattes? Den hat doch längst der Sargtischler geholt. Das ist doch schon ein Jahr her.« Sie hatte ein ledernes Gesicht, ging auf ganz krummen Beinen und hatte helle, wache Augen.

»Wie alt seid Ihr denn?«

»Ich bin erst siebenundachtzig. Wat wollter denn?«

»Über alte Zeiten reden.«

»Wat denn für Zeiten?«

»Na ja, alte eben. Als du noch ein Kind warst.«

»Ach, du lieber Gott. Du bist doch dieser ...«

»Dieser Siggi.«

»Und du willst dann wat schreiben.«

»Nicht unbedingt. Erst mal reden.«

»Na gut. Dann kommt rin. Aber ich hab nur Blümchenkaffee.« Sie war offensichtlich froh, ihren Besen an die

Hauswand stellen zu können, sie war es wohl leid, allein zu sein.

Wir hockten uns um den Küchentisch. Es war eine sehr alte Küche, sehr niedrig, sehr dunkel, aber ungemein gemütlich. Sie hatte überall Strohblumen verteilt, und als sie merkte, dass ich die Blumen betrachtete, sagte sie stolz: »Alle selbst gezogen. Also Jung, wat willste wissen?«

»Darf ich mal?«, fragte Rodenstock. »Ich bin Siggis Freund. Also, es ist so, dass jemand ermordet worden ist. Lange her, lange her. Einhundertelf Jahre.«

»Och, dat weiß ich doch«, sagte sie mit einem breiten Lachen. »Auf Pelm zu. Richtig? Nä, nach Pelm, also irgendwo bei Rockeskyll. Richtig?«

»Das ist nicht wahr«, hauchte ich. Ich suchte mir die Vario von Rossi aus der Tasche und stopfte sie. Ich war etwas zittrig.

Die Alte strahlte und tippte sich gegen die Stirn. »Alt und krumm und Rheuma und Gicht. Aber da oben das, das ist noch topfit.« Der Herd brannte, der Kessel begann zu singen, sie tat löffelweise Blümchenkaffee in eine alte blaue Kanne.

»Wer war der Tote?«, fragte Rodenstock schnell.

»Tutut«, antwortete sie einfach. »Also, sie nannten ihn Tutut. Wie der wirklich hieß, weiß keiner. Und vielleicht war es auch Tututs Bruder. Aber deswegen hat es ja Streit gegeben.«

»Was für einen Streit?«, fragte Rodenstock.

»Na ja, damals wegen der Gendarmerie.«

»Können wir das mal ganz langsam aufdröseln?«, fragte ich. Ich hatte die verrückte Vorstellung, dass sie gleich umfiel und tot war – schon deshalb, weil ich mir nicht vorstellen konnte, so viel Glück zu haben. »Wieso hieß der denn Tutut?«

»Also, mein Vater erzählte immer, dass der mit einer Tröt durch die Gegend zog. Er trötete, wenn er kam. Das war so ein Kuhhorn oder so was. Der hieß überall Tutut, und er war wohl ein Zigeuner. Ich kenne mich da nicht so aus.«

»Und wieso der Streit?«, fragte Rodenstock.

»Also, dieser Tutut hatte einen Bruder, der genauso aussah. Meine Mutter hat immer behauptet, das wären Zwillinge gewesen. Und mein Vater sagte immer, das wäre Quatsch. Der Bruder wäre jünger gewesen. Mein Vater war auf dem Sprudel.«

»Was hat der da gearbeitet?«

»Er war Kistenmacher. Er machte die Kisten, wo dann die Tonkrüge mit dem Wasser reingepackt wurden. Ich habe noch Tonkrüge hier. Wollt ihr die sehen?«

»Nicht nötig«, sagte Rodenstock hastig. »Und Tutut ist getötet worden?«

»Genau dadrum haben die Leute gestritten. Die meisten haben gesagt, das wäre nicht Tutut gewesen, sondern der Bruder von dem. Angeblich haben sie den erschossen oder so.«

»Erschossen?«, fragte Rodenstock. »Sind Sie sicher, erschossen?«

»Kann auch anders sein. Also, das weiß ich nicht mehr genau.« Sie goss uns von dem Blümchenkaffee ein – der Geruch erinnerte mich an etwas. Ich kam aber nicht darauf, was es war. »Meine Mutter sagte immer, Tutut könnte das nicht gewesen sein. Wenn es nämlich Tutut gewesen wäre, dann müsste ja der Bär da gewesen sein.«

Rodenstock und ich fragten gleichzeitig: »Bär?«

»Ja. Dieser Tutut hatte einen Bären. Ein großes Tier, wie meine Mutter sagte. Den ließ er immer tanzen, und die Leute gaben ihm Geld dafür, klatschten sogar. Das war damals so, das war immer so eine Art Kirmes, wenn Tutut kam. Und es war eben so, dass ... also als dieser Mann tot gefunden wurde, war da kein Bär. Das wusste meine Mutter ganz genau.«

»Wir stehen vor einem Problem«, sagte Rodenstock eindringlich. »Da wird dieser Mann getötet. Er ist erschlagen worden. Dann sind Gendarmen und ein Arzt und ein Richter aus Gerolstein gekommen und haben einen Bericht erstellt. In dem Bericht steht eigentlich nur, dass sie einen toten Mann gefunden haben. Kein Wort mehr. Wir wissen jetzt nicht einmal, wo der Tutut denn begraben worden ist. Hat Ihr Vater, hat Ihre Mutter das jemals gesagt? Da fällt mir ein, wie heißen Sie eigentlich?«

»Ich bin die Elisabeth, die meisten nennen mich Betty, ihr könnt ruhig du sagen, wir sind da nicht so.«

»Elisabeth«, sagte ich vorsichtig. »Das ist eine komische Geschichte, wenn du weißt, was ich meine. Da wird dieser Tutut getötet. In dem Bericht steht nicht, wo er begraben wurde. Hat dein Vater jemals etwas darüber gesagt? Oder die Mutter?«

»Nix!« sagte sie entschieden und nicht im Geringsten unsicher. »Also Tutut mit der Tröt, wie früher immer gesagt wurde, machte auch Scherenschleifen und Messerschleifen und so was. Also früher hatte man ja was gegen Zigeuner. Es wurde immer gesagt, die stehlen. Und manchmal wurde auch gesagt, die entführen kleine Kinder und verkaufen sie irgendwo weit weg. Und manchmal ist gesagt worden, die braten kleine Kinder und essen sie. Das war für uns Kinder furchtbar, weil wir dauernd Angst kriegten. Aber Tutut war nicht so. Alle mochten Tutut. Das hat meine Mutter gesagt, und meine Mutter hat nie gelogen, nicht ein einziges Mal. Und er war ja auch wichtig für Liebesleut.«

»Was machte er da?«, fragte Rodenstock.

»Hm, dein Tabak riecht aber gut«, lobte sie. »Also, es war ja so, dass Liebesleut damals manchmal Schwierigkeiten hatten. Die konnten sich ja nicht treffen. Also schrieben sie sich

Briefe. Und Tutut brachte diese Briefe, aber er redete nicht drüber. Er war sehr zuverlässig. Aber der Tote kann nicht Tutut gewesen sein, denn der Bär war ja nicht da.«

»Elisabeth«, begann Rodenstock den nächsten Anlauf, »kannst du dich daran erinnern, dass Vater oder Mutter irgendetwas über diesen Toten erzählt haben? Das muss doch damals eine Sensation gewesen sein, oder? Da ist doch geredet worden, jahrelang geredet worden. Was haben denn die Leute so gesagt?«

»Ja, ja, da ist viel geredet worden«, sagte sie vorsichtig. Auf ihrer Stirn zeigten sich noch ein paar Falten mehr. »Da ist gesagt worden, dieser Tutut hätte was Verbotenes gehabt.«

»Hat er gestohlen?« Rodenstock lächelte.

»Nein, nein«, sie lächelte zurück, sie wirkte weise. »Also, das war damals so: Wenn jemand sagte, der hat was Verbotenes, dann meinte man, er hätte irgendetwas mit einer Frau. Zum Beispiel mit einer Verheirateten. Das war damals ... ja, das war eigentlich ganz schlimm.«

»Wer hat Ihnen denn gesagt, dieser Tutut hätte etwas Verbotenes?«

»Meine Mutter hat das einmal gesagt. Aber nur einmal.«

Eine Weile herrschte Schweigen.

Rodenstock schüttelte kaum merklich den Kopf. »Da muss noch etwas anderes gewesen sein, Elisabeth. Nicht wahr, da war noch etwas?«

»Da ist noch etwas, aber darüber kann ich nicht sprechen. Die Kirche sagt, man darf nicht übel nachreden.« Sie war immer noch sehr sicher, sie wirkte nicht im Geringsten verkrampft. Sie war eine gläubige Frau, sie hielt sich an ihre Regeln.

»Also gab es irgendeinen Menschen, von dem behauptet wurde, er hätte den Tutut getötet. Ist es das?«

»Das ist es.«

»Also«, sagte Rodenstock beinahe liebenswürdig, »nun will ich mal raten, damit ich dich nicht in Bedrängnis bringe. Da ist gesagt worden, der Bauer Berthold Schmitz hätte den Tutut getötet. Weil er doch da wohnte, wo Tutut gestorben ist. Und vier Tage nach der Tat war der Bauer Schmitz verschwunden.«

»Ja. Nach Amerika ist der. Und das stimmt, das ist gesagt worden. Wenn Sie es schon wissen, kann ich es ja sagen. Es ist gesagt worden, der Bauer Schmitz hätte den Tutut wegen Geld umgebracht und wäre dann nach Amerika. Er ist ja auch nie zurückgekommen.«

»Warum sollte er zurückkommen? Er ist doch ausgewandert«, murmelte ich. »Der Bauer Schmitz war es wahrscheinlich nicht. Was ist denn noch so alles gemunkelt worden? Mit wem soll Tutut was Verbotenes gehabt haben?«

»Das ist nicht so gesagt worden, also nicht mit Namen. Aber es kann nur Hansens Maria gewesen sein. Den Namen kann ich ruhig sagen, weil die Familie gibt es nicht mehr.«

»Wer war diese Frau?«

»Ach, Kinder, ihr wollt aber viel wissen. Und ich weiß selber doch gar nichts. Also, an der Stelle, an der Tutut getötet wurde, geht doch die Straße nach Rockeskyll ab. Da ging auf der anderen Seite der Straße früher ein breiter Weg hoch. Den hab ich noch selbst gesehen. Und da lag obendrauf ein Hof. Den hat man hier in der Gegend den Hexenhof genannt. Der muss schon immer diesen Namen gehabt haben. Als die Frauen als Hexen angeklagt und gefoltert wurden und verbrannt, da sind drei Frauen von diesem Hof dabei gewesen. Als mein Vater damals Kistenmacher war, da gab es den Hof noch, aber niemand saß drauf, der lag verlassen. Vorher war die Familie Hansen drauf gewesen. Und die Familie stammte nicht von hier, die waren fremd hier. Und die Maria Hansen war die Frau vom Bauern. Und die soll was Verbotenes gehabt haben. Aber was die Leute so reden. Genaues hat man da nie gehört. Jedenfalls ist gesagt worden, Tutut hätte was mit der gehabt. Kann ja harmlos gewesen sein, aber jedenfalls ist gesagt worden, dass vielleicht der Mann von dieser Maria den Tutut erschlagen hat, weil er zornig war auf Tutut. Aber das kann ja irgendwie auch nicht sein. Denn wo ist dann der Bär geblieben?« Sie grinste vage wie ein Lausbub. »Du lieber Himmel, wir reden viel und wissen nichts.«

»Das jeder Mordkommission ins Stammbuch«, nickte Rodenstock trocken.

»Was wissen Sie über diesen Arzt und diesen Richter?«

Sie sah mich an und überlegte. »Also, ehrlich nix. Das sind die besseren Leute, mit denen hatte unsereiner nie zu tun. Ich war im ganzen Leben noch nie beim Arzt, und vor Gericht war ich auch noch nie.«

Ich sah Rodenstocks Blick, und ich wusste, er hatte sie bei einer schnell gesprochenen Unwahrheit ertappt. Er sagte freundlich: »Das glaube ich dir. Sag mal, wenn früher einer starb, der nicht katholisch war, wo wurde der beerdigt?«

»Auf dem alten Juddefriedhof, wie wir sagen. Das ist oben bei den Felsen über Gerolstein. Aber mein Vater hat gesagt, dass Tutut an der Stelle nicht begraben wurde. Sie gingen alle heimlich hin, um das Grab zu suchen. Aber sie fanden keins.«

»Was wurde aus dieser Maria Hansen?«, fragte ich. Ich war verwirrt, so viel Wissen, so viel unklares Wissen.

»Also, es ist gesagt worden, dass sie nach Köln ging. Also, es war so, dass meine Mutter immer erzählt hat, dass diese Frau eine Hexe war. Also, wenn ihr wisst, was ich meine. Die konnte Männer verhexen, die ...«

»War sie hübsch?«, fragte Rodenstock schnell.

»Muss sie wohl gewesen sein. Sie hat dem Hansen ja auch keine Kinder geboren, wie man sagte. Hansen muss sie dann oft geprügelt haben, weil er zornig war über die Kinderlosigkeit. Damals war das so. Sie soll dann nach Köln gegangen sein, und ...«

»Als Dirne?«, fragte Rodenstock.

»Sagte man. Aber ob da was Wahres dran ist, weiß ich ja nicht.«

»Wie alt war diese Frau, als Tutut erschlagen wurde?«, fragte ich.

»Ungefähr dreißig«, sagte sie sehr sicher. »Und sie muss auch wohl im Sommer manchmal in einer Wirtschaft in Gerolstein bedient haben. Sie war das, was man damals ein raues Frauenzimmer nannte. Also, so ist es uns Kindern erzählt worden. Also, mehr weiß ich nicht.«

»Nur noch eine Frage«, bat ich. »Wer lebt noch, der genauso klare Erinnerungen hat wie du?«

»Nur noch Mattä Juppes oben in Büscheich. Aber dem soll es nicht gut gehen, haben die Leute erzählt. Der muss jetzt so fünfundneunzig sein, mindestens. Der war auch beim Sprudel. Der hatte ein Fuhrwerk und zwei Pferde. Das war damals schon was. Und er hat die Tonkrüge aus Schweich geholt. Da wurden die gemacht. Und er ist auch oft ins Kannebäckerland. Da wurden auch Tonkrüge gemacht. Er war ein Lustiger. Aber ich weiß nicht, vielleicht hat ihn der Herrgott schon geholt. Und was wollt ihr mit alldem machen?«

»Wir wissen es nicht«, lächelte Rodenstock. »Wir sind dir jedenfalls sehr dankbar.«

Wir verabschiedeten uns, und ich versprach, ihr den Text zu schicken, wenn ich darüber schreiben würde. Sie stand in ihrer Haustür zwischen den Geranien vor den Fenstern und sie sah hübsch und friedlich aus. Sie war gelassen, sie winkte uns nach.

»Sie hat uns nicht verraten, was über den Arzt und den Richter gemunkelt worden ist.« Rodenstock zündete sich einen seiner fürchterlich stinkenden Stumpen an. »Sie würde es wahrscheinlich nicht über die Lippen kriegen, das ist noch immer die Herrschaft. Ich bin müde, und ich frage mich, wieso diese Tessa nicht auf die Idee kam, Leute mit Erinnerung zu suchen.«

»Sie hat keine Erfahrung«, sagte ich. »Sie ist keine Berufsfragerin. Wahrscheinlich lebt sie in der Vorstellung, dass allein schriftliche Dokumente etwas taugen. Außerdem ist sie zu schnell. Sie hat den Mord, sie fantasiert ein bisschen, sie findet eine Lösung – das ist es dann. Recherchen sind Arbeit und unbequem, so läuft das. Wir haben viel Arbeit. Nach Hause?«

Er nickte. »Wir hatten ein Drama mit zwei Mitwirkenden. Jetzt haben wir ein Drama mit mindestens ... warte mal ... neun bis zehn Darstellern. Hoffentlich werden es nicht noch mehr.«

»In ein paar Tagen werden wir wahrscheinlich ganz Gerolstein auf der Bühne haben. Das ist so typisch in der Eifel. Wir werden uns im Gebrauch von Spaten üben müssen.«

Er sah mich von der Seite an. »Meinst du, wir finden ihn?«

»Bis jetzt haben wir jede Chance.«

Emma und Esther machten eine Modenschau in der Küche. Esther trug ein rot-schwarz-kariertes Männerhemd, offen bis zum Nabel, in der Brusttasche eine wilde Rose – rosafarben. Dazu eine kurze Jeanshose, die ständig zu platzen schien. Dazu höchst derbe Schuhe aus grünem Wildleder und knallrote dicke Schafswollsocken. Der Vollständigkeit halber ging sie mit schnellen, kleinen Schritten auf meinem kostbaren Küchentisch hin und her. Emma stand auf Normalhöhe und klatschte Beifall. Paul lag auf der Fensterbank und machte einen höchst gelangweilten Eindruck. Auf dem Herd hockten Willi und Satchmo nebeneinander und schienen sich kaputtzulachen. Die Frauen stießen die Fäuste in die Luft und machten dazu: »Wow! Wow! Wow!«

»Da fällt mir nichts mehr ein«, murmelte Rodenstock und umarmte seine Gefährtin. Als ihm auffiel, dass sie genauso aussah wie ihre Verwandte, schüttelte er nur sanft den Kopf.

»Wann wirst du erwachsen?«

»Hoffentlich nie!«, strahlte sie. »Wir haben Lachs mitgebracht. Wollt ihr Lachs? Und was habt ihr erfahren? Gab es eine Liebesgeschichte, Baumeister?«

»Ich denke, es gab eine. Aber ob ihm deswegen der Schädel eingeschlagen wurde, ist noch nicht amtlich. Habt ihr auch Reibekuchen oder so was? Für den Lachs?«

»Kein Reibekuchen«, sagte Esther. »Was ist übrigens Reibekuchen? Klingt so nach Knochensäge.«

Kochen war noch nie im Leben mein Job, ich rede mich immer damit heraus, dass ich Bratkartoffeln kann – und Spiegelei, mehr nicht. Ich ging in mein Arbeitszimmer, ich legte Christiane Weber auf. Geheimtipp – *Jazz Ballads*. Volker Niehusmann, Gitarre, das Sparsamste und Schwärzeste, was man zur Zeit in Europa kaufen kann. Einfach gut. Dem Vernehmen nach kommt die Frau aus Dortmund, woher sie das Feeling hat, weiß ich nicht, aber sie hat es. *Easy Street* ... Der Niehusmann werkelt dazu leichthändig auf der Gitarre, als habe er es in die Wiege gelegt bekommen, reißt Läufe runter, als könne jedermann das lernen. Lieber Himmel, Tutut, wer hat dich erschlagen? Hattest du was mit der Maria

Hansen? Und wenn du etwas mit der hattest, wie hast du das angestellt? Und wer hat dich erschlagen? Der Bauer Hansen, dem Maria keine Kinder schenkte? Oder doch der Berthold Schmitz, der dann auf den anderen Kontinent wechselte? Aber vielleicht ist das alles falsch. Vielleicht hatte der Richter etwas zu verbergen, vielleicht der Arzt, vielleicht die Gendarmen, vielleicht die ganze Stadt. Vielleicht hast du etwas gewusst, was du nicht wissen durftest – bei Todesstrafe. War es so, Tutut? Aber vielleicht warst du es gar nicht, vielleicht war es dein Bruder. Und wenn du es nicht gewesen bist, wohin bist du verschwunden? Haben wir überhaupt eine Ahnung, was du deine Heimat genannt hast? Wo war deine Heimat? Wo hast du überwintert? Und wo hat man dich verscharrt? Auf dem Juddefriedhof über Gerolstein? Einfach an der Stelle, wo du gestorben bist? Irgendwo dort, wo heute der Asphalt der Straße liegt? Wie sollen wir das Rätsel je lösen?

Als Christiane bei *Loverman* war, drehte ich ihr den Ton ab. Eine der Frauen schrie: »Lachs!« Rodenstock saß auf der Treppe und telefonierte. Irgendwie war es ein gutes Gefühl, ihn auf meiner Treppe hocken zu sehen. So, als wäre er hier zu Hause. Er war hier zu Hause. Er sagte: »Tessa, Sie waren einfach zu schnell. Die Gefahr liegt dabei in der Tatsache, dass man den eigenen Fantasien erliegt und ihnen nach einer Weile den Status der Realität gibt. Das ist gefährlich. Kommen Sie einfach morgen hierher und ich erzähle Ihnen, was wir herausgefunden haben.«

Die Frauen hatten den Tisch im Garten gedeckt und inspizierten gerade meine Kröte, die dick und fett im Uferschlamm hockte und nicht einmal blinzelte. Kröten haben etwas sehr Souveränes. »Gottchen, bist du hässlich!«, sagte Esther inbrünstig.

»Baumeister wird dir sagen, dass sie nicht hässlich ist, sondern schön«, erwiderte Emma weise.

»Richtig«, bestätigte ich. »Sie ist auf ihre Weise schön.«

Dann aßen wir, das heißt, wir mümmelten so vor uns hin und waren recht schweigsam. Esther bemühte sich nach Kräften, lustig zu erscheinen, und erzählte eine Geschichte nach der anderen von irgendwelchen Leuten, die sich in irgendwelchen Hotels trafen, um miteinander zu schlafen oder zu streiten. Und immer, wenn eine Pointe kam, lachte sie vorher grell und hart, damit wir auch wussten, an welcher Stelle wir zu lachen hatten. Sie war irgendwie sehr kaputt. Eigentlich wollte ich sie fragen, warum sie Theater spielt, so schlecht Theater spielt. Ich fragte nicht, weil es sein konnte, dass ich ihr wehtat.

»Wo schlafe ich eigentlich?«, fragte sie, als wir alle schwiegen und nicht einmal mehr höflich lächelten.

»Er hat zwei Gästezimmer«, murmelte Emma. »Mach dir keine Sorgen, niemand hat es auf deine Ehre abgesehen.«

»Nennt man das jetzt Ehre?«, fragte sie rau.

»Man nannte es immer so«, stellte Rodenstock fest. »Mir macht dieser Bär Sorge. Gehen wir einmal davon aus, dass es Tutut war. Wo ist dann sein Bär geblieben?«

»In die Wälder abgehauen«, sagte Emma einfach. »Aber was hat diese alte Frau genau gesagt?«

Rodenstock berichtete so präzise wie möglich, er ließ nichts aus. »Es gibt also haufenweise Gerüchte, an denen etwas dran sein kann, aber nicht zwingend etwas dran sein muss. Plötzlich spielen jedenfalls andere Leute mit. Und dieser Bär ist komisch.«

»Was ist daran komisch?«, fragte Esther. »Ein Bär ist eben ein Bär.«

»Eben nicht«, sagte ich. »Ein Bär ist eine Bestie. Damals war ein Bär so gut wie eine Horde Bestien. Genau dasselbe war mit Wölfen. Es gab zwar keine Bären, aber die Angst war da. Ein Bär, frei und wahrscheinlich ziemlich gestresst, also angriffslustig, muss ein Albtraum gewesen sein.«

»Das ist was für Jack Diamond«, plapperte Esther. »Der jagt jedes Jahr Bären in Alaska, und er hat mir erzählt ...«

»Liebes«, unterbrach Emma, »es geht hier nicht um irgendeinen deiner Lover, sondern um einen Bären, der Zeuge war bei einem Mord. Vor einhundertelf Jahren. Und, entschuldige bitte, wir sind an diesem Mann in Alaska überhaupt nicht interessiert.«

Wie ein Kind murmelte sie: »Ich dachte ja nur.«

»Gibt es Aufzeichnungen in den Forstämtern?«, fragte Emma.

»Wahrscheinlich«, nickte ich. »Es fragt sich nur, ob wir die Akten einsehen können, ob sie nicht längst vernichtet wurden.«

»Ich frage mich«, sagte Emma, »ob die Tessa überhaupt weiter nachfragen darf. Sie wird Schwierigkeiten kriegen. Was ist, wenn ihr eigener Vater sagt, sie solle den Blödsinn lassen.«

»Dann wird sie es lassen müssen«, murmelte Rodenstock nickend. »Es gibt immer Punkte, an denen eine kleine Stadt sich angegriffen fühlt. Wir brauchen einfach noch mehr alte Leute, die irgendetwas gehört haben. Erst dann können wir gezielt nach Unterlagen fragen. Die Reaktion auf ungezielte Nachfrage ist immer schlecht. Sofort hast du verloren. Also, Pause bis morgen. Ich bin ohnehin müde.«

»Morgen früh sollte Mattä Juppes dran sein. So um sieben«, sagte ich.

»Wieso so früh?«, fragte Emma.

»Weil alte Leute früh auf den Beinen sind, weil sie wenig Schlaf brauchen, weil sie morgens am frischesten sind, wenn sie überhaupt noch frisch sind. Ich bezieh mal eure Betten.«

»Lass mich das machen«, sagte Emma. »Ich weiß ja Bescheid. Liebes, du kannst mir helfen.«

Ich ging in mein Arbeitszimmer und legte eine CD der frühen New-Orleans-Serie auf. Als das Telefon schrillte, wollte ich nicht drangehen, nahm dann aber ab, weil ich neugierig bin.

Es war Gerlinde, und sie sagte knapp: »Grüß dich. Gerhard Lenzen ist heute früh gegen halb sechs gestorben. Ich denke, du solltest das wissen. Hallo, hallo? Bist du da?«

»Ja, na sicher bin ich da. Das ist schlimm. Wird ... ich meine, wird Brigitte damit fertig?«

»Ich denke schon. Sie ist tapfer und stark, und sie wird es schaffen. Ich sage dir noch, wann die Beerdigung ist. Machs gut.«

Lieber Himmel, der Lenzen. Er war ein Begnadeter, er schuf die Brunnenplastik in Ulmen, er stellte die ragenden, schwingenden Stahlstäbe in Gerlindes Garten auf, er war jemand, den das Leben jeden Tag erstaunte. Er hatte einen schweren Motorradunfall – und bei der Gelegenheit entdeckten die Ärzte Krebs. Nun ist er gegangen, nun werden die Touristen vor dem Brunnen in Ulmen stehen: »Sieh mal an, einer aus der Eifel hat das gemacht!« Ganz ohne es zu wissen, werden sie die Verkörperung der Ironie des Schicksals darstellen. Die Eifel hat einen großen Künstler weniger, das Leben wird weitergehen.

Ich duschte und legte mich nackt auf mein Bett. Es war drückend schwül, und wahrscheinlich würde irgendwann in der Nacht ein Gewitter niedergehen. Ich hörte das Gemurmel von Esther, Emma und Rodenstock im Garten, ich las in *Singel & Single* von Carré und schlief irgendwann ein. Gegen zwei Uhr wurde ich wach, weil es knallte und der Donner schmetternd war. Paul, Willi und Satchmo hockten vor der

Schlafzimmertür und wischten unter das Bett. Ich sah nach, ob die Fenster geschlossen waren, es goss wie aus Eimern. Das Gewitter war genau über dem Haus, die Blitze waren grell und lang, und der Donner kam ohne zeitlichen Abstand. Sicherheitshalber ging ich hinauf und zog den Stecker vom Computer aus der Dose, dann ging ich auf den Dachboden, der mehr Hermanns Dachboden war als mein eigener. Er hatte die besten Ideen zum Umbau geliefert. Durch die flach im Dach liegenden Fenster konnte man das Gewitter genau beobachten, es war ein großartiges Schauspiel, Mama Natur tobte sich aus.

Dann dachte ich an Tutut, ich versuchte, mich auf ihn zu konzentrieren. Das gelang nicht, ich wusste zu wenig von seinem Leben. Die alte Elisabeth hatte gesagt, er trug Briefe zwischen Liebesleuten hin und her. Vielleicht hing sein Tod damit zusammen, möglicherweise hatte er etwas erfahren, was er nicht erfahren durfte. Aber was war dann mit seinem Bär geschehen?

Als sie hinter mir sagte: »Ich habe dich gesucht«, drehte ich mich nicht einmal um. Dann setzte sie hinzu: »Das ist aber ein schöner Raum. Hier kommen sicher Bücher hin, nichts als Bücher.«

»Irrtum«, sagte ich. »Vielleicht ein paar. Eigentlich kommt hier ein Ofen hin, eine bequeme Sitzecke, ein Billardtisch. Vielleicht ein Eisbärfell vor den Ofen.« Erst jetzt wandte ich mich um.

Sie trug irgendetwas Blaues, nahezu Durchsichtiges, und sie hatte sich abgeschminkt und war nichts als hübsch. Und sie war sehr blass.

»Ich wollte fragen, ob du einen Schnaps hast oder ein Bier? Oder irgendetwas. Ich kann nicht schlafen, es ist zu still hier. Und wo willst du überhaupt ein Eisbärfell herkriegen?«

»Das mit dem Eisbär ist nicht wörtlich zu nehmen. Und meistens sind längst die Motten drin. Ich weiß nicht, ob ich irgendetwas Alkoholisches habe. Wahrscheinlich hat Rodenstock einen erstklassigen Kognak hier irgendwo deponiert, ansonsten wird Ebbe sein. Komm, wir schauen mal in der Küche.«

Es knallte wieder, und der Donner kam übergangslos und lang grollend.

»Reg dich nicht auf, so ist das in der Provinz. Und hier ist auch der Kognak.« Ich goss ihr etwas in ein kleines Wasserglas, weil ich Kognakschwenker nicht besitze und nicht besitzen will.

»Das mit dem Gewitter regt mich nicht auf. Ich war mit fünfzehn bei einer Tante in Polen, da waren die Gewitter auch so stark. Bist du eigentlich böse, wenn ich schleunigst wieder verschwinde? Ich meine, das wäre doch sehr unhöflich.«

»Nicht die Spur. Wenn du abhauen willst, kannst du das jederzeit. Soll ich dir ein Zimmer in einem Hotel bestellen? Es gibt ganz gute hier.«

»Nein, nein, ich gehe dann doch wohl zu Tante Regina nach Zürich. Die hört kaum noch was ...« Ein schnelles Lächeln glitt über ihr Gesicht. »Und deswegen hört sie mir zu. Ich bin verrückt, weißt du.«

»So sehr verrückt finde ich dich gar nicht. Ein bisschen verrückt, aber das sind wir doch alle. Warum bist du denn verrückt?«

»Ich bin Ahasver, der ruhelose Jude. Ich kann keine vierzehn Tage am gleichen Punkt sein.«

»Und vor was läufst du weg?«

»Mein Psychiater in New York sagt, vor mir selbst. Aber es nützt nichts, das zu wissen, ich renne trotzdem.«

»Und wann willst du aufhören zu rennen? Wenn du siebzig bist?«

»Kennst du das nicht, das Wegrennen?«

»Jeder kennt das, ich auch. Es ist so anstrengend, habe ich rausgefunden, also bleib ich stehen und sehe mir genau an, was ist. Aber ich gebe zu, dass das eine ziemlich neue Sache in meinem Leben ist. Gehen wir ins Wohnzimmer? Da ist es bequemer.«

Also legte ich mich halb auf die eine Couch, sie nahm die andere. Sie trank ziemlich hastig und ziemlich viel, und sie rauchte wie ein Schlot, zündete an jeder Kippe eine neue an, und es störte sie überhaupt nicht, dass ihre Brüste nahezu unverhüllt in mein Privatleben ragten. Mich störte es auch nicht, es wirkte dekorativ.

»Frauen wie Emma sind so unglaublich stark«, murmelte sie und sah dem Rauch ihrer Zigarette nach. »Das macht mich klein, verstehst du?«

»Verstehe ich. Wie sehen denn so deine Fluchten aus?«

»Na ja, es geht fast immer um Männer, um irgendwelche Männer in meinen Hotels. Ich nehme mal an, dass einige von ihnen es ernst meinen. Aber bevor sie anfangen können, es ernst zu meinen, haue ich laut schreiend ab und singe das Lied der selbstständigen Frau, die Bindungen nicht nötig hat und schon gar nicht eine Identität über ihren Lebensgefährten erreichen will.« Sie kniff die Lippen zusammen. »Dabei denke ich manchmal, das wäre nicht mal das Schlechteste, was mir passieren kann. Aber das sage ich nicht laut, das sage ich nur meinem Kopfkissen.«

»Du warst verheiratet, nicht wahr?«

»Oh ja, ich habs ein paarmal versucht. Anfangs war das gar nicht schlecht, aber der zweite Mann zum Beispiel hat mich betrogen. Da habe ich ihn auch betrogen. Ich fühlte mich beschissen, aber du gewöhnst dich an alles. Jedenfalls an fast alles.«

»Du wolltest schildern, wie so eine Flucht aussieht.«

»Na ja, es ist das Übliche eben. Im Hotel kennt mich jeder, und eigentlich gehe ich lieber mit dem Oberkellner um als mit diesen grässlichen Yuppi-Konsorten, die dir dauernd erzählen, dass ihre Sowieso härter sind als ein Zwanzig-Dollar-Stück. Du hockst mit einem von denen an der Bar. Wenn sie allein sind, sind sie zu ertragen, wenn sie im Rudel auftreten, sind sie schlimmer als ein deutscher Männergesangsverein. Also, du sitzt neben dem Typ, und er redet. Meistens redet er über sich, aber manchmal reden sie auch nett über andere Dinge. Du denkst: Der könnte es wenigstens für eine Weile sein, und du lässt dich darauf ein, dass er in dein Appartment mitgeht. Es geht zur Sache, verstehst du, es geht so normal zur Sache, als gäbe es keine andere Möglichkeit. Und manchmal bleibt er bis zum Frühstück. Und dann sagt er, er hat etwas zu erledigen und ist abends wieder da. Und er ist da. Zweite Runde.«

Sie schnaufte unwillig. »Irgendwann redet er von der Einsamkeit in Hotels, dass er eine Wohnung hat, dass ich dort leben könnte, dass er mich nicht einschränken will, dass ich tun und lassen kann, was ich will. Ich gehe darauf ein. Er ist kein riesiger Lover, aber er ist nett und anständig und irgendwie ehrlich. Er sagt, er will Karriere machen und er könnte sich vorstellen, die Hälfte der Karriere für mich zu machen. Und wo ich gern leben würde. Und spätestens dann gehe ich. Nicht im Krach, oh nein, das habe ich nicht nötig. Ich gehe, wenn er seinen Job macht. Ich lasse ihm einen Zettel da: War schön, aber nun ist Schluss. Mach's gut! Und dann hocke ich wieder in irgendeinem Hotel und behaupte, meine Freiheit sei mir unendlich viel wichtiger.«

»Wie alt bist du jetzt?«

»Achtzig, manchmal fünfundachtzig. Nein, achtunddreißig. Warum fragst du das?«

»Weil du verantwortlich sein solltest für irgendetwas. Dann kannst du vielleicht einmal verantwortlich sein für irgendeinen Menschen. Das klingt wie das Wort zum Sonntag, ich weiß, aber mir fällt dazu nichts anderes ein. Du kommst mir vor wie die Mutter von Halbwüchsigen, die sich weiß der Teufel was zugutehält auf ihre ach so liberale, nicht stattfindende Erziehung, die dann furchtbar überrascht ist, wenn der Sohn ihr einen unsittlichen Antrag macht und die Tochter hascht. Und um das alles zu verdecken, rennst du plappernd durch die Gegend und verlierst die Nerven, weil mein Haus so still ist. Du kannst nicht allein leben, nicht wahr?«

Sie goss sich noch etwas von dem Kognak ein, trank einen Schluck und schüttelte dann den Kopf. »Kann ich nicht. Wenn ich nur daran denke, gerate ich in Panik.« Sie seufzte. »Wenn ich nur so wäre wie Emma.«

»Aber du bist nicht Emma. Und Emmas Weg war lang, denke ich. Hast du nicht studiert, irgendetwas gelernt?«

»Habe ich. Acht Semester Philosophie. Und anschließend die Frage: Was soll ich mit dem Scheiß? Mein Gott, ich bin betrunken.«

»Das macht nichts. Niemand nutzt es aus. Du solltest schlafen gehen.«

Sie nickte und sah mich an. Sie sagte nichts, und nach einer Weile nickte ich nur und sagte: »Aber du bleibst auf deiner Seite.«

»Das ist o.k., das tue ich.«

Sie blieb nicht auf ihrer Seite.

Ich wurde wach, weil Emma am Bett stand und genüsslich grinste.

»Bitte, ich kann nichts für ihre Einsamkeit«, sagte ich abwehrend.

»Hah!«, sagte sie erfreut. »Rodenstock meint, wir sollen mal zu diesem alten Mann fahren. Es ist sieben. Auf, auf, ihr faulen Stücke!«

»Das ist ja wirklich sehr bäuerlich hier«, knurrte Esther.

»Also Mattä Juppes oben in Büscheich. Wollt ihr mit?«

»Ich nicht«, stellte Esther fest. »Das ist mir einfach zu idiotisch!«

»Geh dich mal rasieren«, sagte Emma. »Mit der muss ich mal was reden.« Rodenstock hatte einen Kaffee gebraut, der einem die Haare auftürmte.

»Wir können doch nicht zu viert bei dem Alten aufkreuzen«, sagte ich.

»Wieso nicht? Alte Leute mögen ein bisschen Rummel.«

Aber den alten Mattä Juppes erreichten wir nicht in seinem kleinen Haus. Mattä Juppes war weg, spurlos verschwunden. Stattdessen stand ein völlig genervter Schwiegersohn in der Tür und erklärte lapidar: »Jetzt ist Schluss, jetzt kommt er weg in ein Heim. Das mache ich nicht mehr mit. Der ist doch total verrückt ist der.« Er trug einen Blaumann, hatte eine Rohrzange in der Hand, mit der er herumfuchtelte, als wolle er den verschwundenen Mattä damit erledigen.

»Seit wann ist er denn weg?«, fragte ich.

»Seit sechs ungefähr. Meine Frau ist schon weg ihn suchen. Aber sie findet ihn nicht, da gehe ich jede Wette ein. Dieses Sakraluder!«

»Und wenn er abhaut, wohin haut er dann ab?«, fragte Emma.

»Na ja, gewöhnlich trampt er. Und meistens trampt er auf die Kasse nach Daun. Er glaubt, er hätte dort noch ein Konto.

Er will immer hundert Mark abheben. Für Stumpen. Das muss man sich mal vorstellen. Für Stumpen, für schmierige, dicke, dreckige, stinkende Zigarren. Und wenn er sich eine anzündet, hustet er drei Wochen lang. Da fällste vom Glauben ab. Da fehlen dir die Worte.«

»Und wie lange bleibt er gewöhnlich aus?«, fragte Emma.

»Na ja, so einen Tag lang ist er immer unterwegs.« Dann lächelte er unversehens. »Aber er kommt immer zurück. Er sagt, er liebt mich. Das sagt der wirklich, der ist total bescheuert. Da fällt dir nichts mehr ein.« Dann fiel ihm auf, dass da vier zivilisierte Mitteleuropäer was von seinem Juppes wollten, und er fragte misstrauisch. »Wieso? Was wollt ihr denn?«

»Mit ihm reden«, sagte Rodenstock knapp. »Über alte Zeiten.«

Er lief krebsrot an. »Das nicht auch noch. Den kannste dann doch nicht bremsen, Mann, das wird doch ein Quatschmarathon.«

»Geht nicht anders«, sagte Rodenstock. »Also Daun, also die Sparkasse.«

Wir hockten uns in Emmas Wagen und fuhren los. Ein alter Mann war nicht zu sehen, aber schließlich konnte er in irgendeinem Laster hocken und sich die Hände reiben.

In Daun vor der Kreissparkasse stand eine Frau vor einem Mann und sagte mit sehr kräftiger Stimme: »Wenn er kommt, packen Sie ihn in ein Taxi. Geht auf meine Kosten, geht alles auf meine Kosten. Der Alte macht mich fertig, der macht mich total fertig.«

»Das ist ja richtig süß bei den Eingeborenen hier«, gurrte Esther.

Rodenstock beobachtete die Szene und sagte: »Der Alte wird warten, bis seine Tochter weg ist. Ich wette, der ist längst hier und spinxt durch irgendwelche Büsche. Immer mit der Ruhe.«

Die Bäuerin zog nach einer Weile ab und gab ihrem alten Mercedes Diesel die Sporen.

»Verteilen wir uns. Wir brauchen einfach nur einen sehr alten Mann finden. Wahrscheinlich schleicht er durch die Stadt wie ein Indianer.«

Ich hatte schon immer ein Herz für alte, ekelhafte, witzige, nervende Leute und überlegte, wie der alte Juppes sich wohl anschleichen mochte. Wenn er gut war, kam er nicht durch den Haupteingang, sondern durch den Eingang am Parkplatz im Hof. Aber wie kam er dahin? Durch die Bürgerhalle Forum? Wohl kaum. Aber ...

»Ich geh mal hinters Forum«, sagte ich. »Ich habe da eine Idee.«

Er hatte es sich einfach gemacht. Er war an der Längsseite des Forums zu den Parkplätzen gegangen. Da gab es einen alten, schmalen, selten benutzten Zugang auf den Hof der Kreissparkasse. Da saß er in der Morgensonne auf einem niedrigen Mäuerchen, blinzelte zufrieden und verhielt sich still. Er trug einen uralten braunen Anzug und dazu ein himmelblaues Hemd sowie derbe Arbeitsschuhe.

»Guten Morgen, Juppes«, eröffnete ich das Gespräch.

Er warf mir einen Blick zu, als könne er meinen Anblick nicht ertragen.

»Ja?«, sagte er. Und dann: »Ja, und?«

»Nichts«, tat ich unschuldig. »Ich wollte nur grüßen.«

»Von meinem Schwiegersohn, dem Lappes«, stellte er kühl fest. »Weißte, das ist so: Alle sagen, ich habe einen Sprung in der Schüssel, also einen Riss in der Birne. Dabei will ich bloß auf die Kass, hundert Mark abholen, Stumpen kaufen und wieder heim. Die sagen alle, ich wär zu alt, mein Kopp macht nicht mehr mit. So wat eben. Aber mein Kopp ist noch in Ordnung, also wolln wir ma sagen, et geht noch. Manchmal vergesse ich was, aber selten.«

»Wie bist du denn von Gerolstein hierhingekommen?«

»Mit Lava-Scherer. Da gibt es einen Fahrer, dem tu ich schon mal ein Fünfzig-Pfennig-Stück zustecken. Da nimmt er mich mit. Jetzt muss ich aber los. Gehste auch auf die Kass?«

»Ich gehe auch auf die Kass.«

Wir querten den Hof, wir gingen durch die automatischen Türen, wir stiegen langsam die Treppe hinauf. In der großen Halle standen wie ein Erschießungskommando Rodenstock, Emma, Esther und neben ihnen Karl-Heinz Kirwel.

»Ich bin hier gern«, sagte Juppes zufrieden. »Hier ist immer wat los, hier triffste Leute von früher.«

Da war auch die Petra Müller hinter dem Schalter und starrte mich wegen des alten Juppes etwas erstaunt an. Ich sagte lautstark: »Juppes will nix anderes als hundert Mark von seinem Konto.«

»So ist dat!«, nickte Juppes.

»Ja, aber ...«

»Ich weiß«, sagte ich und trat leicht neben den Tisch. Ich legte ihr dort einen Hundertmarkschein hin. »Geben Sie uns bitte die hundert Mark, wir wollen nämlich noch Stumpen kaufen!«

Weil sie eine aufmerksame junge Dame war, machte sie einen Vorgang daraus, ließ den alten Juppes seinen Namen auf irgendein Stück Papier setzen und reichte ihm den Schein.

»Ist denn mit meinem Konto alles in Ordnung?«, fragte Juppes besorgt.

»Alles in Ordnung«, versicherte sie liebreizend. Sie war die ideale Besetzung für das Bauernstück.

Dann zogen wir beide unter dem Grinsen meiner Mannschaft vorne aus dem Haupteingang raus, und ich hörte noch, wie Karl-Heinz Kirwel versicherte: »Ich habe mitgezählt. Der alte Mann kam heute zum dreißigsten Mal!«

Dann ging es die Leopoldstraße runter zum Tabakwarenladen. Es gab Stumpen. Welche zu fünfzig und welche zu achtzig. Juppes nahm drei zu achtzig und verstaute sie sorgfältig in der Brusttasche seines Anzuges, der wahrscheinlich um 1960 in Südchina genäht worden war. Dann rauschte Emma heran, und ich sagte: »Da kommen meine Freunde. Wir wollen in Büscheich mit dir reden. Du kannst mit uns fahren.«

Er wurde misstrauisch, er blinzelte, er hatte ein Problem. »Wieso denn reden?«

»Über alte Zeiten, Juppes. Als du ein Junge warst. Ich suche nämlich einen Mörder!«

»Einen wat?«

»Einen Mörder«, sagte ich. »Du weißt, Tutut.«

»Ach, der.« Er betrachtete Emma und Esther und Rodenstock. »Ja, wenn du meinst.« Er durfte vorn neben Emma sitzen, die so behutsam fuhr, als sei er ein Schwerstpflegefall.

»Ja, der Tutut. Das soll ein netter Kerl gewesen sein. Ich habe ihn ja nicht mehr gekannt. Er wurde ja vorher ..., also er starb ja schon vor meiner Geburt.«

»Das wissen wir. Aber was haben die Leute erzählt?«, fragte Rodenstock.

»Viel!«, sagte er bedeutsam mit Ausrufezeichen.

»Gibt es ein Grab?«, fragte ich.

»Ja«, antwortete er schlicht. »Aber das sieht man nicht.«

»Aber du weißt, wo es ist?«

Er sah mich an, und er sagte: »Ich wusste doch, dass irgendwann jemand danach fragen würde. Ich weiß es. Aber niemand darf was erfahren.«

Eine Weile herrschte Schweigen.

»War es Berthold Schmitz?«, fragte Emma.

»Der doch nicht. Nein, nein.«

»War es der Bauer Hansen?«, fragte Rodenstock.

Der erstaunliche alte Mann sagte: »Also, ich bin da nicht für. Der Hansen war es nicht. Dem war die Maria doch egal, oder?«

»Dem war die Maria ganz egal!«, nickte Emma.

»Auf wen tippt ihr denn?«

»Wir tippen gar nicht«, sagte Rodenstock gemütlich. »Wir brauchen deine Hilfe.«

»Na ja, mal gucken.« Er drehte sich halb zu mir rum. »Wenn der Lappes was sagt, werde ich wild.«

Esther kicherte.

Der Lappes war nicht mehr da, dafür seine Tochter, die mit irgendeiner Nachbarin redete. Er stieg aus und ging hoheitsvoll an ihr vorbei. Sie krähte wütend: »Na, haste endlich begriffen, dass da gar kein Konto mehr ist?«

Er zog die Stumpen aus der Brusttasche und das Restgeld aus der Hosentasche. Er hielt ihr beides hin und sagte: »Red du nur!« Dann ging er ins Haus. In der Tür drehte er sich herum und sagte: »Koch uns einen schönen Kaffee. Ich habe eine Besprechung.«

Ehe sie platzen konnte, murmelte Emma hastig: »Also, in dem Punkt hat er recht. Es ist eine Besprechung.«

»Und woher hat er das Geld?«, fragte die Tochter schrill.

»Von der Bank«, sagte ich. »Wo ist denn sein Zimmer?«

»Oben rechts. Wir haben gedacht, von da oben kommt er nicht mehr weg. Aber er klettert auf den Pflaumenbaum rüber und ist weg.« Sie hatte einen runden Mund vor Empörung. »Da machste was mit, da machste was mit.«

»Wie alt ist er denn?«, fragte Rodenstock.

»In vier Jahren hundert. Aber dann bin ich tot, dann hat er mich geschafft.«

»Richtig süß«, strahlte Esther.

Es dauerte noch eine gute halbe Stunde, ehe wir uns um Juppes' Tisch versammeln konnten, denn seine Tochter wollte nicht glauben, dass es eine Besprechung war. Und sie wollte nicht glauben, dass wir sie nicht dabeihaben wollten. Schließlich wurde es richtig feierlich. Rodenstock räusperte sich ausgiebig.

»Es ist so, dass wir gern herausfinden wollen, wer nun eigentlich Tutut umgebracht hat. Und wie das damals war. Und wie es in den Jahren danach ablief. Und da haben wir erzählt bekommen, dass du das alles weißt oder jedenfalls viel gehört hast. Fang doch mal an und erzähl uns, was der Tutut denn für einer war.«

»Also, der war ja wohl ein Zigeuner. So manches habe ich im Laufe der vielen Jahre über diese Geschichte gehört. Kein Mensch wusste, wo der eigentlich zu Hause war. Mal sagte einer Euskirchen, dann wieder einer Aachen, dann wieder einer Trier. Tutut hat das auch wohl nie erzählt. Also, ich nehme mal an, er überwinterte da, wo er ein Quartier fand. Bei einem Bauern im Heu oder so. Und arbeiten konnte der ja wie der Teufel.«

»Da fällt mir ein, dass er wahrscheinlich nicht viel über sich redete, oder?« Rodenstock lächelte Juppes an.

»Genau. Die sagten ja alle nicht viel. Und außerdem waren sie alle Geheimniskrämer. Er hat ja auch gehext, also gezaubert. Er hat Warzen weggehext und solche Sachen. Und wenn Frauen keine Kinder kriegten, hat er auch gehext.«

»Eine Frage zwischendurch«, murmelte Emma. »Wie oft kam er denn im Jahr hier durch?«

»Oh, oft. Mein älterer Bruder hat ihn noch gekannt. Der Bruder ist gestorben, meine ganzen Geschwister sind gestorben. Tutut, wurde immer gesagt, war den ganzen Frühling, den Sommer und den Herbst hier in der Gegend. Er war beliebt.«

»Und wie reiste er, ich meine, wie bewegte er sich fort?«, fragte ich.

»Er hatte so einen Karren, einachsig. Mit einem Verdeck. Da schlief er drin. Und einen Esel hatte er, manchmal auch einen Ochsen, wie es gerade kam. Und Messer schleifen konnte er und Scheren und Sensen und so was. Nahm immer nur ein paar Pfennige, war billig.« Und dann schrie er unvermittelt: »Marga! Marga! Verdammt noch mal, wo biste denn?« Dann beugte er sich vertraulich vor und murmelte: »Sie hat immer so schönen Kuchen!«

Die Tochter kam und sagte giftig: »Marga ist seit dreißig Jahren tot. Sage ich dir immer wieder!« Dann drehte sie sich herum und knallte die Tür zu.

Juppes war nicht verwirrt, Juppes murmelte nur: »Ach, so ist das, ach, so ist das!«

»Du hast deine Frau geliebt, nicht wahr?«, fragte Emma sanft.

Er sah sie an, und er begann zu lächeln. Das Ledergesicht blühte auf wie ein kleiner Mond. »Ja«, nickte er. »Das habe ich. Und manchmal denke ich immer noch: Gleich kommt sie gelaufen und bringt mir ein Stück Kuchen. Wo waren wir denn mit Tutut?«

»Er war ein Messerschleifer und fuhr mit einem einachsigen Karren«, sagte ich. »Und wir haben erfahren, dass er Briefe transportierte. Zwischen Liebesleuten.«

»Ja, das stimmt wohl«, nickte Juppes. »Ist ja schon lange her, aber ich habe das gehört, von vielen Leuten. Er war ein lustiger Kerl. Wenn er eine Frau sah, die eine Warze hatte, soll er gesagt haben: Ich mach die weg! Dann tat er geheimnisvoll und hat was gemurmelt. Aber die Warze blieb. Dann sagte er: Schade, heute klappt es nicht.«

»Sie sind sechsundneunzig«, sagte Rodenstock. »Also null drei geboren. Die Leute haben doch sicher immer noch jahrzehntelang über diesen Mord spekuliert. Wer hat es denn nach Ansicht der Leute eigentlich getan?«

»Die meisten waren damals für den alten Mestersen. Der war ein Landstreicher, der zog hier regelmäßig durch die Gegend, schlief irgendwo im Wald. Sie haben alle gesagt, der wäre es gewesen. Dann sagten sie auch, Berthold Schmitz oder der Bauer Hansen wären es gewesen. Aber ich glaube das alles nicht.« Er schlürfte von seinem Kaffee. »Dünn, viel zu dünn. Sie spart immer. Der Kaffee von meiner Frau war immer besser, viel dicker und richtig schön stark.«

»Also, lass uns mal Tacheles reden« Emma wollte vorwärtskommen. »Du hast doch einen Bestimmten im Auge, oder? Und dann lass mich mal was fragen: Wir denken, dieser Tutut hat einen Tanzbären gehabt, richtig?« Und als der alte Juppes heftig nickte, setzte sie hinzu: »Wo ist denn das Vieh geblieben? Und noch etwas: Du sagst, Tutut war ein netter, lustiger Kerl. Warum sollte den jemand töten? Und Tutut hatte ja auch keine Reichtümer gesammelt, oder? Für wen konnte es sich lohnen, den Tutut zu erschlagen?«

Er sah sie an, und die pure Lebenslust strahlte aus seinen Augen. Er sagte begeistert: »Da brauche ich einen Stumpen, da muss ich mal dran ziehen. Du bist ein helles Mädchen, was?«

»Oh ja!«, sagte Rodenstock inniglich. »Ist sie.«

Juppes zündete den Stumpen ziemlich umständlich an, und der Sauerstoffgehalt im Zimmer reduzierte sich augenblicklich auf einen gefährlichen Pegel. Der Stumpen stank, Juppes strahlte und begann sofort gotterbärmlich zu husten. Aber er hielt durch. »Bist ein helles Mädchen«, wiederholte er.

»Also, der Graf von Manderscheid hat den Bären geschossen. Eine Woche später. Aber die Sache ist geheim gehalten worden. Sie haben ja auch nie den Mörder gekriegt.«

»Warum denn nicht?«, fragte ich schnell.

Er zog erneut an dem Stumpen, hustete ausgiebig. »Sie wollten ihn gar nicht kriegen.«

»Warum denn das?«, fragte Emma.

»Weil er zum Zirkel gehörte, so einfach ist das. Oh ja, politische Kungeleien gab es auch damals schon.«

»Der Name!«, forderte Rodenstock.

»Karl-Heinrich Wesendonker.«

»Wer war das?«, fragte ich.

»Das wisst Ihr nicht? Das ist aber komisch. Der war preußischer Beamter, ein scharfer Hund. Der war Steuereintreiber. Und damals hatte jeder Steuerschulden, wirklich jeder. Deshalb haben die auch den Mund gehalten. Alle.« Dann verzog er das Gesicht zu einem breiten Lächeln. »Aber, ob das alles wahr ist, weiß kein Mensch. Das haben meine Eltern und andere sich so gedacht. Weil das alles passte. Aber vielleicht stimmt das alles nicht, vielleicht war das alles anders. Jedenfalls habe ich so manchen Winter meiner Jugend spannende Abende beim Zuhören gehabt.« Dann lachte er in unsere verblüfften Gesichter.

»Moment, Moment«, sagte Rodenstock in die anschließende Stille. »So kann das aber nicht gewesen sein. Tutut hatte keinen festen Wohnsitz, Tutut war ein Niemand. Und ein Niemand kann keine Steuern schulden.«

»Nänänä!«, feixte der alte Juppes, Rodenstock dabei imitierend. »So einfach ist das nun wieder auch nicht. Es kann auch der Richter gewesen sein, sogar der Medizinalrat, wie der als Arzt damals hieß, sogar ein Forstrat. Na ja, der ganze Zirkel eben.«

»Und wie viele Leute bildeten diesen Zirkel?«, fragte ich.

»Zehn ehrenwerte Herren.« Juppes genoss diese Aussage über alle Maßen.

»Aber warum, verdammt noch mal, soll denn einer von denen den Tutut getötet haben?« Emma war richtig ärgerlich.

»Weil Tutut wat wusste, wat er nicht wissen sollte. So einfach is dat!«

»Und was wusste er?«, fragte Esther. Jetzt war sogar sie interessiert.

»Das ist die Frage.« Juppes zog und dehnte jedes Wort. »Also, ich denke, er hat was gesehen. Und dabei ist er gesehen worden.«

3. Kapitel

Heißt das auf gut deutsch, dass Sie ... äh ... dass du uns zehn Verdächtige anreichst?«, fragte Rodenstock.

»Na ja, das ist eben so.« Er strahlte, er hatte uns verwirrt, er war erfolgreich.

»Und wieso dieser Wesendonker? Dieser Steuereintreiber?«, fragte Emma.

»Na ja, weil er doch dauernd durch die Gegend zog, um Steuern einzutreiben.«

»Und der Arzt? Ist der nicht dauernd bei Hausbesuchen unterwegs?«, fragte ich.

»Ja klar«, nickte der alte Juppes. Sein Ledergesicht war so ausdruckslos wie das eines alten Indianers. »Wir haben doch nur überlegt damals. Mein Vater und seine Freunde haben auch überlegt, immer nur überlegt. Damals gab es noch keine Heftchen mit Kreuzworträtseln. Also, es ist doch so: Der Tutut übernachtete damals an der Weggabelung Gerolstein-Daun-Rockeskyll. Also da ist er ja auch erschlagen worden. Und nun sagten wir uns: Wer zog denn damals die Wege rauf und runter, ohne aufzufallen? Das war Wesendonker, das war der Arzt, das war damals aber auch der Apotheker. Denn der kümmerte sich ums Vieh. Einen Viehdoktor hatten wir damals nicht hier.«

»Und was ist mit Viehhändlern?«, fragte Emma scharf.

»Ja«, nickte Juppes. »Die gab es auch.«

»Moment mal«, sagte ich. Emmas Schärfe war zu verstehen. Der alte Juppes gab an wie ein Sack Seife, aber ob hinter seinen Worten eine wirkliche Geschichte steckte, war absolut unklar. Er hatte einen Heidenspaß daran, uns zu verblüffen und zu verwirren. Aber was taugte das alles? »Juppes, reiß dich mal am Riemen. Von mir aus gegen zwanzig Stumpen, einverstanden? Einverstanden, Juppes?«

Er strahlte, er nickte so heftig, dass es beinahe so wirkte wie ein Schüttelkrampf. »Na sicher. Dafür verkauf ich meine Großmutter.«

»Gut, dann konzentriere dich bitte. Es existiert ein altes Foto vom Eisenbahnbau in Pelm. Jahreszahl 1870. Dann wissen wir, dass Gerolstein im Jahre 1870 an die Eisenbahn angeschlossen war. Auf gut deutsch heißt das, dass ein Täter auch mit der Eisenbahn gekommen sein kann. Ist dir das klar? Habt ihr das damals auch überlegt? Und noch etwas: Die Züge fuhren im Bereich von Kurven und Steigstrecken so langsam, dass du unterwegs Blumen pflücken konntest. Habt ihr daran gedacht? Es muss nicht jemand aus Gerolstein gewesen sein, der den lieben Tutut ins Jenseits beförderte. Weshalb also dieser Steuereintreiber Wesendonker? Weshalb, Juppes? Wahrscheinlich doch deshalb, weil sie ihn alle gehasst haben, nicht wahr? Juppes, sag die Wahrheit!«

Nach einer Weile murmelte er: »Das stimmt, viele haben ihn gehasst. Aber viele haben auch gesagt, dass er ein besonders ... na ja, eben ein freundlicher Mensch war. Hat schon mal gemogelt, wenn einer nicht zahlen konnte, hat schon mal geschrieben: Ich habe den Schuldner nicht angetroffen. Also schlecht war er nicht, der Wesendonker.«

»Wo lebte denn dieser Wesendonker?«, fragte Esther ganz ruhig.

Wir sahen uns grinsend an.

»In Gerolstein«, sagte der alte Juppes fest. »Also, das ist aber wirklich wahr. Er lebte in Michel Schniggers Haus. Also, in dem Haus, das Michel Schnigger baute. Michel war Schneider, daher der Name. Das war oben unter der Burg. Er lebte da mit seinem Drachen.«

»Mit seinem Drachen?« Esther war entzückt.

»Ja, seine Frau war ein Drachen. So eine Zeterliese, sagten die Leute, deshalb war er auch dauernd unterwegs. Und wenn er nicht unterwegs war, saß er im *Hotel Heck* und trank seinen Schoppen. Da saßen die anderen ja auch. Also, der Richter, der Apotheker, der Arzt und so. Das war damals so Usus.«

»Usus?«, fragte Esther.

»So Brauch«, erklärte ich. »Es gibt also keinen wirklich triftigen Grund, weshalb dieser Steuereintreiber den Tutut umgebracht haben soll. Juppes, das hier ist kein Spaß mehr.«

»Es gibt eigentlich keinen Grund«, gab er zu. »Aber ihr müsst zugeben, dass es hätte passen können.« Dabei sah er uns der Reihe nach listig an.

Rodenstock begann tief und guttural zu lachen, Emma fiel ein, Esther kicherte im Falsett, und schließlich lachten wir alle. Juppes war ein echter Kauz, ein Urtyp, er rieb sich die Hände, und es klang, als reibe er Schmirgelpapier aneinander. Dann ließ er vernehmen: »Jetzt muss ich aber ein Stündchen schlafen.«

»Oh nein«, sagte Esther sehr bestimmt. »Sie haben doch gesagt, Sie wissen, wo dieses Grab ist. Wir packen Sie jetzt in ein Auto, und Sie zeigen es uns. Und dann fahren wir Sie wieder hierher und Sie dürfen ein Schläfchen machen.«

»Sehr, sehr gut!«, lobte Emma. »So machen wir das.«

So machten wir es, wenngleich Juppes im Urgroßvaterton mahnte: »Warum seid ihr jungen Leute denn immer so eilig? Das ist doch Stress ist das!«

Wir fuhren nach Gerolstein, dann auf Pelm zu, dann hoch zur Kasselburg und querab auf den alten Juddefriedhof, wie er genannt wurde.

»Wer wurde hier beerdigt?«, fragte ich.

»Na, also solche, die fremd waren. Also Zigeuner, durchreisende Streuner, wie sie genannt wurden. Das ist hier kein traditionell jüdischer Friedhof.« Er betrachtete das Feld, er bückte sich, ging in die Knie, betrachtete eine Baumgruppe. Er brauchte keine Brille. »Also, seht ihr da die Eiche? Die muss jetzt so hundert Jahre alt sein. Damals stand sie genau auf der Ecke des alten Friedhofs. Und genau zehn Schritte nach Ost muss es sein. Ich habe es selbst ausgemessen.«

Rodenstock ging an die Stelle, machte zehn normale Schritte. »Also hier?«

»Ja«, nickte Juppes. »Da war es, das hat mein Vater damals festgelegt. Und der wusste ganz genau Bescheid. Er hat es mir wohl gesagt, damit einer in der Familie das weiß. Genau da, zehn Schritte von der Eiche links von der Weide zu dem Erdhuckel hin.«

»Dann fahre ich dich jetzt zum Schlafen«, nickte Emma. »Steig mal ein.« Sie fuhr mit ihm davon.

»Du hast Bedenken, nicht wahr?«, fragte ich Rodenstock.

»Die habe ich. Schändung nennt es das Gesetz, Friedhofsschändung.«

»Aber das ist kein Friedhof, keine geweihte Erde.«

»Heilige Scheiße!«, fluchte Esther. »Gebt mir einen Spaten. Ihr seid doch vollkommen meschugge. Wen interessiert dieser Quadratmeter Erde denn? Sieht nach nichts aus, und ich wage zu behaupten: Da liegt auch keiner. Also her mit dem Spaten.«

Ich fing an, dann löste Rodenstock mich ab, dann folgte Esther, die so schwer schnaufte, dass ich ihr das Gerät in reinem Mitleid wieder aus der Hand nahm. Emma kam herangerollt und beteiligte sich. Nach etwa dreißig Minuten waren wir dreißig Zentimeter tief, es war steinig, es war lehmig, es war schwer, die Erde wehrte sich. Nach einer Stunde waren wir in der Tiefe, in der wir etwas finden konnten. Wir gruben vorsichtiger.

»Ich bin doch kein Pfadfinder!«, fluchte Emma. »Ich sehe aus wie ein Mastschwein in der Suhle, ich schwitze, und wir haben keine Dusche hier. Ich finde das Leben gar nicht schön. Rodenstock, mach mein Leben schön.« Und bei jedem Satz fuhrwerkte sie mit dem Spaten herum. Bis das Eisen plötzlich anders klang, und sie erstickt sagte: »Da ist was!«

Der erste Knochen, der zum Vorschein kam, war hellgrau und sehr lang.

Rodenstock stand jetzt in der Grube. »Demnach war Tutut ein Mammut oder so was in der Art. Das ist kein Menschenknochen, der hat gute sechzig Zentimeter.«

»Vielleicht entdecken wir jetzt den sogenannten Eifelriesen, nach dem man schon seit dreihundert Jahren sucht.« Emma grinste.

Rodenstock legte ein weiteres Fundstück auf den Rand der Grube. »Sieht aus wie das Schulterblatt eines Elefanten«, sagte er trocken. »Baumeister, mach mal weiter, du bist noch jung, du kannst dich noch weiter entwickeln.«

Ich ließ mich in die Grube hinab und nahm den Spaten. Mein Hemd war nach ein paar Minuten klatschnass vom Schweiß. Was ich dann zutage förderte, war eindeutig ein Schädel, und Rodenstock sagte erfreut: »Das ist ein Pferd, das ist einwandfrei ein Pferd.«

»Aber Tutut fehlt uns noch«, mahnte Esther. »Mach weiter, Baumeister, du bist so gut am Zug.«

Dann fand ich eine Hand, eindeutig eine Menschenhand. »Sie haben Tutut mit einem Pferd begraben. Also hatte er ein Pferd.«

»Falsch«, sagte Rodenstock, »ganz falsch. Das Pferd gehörte dem Mörder.«

»Aber warum, zum Teufel, haben sie den Gaul dann begraben?«, fragte ich.

»Weil er tot war«, antwortete Rodenstock einfach. »Ihr vergesst den Bären. Wenn es stimmt, dass dieser Graf von Manderscheid oder ein Verwandter von ihm das Tier schoss, dann bedeutet das, dass er frei durch die Wälder lief. Also hat er sich losgerissen. Er hat das Pferd angefallen, er hat das Pferd getötet. Sie mussten das Pferd wegschaffen, denn das Pferd war verräterisch. Nicht viele Leute hatten Pferde. Mach weiter, Baumeister, wir brauchen nur noch den Schädel. Wir brauchen Tututs Schädel.«

»Wieso denn?«, fragte Emma muffig. »Sieht man doch an den anderen Knochen, dass es ein Mensch ist.«

»Der Schädel wurde eingeschlagen«, sagte ich. »Ich verlange Ablösung, ich habe die Nase voll. Rodenstock, eine Frage: Du nimmst also an, dass der Mörder zu Pferd unterwegs war. Oder fuhr er mit einer Kutsche oder so was?«

»Ich nehme an, er ritt«, antwortete er.

»Dann musst du eine Doppelschicht schieben hier unten. Denn dann haben sie den Sattel auch vergraben, und zumindest die Metallteile müssen zu finden sein.«

»Alter schützt vor Torheit nicht«, murmelte er und kam in die Grube hinunter. »Emma, Geliebte, sortier doch schon mal die Knochen.«

»Das kann nicht dein Ernst sein, das ist niedere Arbeit.«

»Dann diktier mir einfach!«, forderte Esther. »Wir machen zwei Häufchen. Links der Gaul, rechts der Mann. Das mag ich.«

Und sofort begann die Litanei: »Tutut, Gaul, Gaul, Tutut ...«

Ich streckte mich nahe an einem Weidengebüsch aus, blinzelte ein wenig und drohte dann einzuschlafen. Ich hörte noch, wie Rodenstock sagte: »Baumeister hatte recht. Ich finde hier Schnallen. Und – seht mal – das hier ist ein altes Stück Leder. Ja, damals war das alles noch beste Handwerkerqualität. Jetzt müsst ihr drei Haufen machen: Tutut, Gaul, Sattel, Sattel, Tutut und so weiter.« Den Rest verstand ich nicht mehr.

Und dann tauchte Nikolaus auf. Ich habe bei den Ureinwohnern noch nie jemanden getroffen, der den Namen führt, der in seinem Pass steht. Nikolaus, oder Klas genannt, war ein alter Bauer, der seinen Pflug längst an den Nagel gehängt hatte und jetzt nichts anderes tat, als Touristen hinterherzugehen, weil er der Ansicht war, Fremde gehören nicht in die Eifel. Man muss Fremde nicht gerade als Gegner bezeichnen, aber man darf sie auf keinen Fall aus den Augen verlieren.

Er kam schmal und scharfkantig gegen das grelle Sonnenlicht auf die Fläche, baute sich ungefähr fünfzehn Meter entfernt auf, stemmte die Fäuste in die Hüften und fragte krähend: »Wat soll das dann?« Er war nicht größer als ein Meter sechzig, trug eine dieser modischen Sportkappen mit dem *E* der Eifel drauf und sah so finster aus, wie sich Kleinkinder einen Waldschrat vorstellen.

Rodenstock tauchte aus der Grube auf, kletterte schwitzend ans Tageslicht und gab die präzise Auskunft: »Wir suchen was.«

Emma sagte hell tönend: »Oh, oh!« und wandte sich dann allerliebst an ihre Verwandte. »Wir sollten vielleicht diese Tessa und ihren Ingbert hinzuziehen. Schließlich haben die diesen Fall aus der Taufe gehoben.«

»Das sollten wir«, murmelte Esther. Irgendwie war sie aus der Fasson geraten, aus dem rechten Auge zog sich eine schwarze Strichzeichnung vom verlaufenen Mascara über ihre Wange. Ein wenig sah sie aus wie eine Freibeuterin, die nicht genau weiß, wie ihre Beute aussehen soll. Sie setzte hinzu: »Das hier gehört wohl zu Tutut.« Dann ließ sie einen mittelgroßen Knochen eines nicht näher bezeichneten menschlichen Bauteils mit einem zarten Kling auf Tututs Haufen fallen.

Der Klas stand noch immer da, rührte sich nicht vom Fleck. »Also«, krähte er, »was ist das hier?«

Rodenstock reagierte gemütlich. Er reagiert immer gemütlich, wenn es brenzlig wird. »Dieser Mann hier ist ermordet worden. Vor einhundertelf Jahren. Er hieß Tutut und war ein Zigeuner. Und mit ihm zusammen hat man ein Pferd samt Sattel begraben.«

»Und woher weißte das?«

»Aus Akten«, sagte Rodenstock freundlich. »Und wer bist du?«

Die beiden Frauen machten sich davon, der Volvo rollte elegant auf den Feldweg zu.

»Klas heiße ich. Ich pass hier auf.«

»Auf was passt du denn auf?« Der alte Gauner hatte den Spieß umgedreht, jetzt fragte er, und ich fragte mich, ob Klas das merken würde.

»Na ja, auf alles hier. Ich mähe hier auch. Die Fremden machen viel Durcheinander, schmeißen Dosen in den Wald und Butterbrotpapiere und leere Zigarettenschachteln. Wat grabt ihr da?«

»Das ist Tututs Grab«, sagte Rodenstock freundlich. »Er war ein Zigeuner, er wurde 1888 unten an der Straßenmündung nach Rockeskyll umgebracht. Sie haben ihn hier begraben. Wir haben ihn jetzt gefunden.«

»Dat war Juppes. Juppes hat euch das gezeigt, häh?«

Rodenstock nickte. »Das war Juppes.«

»Und ihr? Seid ihr von der Polizei?«

»Ich bin Kriminalbeamter gewesen, jetzt bin ich Rentner. Das ist Baumeister, mein Freund. Die beiden Frauen sind unsere Frauen. Was weißt du über Tutut? Hat dein Vater was erzählt oder dein Opa oder deine Frau?«

»Alle haben was erzählt, aber keiner hat irgendwas gewusst. Ich meine, keiner hat Genaues gewusst. Und ein Pferd? Ich sehe da einen Pferdeschädel.« Er hatte ein Problem, und das hing mit Gerolstein zusammen. Er war einer von denen, die Gerolstein bis aufs Blut verteidigten, die sich verantwortlich fühlten. Jetzt war Unruhe angesagt, jetzt geschah etwas, das niemand kontrollieren konnte.

»Sie haben ein Pferd mit Tutut begraben. Und einen Sattel.«

»Aber das Grab da ist nicht mehr der alte Juddefriedhof, das liegt schon außerhalb.«

»Ich weiß«, nickte Rodenstock. »Deshalb brauchten wir auch den alten Juppes. Der wusste, wo Tutut begraben wurde. Aber ich kann dich verstehen. Wenn du nicht weißt, was du tun sollst, kannst du die Polizei benachrichtigen. Wenn du hier aufpasst, musst du das ja tun.«

Klas kratzte sich die eisgrauen Bartstoppeln. »Da ist eine Frau. Sie sagen, eine junge Frau. Sie will diese Sache untersuchen und drüber schreiben. Ich kenne die ja nicht, aber es wird so gesagt.«

»Tessa Schmitz«, nickte Rodenstock. »Wir kennen sie. Sie ist gut, sie will eine Doktorarbeit drüber schreiben. Sie kommt gleich.«

»Darf die das?«

»Jeder darf das. Hast du auch gewusst, wo Tutut liegt?«

»Ungefähr«, nickte er. »Habt ihr was dagegen, wenn ich rauche?« Das klang merkwürdig.

»Nein«, sagte Rodenstock. »Ich zünde mir auch eine an. Das ist eine gute Idee. Pause machen. Baumeister komm, lass eine Pfeife qualmen.«

Also gesellte ich mich dazu und stopfte mir die Handmade von Winslow.

Klas war erstaunlich gelenkig. Er ließ sich in den Schneidersitz gleiten und benutzte dazu die Hände nicht. »Wat wollt ihr denn mit den Knochen? Kann man daraus was sehen?«

»Kann man«, nickte ich. »Sie sagen, irgendeiner hat Tutut den Schädel eingeschlagen, das kann man dann sehen und untersuchen. Aber das ist eigentlich unwichtig. Wichtig sind das Pferd und der Sattel. Was sagen denn die Leute, mit was ist er erschlagen worden?«

»Mit einem Eichenkloben. So ein Holzstück. Das wird jedenfalls gesagt.«

»Ist auch gesagt worden, wer es war?«, fragte ich weiter.

»Ach du lieber Gott.« Er grinste matt. »Da wurde viel geredet, aber ob was dran ist?«

»Ich habe ein Problem, Klas.« Rodenstock schlich sich gewissermaßen von hinten an das Problem heran, und wie immer machte er es sehr souverän.

»Stellen wir uns mal die Nacht vor, in der das mit Tutut passierte ...«

»Also, mein Vater sagte, es war nicht Nacht. Es war Abend, später Abend. Mein Vater sagt, so um neun, halb zehn.«

»Ach so. Na, gut. Tutut sitzt an seinem Feuer. Da steht der Esel mit dem Karren. Ich denke mal, der Esel grast oder so was. Da steht der Bär. Also, entweder ist der in einem Käfig auf dem Karren oder Tutut hat ihn aus dem Käfig genommen und irgendwo an einen Baum gebunden ...«

»Also, mein Vater sagte, das machte der immer so. Er nahm den Bären raus und band ihn an. Mein Vater sagte, er weiß genau, dass Tutut den Bären ... also, dass er den Bären als Wachhund benutzte. Er nahm den Maulkorb ab, denn der

Bär hat immer einen Maulkorb tragen müssen, auch im Käfig. Nur nachts, wenn Tutut mit dem Bären allein war, hat er den Bären frei gemacht. Also, der war mit einer Kette an einem Baum, aber er hatte keinen Maulkorb an. Das Tier tat Tutut nie was. Dieser ... dieser Zigeuner konnte gut mit Tieren umgehen. Mein Vater hat gesagt, dass er in Stadtkyll im Winter bei einem Bauern war, der drei Stiere hatte. Für die Besamung. Und dieser Zigeuner war der Einzige, der mit diesen Tieren parat kam. Sagte mein Vater.«

»Also«, sagte ich, »wir haben Tutut am Feuer. Geregnet hat es nicht, oder?«

»Hat nicht geregnet«, nickte Klas.

»Da ist der Karren, da ist der Esel, da ist der Bär an einem Baum, dann brennt das Feuer. Wahrscheinlich hat er was gegessen, der Tutut. Brot nehme ich an, oder vielleicht eine Suppe oder so was. Jedenfalls war es sehr friedlich. Und dann kommt irgendeiner. Und dieser eine saß auf einem Pferd. Ist das richtig soweit? Habt ihr das alle auch überlegt?«

»Das haben wir auch überlegt«, nickte Klas. »Es muss sozusagen ein friedlicher Sommerabend gewesen sein.«

»Frage!«, sagte Rodenstock lebhaft. »Ist bekannt, woher Tutut kam? Ich meine, er kann genausogut aus Daun gekommen sein oder aus Rockeskyll. Es muss doch bekannt sein, woher Tutut kam?!«

»Jau!«, sagte Klas zufrieden. »Das ist bekannt. Er kam aus Gerolstein, von Lissingen aus. Das ist bekannt, das ist sicher. Also, in Lissingen hat er immer Pferde beschlagen. Das konnte er auch, er konnte eben gut mit Tieren. Und er war billig, manchmal arbeitete er für eine Suppe oder einen Platz im Heu. Dann kam er von Lissingen rüber nach Gerolstein. Also, er hat ein paar Frauen aus der Hand gelesen, Messer und

Scheren geschliffen, solche Sache eben. Und abends war er im Gasthaus. Damals hieß das *Zur deutschen Eiche*, aber das Haus gibt es heute nicht mehr, abgerissen.« Er wiegte den Kopf hin und her. »Sie haben viel zu viel abgerissen hier bei uns. Soviel gesagt wurde, blieb er drei, vier Tage. Dann zog er weiter. Und das ... mein Vater hat gesagt, dass das komisch war. Wieso zieht er gegen Abend von Gerolstein nach Daun, bleibt da an der Weggabelung nach Rockeskyll? Sonst ist doch normal, dass er morgens nach Daun zieht und abends in Daun ist oder in Betteldorf oder in Dockweiler. Also, das war so, dass Landfahrer ein kleines Lager hatten. Das war neben Dockweiler, da, wo heute der Sportplatz ist. Wieso ist er nicht dorthin gezogen? Wieso macht er halt im Marienwäldchen? Also, das Wäldchen, wo es passierte, hieß damals Marienwäldchen.«

»Vielleicht hatte er eine Verabredung im Marienwäldchen?«, wandte ich ein.

Klas nickte. »Das haben wir uns auch gedacht.«

»Ich habe trotzdem ein Problem«, sagte Rodenstock beharrlich. »Bleiben wir mal im Lager von Tutut im Marienwäldchen. Es ist ein Sommertag, es ist noch taghell. Er hat ein Feuer gemacht, isst was oder hat schon was gegessen. Der Esel ist aus dem Geschirr genommen und grast. Der Bär an einer Kette am Baum. Es ist friedlich. Dann kommt ein Reiter. Meinetwegen der Reiter, mit dem sich Tutut verabredet hat. Es kommt zum Streit. Warum, wissen wir nicht. Tutut wird erschlagen. Und jetzt kommt mein Problem: Wir finden hier Tututs Skelett, das Skelett eines Pferdes, den Sattel. Pass mal auf, Klas, vielleicht wird klar, was ich meine: Irgendjemand trägt also Tutut hierher, und irgendjemand fährt den Karren weg und führt den Esel weg. Irgendjemand schafft das Pferd hierher. Aber, und jetzt kommt die Frage: Wieso ist das Pferd tot? Hat der Bär es getötet? Und gleich die nächste Frage: Wer hat das Pferd hierhergeschafft? Und wie? Und wo blieben der Karren und der Esel? Wir haben es mit einem riesigen Tatort zu tun. Da ist ein totes Pferd, ein toter Mann, ein schwerer Karren, ein Esel. Das ist mein Problem. Kannst du das verstehen?«

»Ja«, nickte Klas. »Das kann ich verstehen.«

»Ist denn erzählt worden, der Bär hätte sich losgerissen oder so was?«, fragte ich.

»Ja, hat er wohl«, sagte Klas bedächtig. »Muss er ja schließlich auch, oder? Der ging ja ab in den Wald.«

»Wer hat ihn erschossen? Der Graf von Manderscheid?«

»Nein, der nicht. Dem gehörte die Jagd. Aber geschossen hat er nicht. Geschossen hat einer aus Berlin, der zur Inspektion hier war. Irgendein hoher Beamter. Haben die Leute gesagt. Damals hat sich kein Mensch mehr in die Wälder getraut. Weder tags noch nachts. Aber was den Karren betrifft, da weiß ich was. Mein Vater sagte, den Karren und den Esel hat ein Viehhändler übernommen, der damals im *Hotel Heck* wohnte. Der war von der Mosel, er hieß Mertes Willem.«

»Ein totes Pferd wiegt schwer. Wie haben die es hier auf diesen Platz gekriegt?«, fragte Rodenstock.

»Mit dem Karren vom Tutut sagen die Leute.«

»Aber wer hat das gemacht? Du brauchst mindestens vier Männer, du brauchst mindestens sechs Männer. Und die Grube muss riesig sein, sonst geht das Pferd nicht rein. Die müssen wie die Idioten gebuddelt haben. Und wer hat das alles geleitet? Da muss einer gut nachgedacht haben. Und ich denke, das kann nicht der Mann gewesen sein, der Tutut erschlug. Also, wer hat das Riesenloch gebuddelt, wer hat das Pferd hier hochgekarrt? Gibt es da Erinnerungen?«

»Wir wissen nur ... nä halt, wir wissen es nicht genau.« Er blies vor Verzweiflung die Backen auf. »Also, es muss so gewesen sein, dass da eine große Aufregung war. Jedenfalls riss der Bär sich los. Mein Vater hat gesagt, der Bär wollte diesen Zigeuner schützen. Das könnte man ja verstehen. Der Bär hat dann das Pferd gerissen. Für einen Bären ist das bestimmt eine Kleinigkeit. Dann ist das Tier weggelaufen. Mein Vater hat gesagt, dass die erst am Morgen diese Beerdigung hier erledigt haben. Also, die beiden Gendarmen, die preußische Beamte waren, die haben das alles gemacht. Und geholfen haben Leute aus Rockeskyll. Sechs Tagelöhner, hat man damals gesagt. Die sind gut bezahlt worden, die haben nie was drüber geredet, weil die anschließend dauernd Arbeit hatten. Gartenarbeit und solche Dinge hier bei den hohen Herren.«

»Das ist genau der Punkt«, sagte ich. »Von Anfang an hat niemand ein Interesse gehabt, diesen Mord aufzuklären. Wirklich niemand. Es existiert keine einzige Akte darüber. Das kann nur heißen, dass die hohen Herren in Gerolstein unter allen Umständen den Täter schützen wollten. Aber warum?«

»Weil er einer von ihnen war«, sagte Rodenstock. »Nur darum, das reicht. Vielleicht war er sogar besonders beliebt. Vielleicht war es kein Mord. Vielleicht Totschlag im Affekt, ein großer Erregungszustand. Und Tutut war ein Heimatloser, ein Streuner, und er war nicht wichtig. Klas, was ist gesagt worden, wer hat das getan?«

»Also, eigentlich sind alle durchgesprochen worden. Der Apotheker, der Steuereintreiber, der Richter, der Arzt, der Schulleiter, ein paar andere, die viel Geld verdienten damals. Über Castendyck, das ist der Gründer vom Sprudel, haben sie sogar auch geredet. Aber der war ja wohl ein ganz feiner

Herr und hatte kein Interesse an so was.« Er warf die Arme in komischer Verzweiflung hoch. »Wirklich gewusst hat keiner was, sage ich euch. Aber dass ihr das jetzt ausgrabt!«

»Du irrst an einem Punkt, Baumeister«, murmelte Rodenstock. »Es ist falsch zu behaupten, dass niemand den Mord aufklären wollte. Ausschließlich die hohen Herren der Stadt wollten das nicht. Und das muss einen Grund haben. Und den suchen wir.« Dann stand er auf, trat an den Rand der Grube und murmelte: »Ich will seinen Schädel finden.« Dann ließ er sich hinunter.

»Tja«, Klas kratzte sich an der Nase. »Da bin ich wirklich gespannt. Also, ich weiß ja nicht viel, aber ich glaube nicht, dass ihr das rausfindet. Nach so langer Zeit.« Er stand auf, klopfte sich den Staub vom Hintern. »Dann will ich mal wieder. Und noch was: Macht mir bloß die Grube wieder zu. So kann man das nicht lassen.« Dann spürte er unvermittelt Schwierigkeiten auf sich zukommen. Er sagte: »Ihr seid ja ehrlich, und dein Freund da unten ist ja wohl mal Beamter gewesen, aber das hier ist Naturschutzgebiet, damit die blöden Touristen nichts ausreißen, keinen Fingerhut und keinen Frauenschuh, und damit sie ihre verdammten Coladosen wieder im Auto mitnehmen. So ein Loch geht da nicht, und ich muss das melden.« Er ließ sich auf einem gefällten Kiefernstamm nieder, holte Tabak aus der Tasche und drehte sich eine Zigarette. »Es ist nämlich so. Hier wird geredet, hier wird immer geredet. Und sie suchen immer einen, der schuld ist. Egal an was. Und da ist jetzt diese Frau, die dadrüber schreiben will. Und ihr habt hier das Loch gemacht. Das kann ins Auge gehen, das kennt man doch. Dann schreibt der *Trierische Volksfreund: Mord in Gerolstein*, aber nicht, dass das so lange her ist. Journalisten, phhh, du bist doch auch einer, oder?«

»Ich bin auch einer, und ich sage dir, die Kolleginnen und Kollegen schreiben keinen Blödsinn. Das ist einfach eine spannende Geschichte, und niemand wird lügen.« Das klang hohl, das war hohl, ich kam mir hilflos vor. Aber irgendetwas zwang mich dazu, noch einen draufzusetzen. »Ich werde darauf achten.«

Er sah mich aus ganz schmalen Augen an. »Kannst du gar nicht, weil die anderen sowieso tun, was sie tun wollen. Ich gucke doch Fernsehen, ich weiß doch, was läuft. Das ist doch immer so hier in der Eifel. Irgendwas passiert, und irgendwer schreibt drüber, oder sie kommen mit Fernsehkameras. Und was rauskommt, ist auch immer dasselbe. Da hat neulich einer seine Familie umgebracht, Frau und zwei Kinder. Der Mann ist durchgedreht, der war doch krank, der gehörte ganz schnell zum Arzt. Und sie haben geschrieben und gefilmt, dass der Mann ein Schwein ist. Ich kannte den. Also nicht gut, aber ich wusste, der war kein Schwein. So was ist schlecht.«

»Das ist richtig«, sagte Rodenstock. Wir sahen nur seinen Kopf und die Schultern. »Mach dir das doch einfach, Klas. Du gehst runter aufs Amt und meldest das hier. Dann werden wir sehen, was passiert, und wir werden mit den Leuten reden.«

Klas überlegte eine Weile. »Das will ich auch nicht. Ihr seid ja soweit in Ordnung, ich will euch nicht verpfeifen.«

»Das ist schon in Ordnung«, sagte Rodenstock. »Übrigens, ich habe Tutut, ich meine, ich habe seinen Schädel.«

Damit war die Zwickmühle um Klasens Solidarität zunächst erledigt. Wir traten an die Grube, und Rodenstock deutete nach unten. Der Schädel war nur im Gesichtsbereich frei von Erde.

»Ich muss jetzt vorsichtig sein«, murmelte Rodenstock. »Er sieht wie alle aus, er grinst.«

»Ich kann dich ablösen«, sagte ich.

Klas murmelte: »So lange her, und jetzt soll er Antworten geben. Ich weiß nicht, ob unser Herrgott das will.«

»Hast du das Schweizer Armeemesser?«, fragte Rodenstock.

»Habe ich.«

»Dann mach es vorsichtig«, sagte er. »Kein Kratzer an den Knochen.« Er kletterte aus der Grube, und ich ließ mich hinab.

Dann kam Emmas Volvo in unser Blickfeld. Sie ließ die Scheinwerfer ein paarmal aufblinken.

»Tessa müssen wir wohl fesseln und an einen Baum binden«, sagte Rodenstock in stiller Heiterkeit. »Ingbert wird sagen: Fulminant, fulminant.«

Sie kamen heran, Emma energisch, Esther gut gelaunt und ein wenig tänzelnd, Tessa vollkommen durchgedreht in haushohem Stress stolpernd und mit hektischen Bewegungen, Ingbert sanft und gemächlich.

Tessa starrte zu mir in die Grube und bekam ein kantiges Gesicht. Dann hob sie sich auf ihre Zehen.

»Nicht springen!«, schrie ich. »Bist du verrückt?«

Ingbert stand ganz versunken und hauchte: »Fulminant, wirklich fulminant.«

Emma murmelte: »Sieh da, guten Tag, Tutut.«

Esther schwieg, wandte sich zu Klas und sagte hell: »Ich bin die Esther, ich gehöre zu diesem Verein hier.«

»Ich bin der Klas«, sagte Klas ein wenig verlegen. »Ich hab eigentlich nichts damit zu tun. Ich passe hier nur auf.«

»Wir wohnen im Hotel«, sagte Ingbert trocken. »Seit gestern Abend.«

Tessas Stimme war wie zerbrechendes Glas. »Mein Vater ist ein Arsch!«

»Die Leute würden sagen: Hier herrscht Zoff!«, erklärte Ingbert. Dann griff er nach Tessas Hand.

»Das regelt sich«, Emma zündete sich einen ihrer stinkenden Zigarillos an. »So was regelt sich immer. Also, ich erkläre euch mal, was bis jetzt passiert ist. Tessa, du hattest recht. Es ist ein Thema, es ist ein Mord oder Totschlag, und es wird zu schreiben geben. Aber ob es im wissenschaftlichen Sinn eine Doktorarbeit sein kann, muss du mit deinem Doktorvater abklären.«

»Nicht Vater«, sagte sie und starrte immer noch auf Tututs Schädel. »Mein Doktorvater ist eine Professorin. Doktormutter.«

Rodenstock sagte freundlich: »Ich habe mir ausgedacht, dass du Emma und Baumeister und mich als Team beschreiben könntest. Dann kann es streng genommen eine Doktorarbeit werden.«

»Ich lass das sein«, hauchte Tessa. »Ich mach das nicht. Ich will nur noch weg von hier.«

»Das legt sich«, sagte Esther.

»Das geht vorbei«, kommentierte Emma.

Eine Weile herrschte Schweigen, bis Emma wütend genug war. »Verdammte Hacke, du musst es deinem blöden Vater und der Stadt zeigen. Setz dich auf deinen Arsch und arbeite, Doktor Tessa!« Sie ließ die Hände wirbeln. »Also, hocken wir uns hin und bereden, was wir wissen.«

Klas murmelte: »Ich fahr dann mal.«

Ich verbrachte die nächste halbe Stunde damit, Tututs Schädel freizulegen, und weil ich ein romantischer Idiot bin, ertappte ich mich bei Sätzen wie diesen: Ich tu dir auch nicht weh! Hoffentlich hast du nicht allzusehr leiden müssen! Warum hat dir keiner geholfen? Sie sagen, sie haben dich gemocht, aber sie haben nichts dafür getan. Ich hoffe, der Bär hat deinem Mörder den halben Arsch weggerissen. Ich gebe dir deine Geschichte wieder, ich gebe dir deine Geschichte wieder. Sie haben dich würdelos behandelt, sie haben dich würdelos verscharrt.

Ich fand auch das Schädelteilchen, das eingeschlagen war. Es war so groß wie zwei Fünfmarkstücke und passte lückenlos in das Hinterhaupt. Dann grub ich weiter, fand weitere Knochen, weitere verschimmelte Lederteile des Sattels, weitere Metallteile des Sattelbeschlags, weitere Knochen vom Pferd und zwei Hufeisen.

Rodenstock legte die Knochen aus, Tutut bekam eine Gestalt.

»Das Brustbein ist zerschmettert«, murmelte er. »Vier Rippen gebrochen. Der Täter muss gewütet haben wie ein Berserker.«

Ich stieß auf eine Lehmschicht und gab auf. »Ich bin todmüde. Ich will unter die Dusche und in mein Bett. Glaubst du, du findest einen Pathologen, der das untersucht?«

»Durchaus«, sagte er geistesabwesend. »Es muss einen Grund gegeben haben, wahrscheinlich einen ganz banalen Grund. Wahrscheinlich wird jemand von der Stadt kommen, wir sollten warten.«

Also warteten wir.

Die Frauen redeten mit Tessa und Ingbert, es war ein friedliches Bild. Dann kam jemand von der Stadt. Es war eine Frau, und sie sagte: »Dann wolln wir mal schaun, was wir hier haben.« Sie war um die fünfzig, dunkelhaarig, schmal und elegant gekleidet.

»Wir haben ein Loch«, sagte ich.

»Das wäre allerdings nicht sonderlich schlimm«, grinste sie. »Wenn es nur das wäre. Klas hat gemeint, es ist alles in Ordnung und nicht weiter geeignet, sich aufzuregen. Aber wir wollen eben wissen, wir müssen wissen, um was es geht.«

»Sicher«, nickte Rodenstock. Dann berichtete er kurz und knapp.

»Und wir könnten das im Rahmen unseres Archivs auswerten?«, fragte sie.

»Natürlich«, Rodenstock war erfreut. »Selbstverständlich. Wenn wir dafür Unterlagen aus jener Zeit kriegen. Alles, was anliegt, wirklich alles.«

»Sie hätten vorher fragen können«, mahnte sie.

»Das ist richtig«, sagte ich. »Aber Sie wissen, wie das ist. Wir hatten Stress, wir wollten wissen, ob Tutut hier liegt.«

Sie nickte. »Man könnte in einem Protokoll vermerken, dass Sie zu Beginn der Grabung angefragt haben.«

»Das ist aber eine schöne Mogelei«, strahlte Emma.

»So wird es gemacht«, nickte sie knapp. »Und wegen des Archivmaterials rufen Sie mich an. Ich muss heim, ich pflege meine Mutter.« Dann ging sie davon, drehte sich noch einmal um und sagte: »Viel Glück!«

»Und was machen wir jetzt mit Tutut?«, fragte Esther.

»Wir nehmen ihn mit«, entschied Emma. »Neue Freunde muss man pflegen, ihr wisst schon.«

Also verpackten wir Tutut in den Kofferraum und fuhren davon, dreckig, verschwitzt, aber restlos glücklich. Tessa und Ingbert hatten versprochen, über ihre Probleme zu reden, darüber eine Nacht zu schlafen und dann in meinem Haus aufzutauchen.

Im Wagen murmelte Esther ein wenig verlegen: »Also, ich finde es spannend, mit einem Skelett im Auto durch die Gegend zu rollen. Es ist übrigens schön hier.«

Emma konnte sich es nicht verkneifen: »Wir sind dir ungeheuer dankbar, dass du aus der großen, bunten Welt hierhergekommen bist, um uns das mitzuteilen.«

»Vertragt euch, Mädchen«, sagte Rodenstock.

Ich sah Esthers Gesicht aus meiner Position im Außenspiegel. Ich sah, wie sie ganz still zu weinen begann, und ich sah auch, wie Emma ihr ganz sanft die Hand auf die Schulter legte und dazu »Ts,ts,ts« machte.

Auf meinem Anrufbeantworter war Michael Wild zu hören, etwas aufgeregt und fahrig: »Ich habe jemanden, der bei der Beerdigung mitgegangen ist. Rufen Sie mich an?« Dann noch jemand von der Bank: »Sie sollten sich mal um Ihr Konto kümmern. Ciao!« Dann noch eine Frau, die sich mit den Worten vorstellte: »Ich bin Berta, ich schreibe über das Sterben der Wälder. Sie sollten mich zurückrufen.« Dann Nummer, Adresse. Die Stimme eines offensichtlich jungen, alerten Managers, der versprach: »Wenn Sie, sehr verehrter Herr Baumeister, versicherungsmäßig bei uns einsteigen, werden Sie sich wesentlich besser fühlen.« Dann eine Männerstimme: »Ja, mein Name ist Schmitz. Ich bin der Vater von Tessa Schmitz. Ich will Ihnen sagen, dass ich das Vorhaben meiner Tochter nicht unterstützen kann, weil es unter allen Umständen viel Unruhe in die Stadt Gerolstein tragen wird. Trotzdem wäre ich froh, wenn Sie mich einmal kontaktieren könnten. Herzlichen Dank.«

Ich konnte nicht duschen, weil Emma und Rodenstock das Badezimmer im Erdgeschoss belegt hatten und Esther unter der Dusche im ersten Stock irgendein israelisches Lied gröhlte, was sich ziemlich unzüchtig anhörte. Aber ich spreche nicht hebräisch.

Es war wie immer: Ich freute mich von Herzen über alle meine Freunde in meinem großen, schönen Haus. Aber zuweilen war es verdammt gut, eine Lokusschüssel für sich allein zu haben. Und ich konnte schlecht in meinen Gartenteich pinkeln, möglicherweise würde das zum Tod fernöstlicher, bunter Karpfen führen. Ich hockte mich also in meinen Garten und sah meiner Kröte zu, die sich an den im Wasser liegenden Baumstamm herangepirscht hatte und von Zeit zu Zeit träge, aber immer erfolgreich, nach Eintagsfliegen schnappte.

Emma kam mit einem Tablett heraus und sagte: »Es gibt ordinäre Kirmesbratwürste mit viel scharfem Ketchup.«

»Und Fritten?«

»Keine Fritten. Du hast schon eine Wampe, du solltest bescheidener speisen.«

»Du bist so zartfühlend.«

»Zartfühlende Weiber sind out. Tee oder Kaffee oder sonstwas?«

»Tee wäre gut. Und vielleicht ein Bett.«

»Du kriegst beides.«

Es war immer noch sehr warm, von Westen her kam ein sanfter Wind und bewegte den Wilden Reis im Teich. Wir aßen schweigend, wir waren viel zu müde, uns irgendwelche Wortgefechte zu liefern oder tiefsinnige Überlegungen anzustellen, weshalb Tutut wohl erschlagen worden war. Dann stellte ich mich unter die Dusche und ging sofort ins Bett. Nur Rodenstock und Emma hockten draußen im Garten zusammen und sprachen leise miteinander. Es war ein Bild des Friedens.

Als gegen zehn Uhr die Nacht hereinfiel, war es totenstill im Haus. Irgendwo schrie ein Bussard, irgendwo bellte ein Hund. Ich war müde und zufrieden und las noch ein paar Seiten, wie ich es jeden Abend tue, klappte das Buch zu und schlief augenblicklich ein. Ich träumte irgendetwas mit einem Bär in einem sehr dichten Wald. Aber der Bär war höchst friedlich, griff mich nicht an, sondern tänzelte grotesk albern vor mir her, verbarg sich hinter dicken Baumstämmen und wedelte mir dann mit einer Tatze freundlich zu. Dann hielt er plötzlich ein Plakat hoch, auf dem zu lesen stand: »*Nix Schießen*!« Und weil ich lachen musste, wurde ich wach. Wer träumt schon in Comics? Es war sechs Uhr, draußen schien die Sonne, neben mir räkelte sich Esther. Ich hatte sie nicht einmal kommen hören. Sie wirkte wie ein schutzloses Kind, und deshalb beschloss ich, kein Wort darüber zu verlieren.

Ich rasierte mich nicht, putzte mir nicht die Zähne, warf keinen Blick auf meine Schönheit im Spiegel, zog nur Jeans an und ein T-Shirt und setzte mich an den Teich.

Die Holztaube kam. Sie kam die Straße zwischen Lattens und der Kirche hoch, und sie schlug die Flügel nicht, sondern glitt in einem Aufwind heran. Sie schoss über den Efeu an der Hecke und zwischen den Fliederbäumchen hindurch. Sie schwang sich nur zwei Meter entfernt an mir vorbei, und ich kann mir nicht vorstellen, dass sie mich nicht sah. Sie landete am jenseitigen Ufer und benutzte den flachen Stein, den ich dort hingelegt hatte. Dann badete sie geräuschvoll und mit offensichtlichem Genuss. Dann wanderte sie kopfruckend ein paarmal hin und her, badete wieder, trank in kleinen Schlucken. In ihren Grau- und Blautönen sah sie prächtig aus. Vielleicht machte sie sich für ihren Lover schön. Sie betrachtete mich nachdenklich und startete dann gemächlich, um denselben Weg zurückzunehmen. Ich war zufrieden, jetzt auch für die Taubenhygiene zuständig zu sein.

Rodenstock kam mit zwei Bechern und einer Kanne Kaffee.

»Guten Morgen, junger Herr. Soll das jetzt so bleiben, dass die Esther bei dir schläft?«

»Sie schlief dort, aber es war nichts. Höre ich da die Trompeten der Eifersucht?«

»Nicht doch«, grinste er. »Ich habe so selten mit dir geschlafen. Aber ich würde sagen, sie ist ein Problem, weil sie eine endlose Latte von Problemen mit sich herumträgt. Und das wünsche ich dir nicht.«

»Das ist richtig, und das weiß ich. Lass es gut ein, Rodenstock, sie wird kein Abenteuer.«

»Da bin ich erleichtert.«

»Der Vater von Tessa ist auf dem Anrufbeantworter. Er möchte mit uns reden. Tun wir das?«

»Aber ja«, sagte er. »Und wie verfahren wir weiter?«

»Wir müssen warten, was die im Archiv haben. Viel wird es nicht sein. Das Meiste wurde beim großen Bombenangriff am Heiligen Abend 1944 zerstört. Dann wurde ein anderer Teil mit dem Ergebnis ausgelagert, dass er dort vernichtet wurde. Was Geschichte betrifft, so ist Gerolstein fast geschichtslos.«

»Aber warten ist langweilig«, sagte er. »Darf ich mal deine Wale füttern?«

»Aber sicher doch.«

Also fütterte er die Fische im Teich und sah ihnen zu, wie sie brav angeschwommen kamen, um entgegenzunehmen, was ihnen geboten wurde.

»Hier sitzt eine dicke Kröte im Schlamm.«

»Du kannst sie Aloysia nennen. Sie macht Männchen und kann bis zehn zählen. Außerdem hat sie drauf, dir einen LBS-Vertrag anzudrehen, ach ja, und sie kann täuschend ähnlich eine Nachtigall nachpfeifen. Nur so hoch fliegen kann sie noch nicht. Aber das wird noch. Eigentlich wollte ich fragen, wie es mit deinem Tumor so geht.«

»Schlecht, er kommt nicht voran. Im Ernst, er ist verschwunden, kein Mensch weiß wohin, und das ist gut so.« Er lachte.

»Dann wollte ich noch etwas fragen. Wie geht es eigentlich deiner Tochter?«

Er spitzte die Lippen, dann machte er sie breit. »Ich weiß es nicht. Und ich weiß auch nicht, ob ich das überhaupt wissen will. Ihr Mann hat sich gemeldet, aber das hatte keine Weiterungen.«

»Was ist denn das für ein merkwürdiges Deutsch? Keine Weiterungen? Was heißt das?«

»Er hat versucht, mich anzupumpen.«

»Dann ist der Ausdruck richtig. Hast du ihm in den Arsch getreten?«

»Ein bisschen. Nicht allzu sehr. Ich weiß ja, dass meine Tochter ihn vorgeschickt hat. Und das Blöde ist, dass ich ihnen selbstverständlich Geld pumpen könnte, ich habe ja genug. Aber ihnen nur ins Blickfeld zu geraten, wenn sie Zaster brauchen, ist ein beschissenes Gefühl. Emma sagt, sie könnte ihnen wortlos Geld anreichen, ich dürfte das aber nicht.«

»Was soll das?«

»Meine Tochter hat Emma noch nie gesehen, hat sich nicht vorgestellt, hat uns nicht besucht. Emma sagt: Wenn Geld ein Grund ist, bei Emma vorbeizuschauen, wird sie ihnen das Geld schenken und sie zum Tempel hinausjagen. Emma hat schließlich noch mehr von dem Zeug, viel mehr sogar. Und eigentlich wissen wir nicht, was wir mit der Erbschaft machen sollen.«

»Du könntest mich adoptieren«, schlug ich vor.

»Das geht nicht. Deine Erziehung ist total versaut worden, da ist nichts mehr zu machen. Ich mache uns mal Eier mit Speck.« Er stand auf und ging ins Haus. Ich wusste, er war getroffen, ich wusste genau, er hatte Kummer mit dieser Tochter und würde immer Kummer mit ihr haben. Irgendetwas war in einem anderen Leben total schiefgelaufen, und er konnte es nicht reparieren. Ich wusste auch, dass er sie aus der Klinik angerufen hatte, als der Krebs entdeckt worden war. Sie hatte sich verweigert, sie war nicht gekommen.

Das hatte ihn schwerer getroffen als die Krankheit.

Er hatte eine Riesenpfanne gemacht, er schleppte sie auf den Tisch. »Es sind sechs Eier und ein knappes ... na ja, ein bisschen mehr als ein Viertelpfund magerer Speck. Ich denke, das muntert uns auf, das hilft uns auf die Gäule, das treibt uns voran. Und Kaffee habe ich auch.«

Wir futterten nach Leibeskräften, schafften die Pfanne aber nicht. Dann schrillte mein Handy, und jemand sagte: »Ich weiß, es ist unanständig früh, aber jetzt hätte ich Zeit. Und, verstehen Sie bitte, es ist sehr wichtig für mich.«

»Dann kommen Sie jetzt her«, sagte ich munter und unterbrach die Verbindung. »Tessas Vater kommt.«

»Das ist gut«, freute sich Rodenstock. »Auf den alten Bock bin ich gespannt. Ich werde ihn schlachten.«

Dann, wenig später, rollte ein Siebener BMW auf den Hof, und ich sagte laut: »Hier im Garten spielt die Musik.«

Er war ein sehr adretter Mittfünfziger, und im Grunde war bei seinem Anblick klar, weshalb Tessa so hübsch geraten war. Er trug einen beigefarbenen Anzug aus Seide, und seine Krawatte war ein schreiend blauer Strich. Dazu natürlich handgenähte, dunkelbraune Slipper.

»Wollen Sie Eier mit Speck?«, fragte Rodenstock und stellte uns vor.

»Ein Happen wäre nicht schlecht«, nickte er. Er war sehr sicher und gelassen. Er aß mit großem Vergnügen, trank sehr schnell zwei Tassen Kaffee und sagte lächelnd: »So lässt es sich leben.« Er hatte ein hageres, sonnengebräuntes Gesicht, seine Augen waren von einem irritierend strahlenden Blau. Das Erste, was ich dachte, war: Tennisspieler.

»Vielleicht darf ich kurz vortragen, was ich will und meine?« Er war sachlich, er verzettelte sich nicht, er war einer der Männer, mit denen Zusammenarbeit aus reinem Professionalismus gut sein würde.

»Einverstanden«, sagte Rodenstock und setzte ihn sofort unter Druck. »Darf ich Sie bitten, sich kurz zu fassen? Wir haben sehr viel zu tun.«

»Natürlich, natürlich.« Er räusperte sich, er war vorbereitet. »Also, meine Tochter Tessa, die Sie ja wohl schon kennengelernt haben, will ihre Doktorarbeit ausgerechnet über einen Totschlagsfall schreiben, der sich in Gerolstein im Jahre 1888 abgespielt hat. Tessa ist Historikerin. Ob das überhaupt ein Thema ist, weiß ich nicht. Aber sie hat es sich in den Kopf gesetzt, und wie ich sie kenne, wird sie das durchziehen. Sie hat irgendwelche Akten ausgegraben, preußische, soweit ich weiß. Ob es in Gerolstein dazu Material gibt, weiß ich nicht. Aber meine Vermutung geht dahin, dass sie viel Staub aufwirbeln wird, genauer gesagt, Dreck. Ich bin leitender Angestellter der Gerolsteiner Brunnen GmbH und Co., ich bin jemand, der aus Gerolstein ist, ich habe mich hochgearbeitet, ich genieße – in Maßen natürlich – Ansehen. Wenn meine Tochter diesen Fall beschreibt oder darüber schreibt, wird zwangsläufig nahezu die gesamte Elite der Stadt von damals unter die Lupe genommen, denn offensichtlich war diese Elite irgendwie beteiligt. Nun bin ich von höchster Seite der Stadt gebeten worden, meine Tochter dahingehend zu beeinflussen, dass sie diesen Plan fallen lässt. Sie würde garantiert führende Familien verschrecken, sie würde einen Riesenwirbel erzeugen.« Er wedelte mit seinen Händen. »Ich hatte gestern Streit mit Tessa.« Er lächelte schmal. »Das ist nichts Neues, sie war schon immer ein eigenwilliges Kind. Aber diesmal war es geradezu böse. Das tut mir leid. Sie wird

Sie, meine Herren, ja um Hilfe gebeten haben, und ich möchte Sie bitten, mich zu verstehen. Das kann existenzgefährdend für mich werden, zumindest wird es meinen guten Ruf zerstören. Das kann ich nicht hinnehmen.«

»Also«, begann Rodenstock, »zum Ersten halte ich Ihre Meinung für begreifbar, aber total falsch. Zum Zweiten haben wir gestern die Leiche des Ermordeten gefunden, ich meine das Skelett. Denn wir helfen Ihrer Tochter bereits. Ich bin alter Kriminalist mit Morderfahrung, Siggi Baumeister hier ist Journalist. Der Fall ist ein gefundenes Fressen für ein gutes Buch. Meine Frau ist niederländische Kriminalistin. Kurzum, der Fall interessiert uns maßlos – natürlich zunächst aus fachlichen Gründen, aber auch wegen des Einblicks in uralte Strukturen. Ich denke, Sie können mich nicht stoppen, ich denke, Sie können niemanden von uns stoppen, ich denke, Sie sollten Tessa nicht stoppen. Helfen Sie ihr, sie ist es wert. Der Fall ist zu weit gediehen, um ihn wieder zu den Akten zu legen.«

»Meine Meinung ist die«, sagte ich. Ich verstand ihn, ich verstand ihn nur allzu gut. »Sie können den Fall nicht mehr aufhalten, weil er bereits zu weit fortgeschritten ist. Was immer Sie tun, jemand wird sich darum kümmern. Selbst wenn Tessa jetzt verbittert abreist, wird jemand vom *Trierischen Volksfreund* kommen und darüber schreiben. Das ist Fakt. Ich habe selbst Geschichte zu recherchieren versucht. Ich gebe Ihnen mal ein Beispiel, wie so etwas aussieht. Da hat die Stadt Gerolstein im Jahre des Herrn 1933 einem gewissen österreichischen Gefreiten namens Adolf Hitler die Ehrenbürgerschaft verliehen. Und gleichzeitig versuchen mir ehrenhafte Bürger der Stadt unablässig klarzumachen, dass Gerolstein schon immer gegen den Nationalsozialismus gewesen ist. Das ist Geschichtsverfälschung.

Selbstverständlich werden alle Leute, die sich um historische Wahrheiten bemühen, als Nestbeschmutzer eingestuft, aber aufhalten kann sie das letztlich nicht. Es gibt ja auch gute Gegenbeispiele für ehrenhafte Dickköpfigkeit. 1913 zum Beispiel wollten hochangesehene Bürger dem Kaiser Wilhelm II. bei seinem Besuch zur Einweihung der Erlöserkirche die gesamten Felsen über Gerolstein schenken. Munterley, Auberg, das ganze Areal. Sie wollten es Kaiser-Wilhelm-Felsen nennen. Da haben sich ehrenhafte Ratsherren quergestellt. Sie sagten: Das war immer unser Felsen, der soll es bleiben. Und wir wollen nicht, dass unsere Kinder zehn Pfennig Eintritt bezahlen müssen, nur um am Kaiser-Wilhelm-Felsen spielen zu dürfen! Ich halte das, was Ihre Tochter macht, für höchst ehrenwert. Außerdem halte ich es für notwendig. Wir müssen Geschichte anschauen und als einen Teil des eigenen Lebens begreifen. Ich weiß, das klingt wie das Wort zum Sonntag, aber so ist es nun einmal. Helfen Sie also Ihrer Tochter, Sie haben Verbindungen, die sie nicht hat.«

Er war zehn Zentimeter kleiner geworden. Er sagte: »Ich habe mir das so gedacht. Darf ich das eine Weile überlegen?«

»Sie sollten die Weile nicht ausdehnen«, sagte Rodenstock.

Schmitz stand auf, umrundete den Teich und hockte sich unter eine Birke. Er hatte ohne Zweifel eine schwere Entscheidung zu treffen.

4. Kapitel

Eine Stunde später saß er noch immer dort, und wir hockten um den Gartentisch und plauderten belangloses Zeug. Er machte es sich nicht einfach, er hockte unter der Birke, betrachtete diese kleine Welt und war unschlüssig. Er würde Schwierigkeiten bekommen, er würde in jedem Fall Schwierigkeiten bekommen – egal, wie er sich entscheiden würde. Wahrscheinlich würde ihn der Aufsichtsrat für zwei oder gar mehr Jahre von jeder Beförderung ausschließen – als Mittel einer idiotischen Pädagogik, die darauf hinausläuft, dass eine Handvoll Männer sich das Recht einräumt, alles in dieser Welt besser zu wissen und sich gleichzeitig auszuschließen von jeder Selbstkritik.

Dann stand er auf, klopfte sich den Staub vom Anzug, stellte sich gelassen den beiden Frauen vor und sagte: »Da ich es nicht aufhalten kann, will ich meine Tochter unterstützen. Sie soll diese Arbeit schreiben.« Dann grinste er diabolisch. »Und falls man mich deswegen von meiner Karriereleiter fallen lässt, werde ich das tun, was ich immer schon mal tun wollte: Ich werde ein Restaurant eröffnen oder eine hübsche Kneipe oder ein Restaurant mit einem kleinen Hotel.«

»Das würde Gerolstein verdammt guttun«, sagte ich. »Dürfen wir Ihre Tochter jetzt kommen lassen?«

»Ja, das wäre gut. Oder, nein, warten Sie. Ich rufe sie an und sage ihr, dass ich hier bin. Was halten Sie übrigens von diesem Ingbert?«

»Wer soll antworten?«, fragte Emma und grinste wie ein Gassenjunge.

»Eine Frau«, bat er und grinste zurück.

»Tja, ich denke also, dass er sehr nett ist und sehr wissenschaftlich und sehr gründlich. Aber er ist leider so aufregend wie ein Handy im Eisfach. Und das könnte angesichts Ihrer Tochter heißen, dass er sie nach spätestens einem Jahr nur noch tödlich langweilt, dass sie geht, einfach ausbricht. Aber da sollten Sie noch eine andere Komponente beachten: Wahrscheinlich will er sie gar nicht zur Ehefrau und ist nur viel zu höflich, das zu sagen.« Emma war außerordentlich erfreut, dieses Urteil abgeben zu können, sichtbar machte es ihr Spaß, und wenn sie sich die Hände gerieben hätte, wäre ich nicht verwundert gewesen.

In die entstehende Stille sagte Rodenstock in seiner unnachahmlich gelassenen Art: »Ich betrachte Sie mit durchaus väterlichem Wohlwollen. Sie haben entschieden, Ihrer Tochter zu helfen. Was bedeutet denn das?«

Er grinste wie ein Gassenjunge. »Es wird ohne Zweifel Schwierigkeiten geben. Man wird mir zu verstehen geben, dass ich nicht in der Lage bin, eine aufsässige Tochter zu stoppen. Wahrscheinlich wird man mir andeuten, dass ich der Stadt schade, auf jeden Fall schade.«

»Was bedeutet das praktisch?«, fragte Rodenstock.

»Es wird alles nicht mehr so einfach sein.« Er lächelte. »Ich muss offensiv werden. Ich muss sagen, dass wir diese Geschichte ausbuddeln sollten, dass der Plan meiner Tochter eigentlich gut ist. Mit anderen Worten: Ich muss klarmachen, dass es aus ist mit Verschweigen, Verstecken, Verschleiern.«

Rodenstock nickte bedächtig, Emma legte ihm die Hand auf den Arm und fragte sehr aggressiv: »Wenn ich das richtig verstehe, dann wissen Sie etwas?!«

Er sah sie an und nickte ganz einfach. »Es geht um so etwas wie Herrschaftswissen.«

»Herrschaftswissen?«, fragte sie weiter. »Heißt das, dass bestimmte elitäre Köpfe der Stadt schon immer wussten, was damals gelaufen ist?«

»Ob sie etwas Genaues wussten, kann ich nicht sagen, denn niemand hat sich je die Mühe gemacht, nach Akten oder Unterlagen zu suchen. Aber es stimmt, dass darüber beim Biertrinken, bei Feuerwehrfesten, bei Junggesellenfesten, bei der Kirmes gesprochen worden ist. Nicht im Sinne der Weitergabe von schrecklichen Geheimnissen, aber im Sinne einer amüsanten Geschichte aus längst vergangenen Tagen.«

»Und wer bitte«, ich hatte Mühe, mich zu beherrschen, »hat Tutut umgebracht?«

»Nach Lage der Dinge war es wahrscheinlich der Richter. Und es war kein hochpolitisches Spiel, es war eine Liebesgeschichte.«

»Hah!«, sagte Esther rauchig. »Und wahrscheinlich spielt eine uneheliche Schwangerschaft eine Rolle und solche Dinge. Habe ich recht? Lassen Sie es raus, Mann, ich liebe solche Geschichten. Ich könnte davon leben, ich kann ohne so was überhaupt nicht leben. Also, da war mal ein Paar im *Miramar* auf Santo Domingo, und jeder sagte: Na ja, die sind nur hier, um mal in Ruhe miteinander zu schlafen. Aber: Essig! Die waren sogar regulär verheiratet, hatten sich nur fünfzehn Jahre nicht gesehen, und ...«

»Esther, Liebes«, murrte Emma heftig.

»Also bitte, ich halte den Mund, ich sag überhaupt nichts mehr.« Und dann, honigsüß mit einem Augenaufschlag, der einem Eskimo tropische Hitzeschauer verursacht hätte: »Also, mein Lieber, wer liebte da wen, und wer machte wem ein Kind, und wieso wusste das Tutut?«

Wir mussten alle lachen. Rodenstock fing sich als Erster: »Also, der Richter. Wie hieß der doch noch?«

Merkwürdigerweise starrten sie mich alle gleichzeitig an, weil ich wohl als Einziger mit einem funktionierenden Kurzzeitgedächtnis ausgestattet war. »Es waren zwei Männer«, erinnerte ich sie. »Der Medizinalrat Dr. Xaver Manstein, zum Zeitpunkt des Ereignisses ungefähr vierzig, sowie der Richter Severus Brandscheid, gebürtig aus Trier, Hobbygeologe, Alter unbekannt. Und Mattä Juppes hat gesagt, dass ein weiterer der Täter sein könnte. Der Mann heißt Karl-Heinrich Wesendonker und war als preußischer Steuereintreiber wahrscheinlich eine Schlüsselfigur. Schlüsselfigur deswegen, weil zur damaligen Zeit nahezu jeder Eifler dem Staat Steuern schuldete und dieser Wesendonker dauernd herumfuhr, um diese Steuern einzutreiben oder es wenigstens zu versuchen. Dieser Wesendonker lebte in Gerolstein oben an der Burg im Haus des Schniggers, also des ehemaligen Schneiders. Und verheiratet war er mit einer als Drache bezeichneten Frau. Ob der Arzt und der Richter verheiratet waren und Familie hatten, wissen wir nicht. Das ist die Besetzung, Leute, darauf müssen wir uns konzentrieren. Gibt es in Gerolstein, Herr Schmitz, über diese Leute Akten?«

»Todsicher«, nickte Schmitz. »Jetzt rufe ich meine Tochter an, jetzt will ich Klarschiff.« Dann hielt er unvermittelt inne und fragte: »Es geht doch wohl auch darum, dass Sie hier ein höchst vergnügliches Spiel treiben, nicht wahr?«

»Sehr richtig«, nickte Emma. »Das ist das Spiel des Lebens. So läuft es in Somalia, auf Labrador und auf den Fidschi-Inseln. Das macht Lust, nicht wahr?«

»Das macht Lust«, nickte er. »Das habe ich nie vorher begriffen. Ich werde mich um die Akten bemühen. Und jetzt um meine Tochter.«

»Hey«, murmelte Esther ganz leise, »das ist ja ein irres Spiel. Rekonstruktion einer Liebesgeschichte vor hundertelf Jahren.«

»Du darfst Ehrfurcht zeigen«, sagte ich. »Es waren Menschen, richtige Menschen.«

Schmitz kam wieder heran und murmelte gedankenverloren: »Ich werde mit meiner Tochter reden müssen. Ziemlich lange. Sie hat geheult. Nicht, weil sie Kummer hat, sondern weil sie keinen mehr hat. Bis demnächst, ich melde mich.« Dann ging er zu jedem in der Runde und reichte ihm die Hand, das wirkte sehr befreiend.

»Wir brauchen so schnell wie möglich die Personalien«, mahnte Rodenstock.

»Mich interessiert dieser Hansen-Hof, dieser Hexenhof«, sagte Emma. »Ja, und mich interessiert, wer denn da eine Liebesgeschichte hatte.«

Schmitz fuhr vom Hof, und wir fühlten uns ein wenig mutlos, weil wir nichts unternehmen konnten, was den Fall vorantrieb. Nur Rodenstock schien diese Leere nicht zu teilen. Er teilte lapidar mit: »Da kommt heute Nachmittag noch ein Doktor Klaus, Pathologe. Er nimmt Tutut mit. Es wird nicht viel helfen, aber vielleicht erfahren wir etwas.«

»Dann ist da noch etwas«, sagte ich. »Ihr habt alle ein so verdammt schlechtes Gedächtnis. Erinnert euch daran, dass wir den Hinweis bekommen haben, dass auch der Gerolsteiner Apotheker sehr viel in dieser Gegend unterwegs war. Weil er nämlich so etwas wie der Viehdoktor gewesen ist. Wir haben keinen Namen.«

»Du bist ein Perfektionist«, flötete Esther allerliebst.

»Das liebe ich an den oberflächlichen Leuten«, entgegnete ich. »Sie hassen alles, was mit der Aussicht auf viel Arbeit zu tun haben könnte.« Dann sah ich, dass ihr Gesicht die Farbe wechselte, und geriet etwas ins Stottern. »Tut mir leid, verdammt noch mal, aber du hast eine wirklich viel zu schnelle Schnauze.«

»Höre ich da verdeckten Jubel?«, fragte Emma.

Dann rief Frings an. Jupp Frings, hoffnungsvoller Aufsteiger bei den Christlichen, vorher ein Versuchslauf bei den Freien Demokraten, in der Jugend im Jungvolk der Sozialdemokraten, jetzt zweiundvierzig Jahre alt und mit der tiefen Überzeugung gesegnet, dass das Band zwischen den Grünen und den Christlichen irgendwann viel reißfester sein wird, als jemand vor zwanzig Jahren je hatte hoffen können.

»Herr Baumeister«, hauchte er, »wie schön, dass ich Sie endlich erreiche. Wie geht es Ihnen? Das Wetter ist heute zumindest ja fabulös. Also, ich genieße dieses Land in der Sonne. Ich war gestern mit meiner Frau im Wald. Ich sage Ihnen, uns ist das Herz aufgegangen. Plötzlich sieht man all die kleinen Blumen am Wegrand, die man sonst niemals gesehen hat. Also, wie geht es Ihnen?«

Was, um Gottes willen, soll man auf einen solchen Schmonzes denn nur antworten?

»Also, mir geht es gut. Ich nehme an, dass wir die Ermittlungen zum Tod des Zigeuners vor einhundertelf Jahren einstellen sollen, wenn ich Sie richtig verstehe.«

Eine Weile schwieg er, dann kam es sotto voce: »Also, das liebe ich so an Siggi Baumeister: Immer geradeheraus, kein Blatt vor den Mund, immer sofort sagen, was ansteht. Ach, wenn es doch in der Politik genauso wäre, dann wäre ich ein glücklicher Mann. Also, sagen wir mal so: Man macht sich Sorgen.«

»Man gibt es nicht. Wer genau macht sich Sorgen? Und worüber?«

»In Kreisen der Politik würde ich mal sagen. Wir wissen ja alle, der Siggi Baumeister kriegt letztlich alles raus. Und da könnten ja ... also, ich würde mal formulieren wollen, dass da Schatten auf die Stadt fallen könnten.«

»Was, zum Teufel, denn für Schatten?«

»Also, Ihnen kann ich es ja sagen. Man fürchtet Enthüllungen!« Das kam schneidig, das war der Frontoffizier in den leidigen harten Friedenszeiten.

»Besonders junge Leute erregt das.«

Das verschlug mir allerdings die Sprache. »Wieso denn das? Wieso regen sich junge Leute auf? Und wer sind diese jungen Leute? Ich will Namen.«

»Kann man nicht nennen. Es sind junge, aufstrebende, honorige Leute, die meinen, da geschieht etwas zum Schaden der Stadt.«

»Frings, verdammt noch mal. Wir untersuchen einen Mord oder einen Totschlag, nichts anderes. Das Ereignis ist hundertelf Jahre alt, der Erschlagene war ein Zigeuner und wurde verscharrt. Es gibt keine Anhaltspunkte, die auf einen bestimmten Täter hindeuten. Was, um Gottes willen, soll diese Drohung?«

»Ich drohe Ihnen doch nicht. Ich drohe doch nicht Siggi Baumeister.«

»Frings, verdammte Hacke, was soll dieser Baumeister denn tun Ihrer Meinung nach? Und reden Sie nicht so geschwollen daher.«

»Hören Sie ganz einfach auf, dem Fall nachzugehen. Das ist meine Empfehlung. Es gibt sonst eindeutig böses Blut.«

»Das ist wirklich nicht zu fassen!« Ich drückte wütend die Aus-Taste. »Wir sollen aufhören, ein paar Politiker wollen das.«

»Damit war zu rechnen«, nickte Rodenstock einfach. »Wieso war das eine Liebesgeschichte, und wer liebte da wen? Und wieso wurde Tutut dann erschlagen? Verdammt noch mal, wir kennen die mögliche Besetzung des Stückes, aber wir können die Darsteller nicht hören, wir kennen keine einzige Textzeile.«

»Das ist nicht ganz wahr«, murmelte Emma. »Wir wissen, dass Tutut erschlagen wurde. Und wir wissen, dass er Briefe zwischen Liebenden hin und her trug, und wir wissen, dass er wahrscheinlich viel wusste. Aber diesmal hat er zu viel gewusst, diesmal ging es schief. Das ist ziemlich sicher, oder?«

»Ich bin ungeduldig«, Rodenstock lächelte sie an. »Du kennst mich, ich bin einfach nervös, weil Tutut mich interessiert.«

»Schon gut, mein Lieber. Vielleicht lesen wir alle ein gutes Buch oder irgendetwas in der Art.«

Sie hatte recht. Ich zog mir also die kurz abgeschnittene Jeans an, die mich so ungemein erotisch macht, weil sie meine weißen, krummen Beine so dekorativ zur Geltung bringt und meine Wampe so ehrlich macht. Dann schlüpfte ich in die Gummistiefel, pumpte mir vom Nachbarn Rudi Latten die Sackkarre und begann, die Grauwackersteine und die roten Basaltbrocken Stück für Stück an den Teichrand zu karren. Nach zwanzig Minuten lief mir der Schweiß in Strömen den Körper hinunter, und ich bildete mir ein, meine beachtlichen Rettungsringe im Minutentakt schwinden zu sehen – ein herrliches Gefühl.

Esther verschwand im Haus, kehrte in schneeweißen Shorts von Briefmarkengröße und einem kaum zu erkennenden Top zurück und sagte: »Das ist ein Friedensangebot, ich werde dir helfen.«

»Aber nicht barfuß!«

»Aber ich habe nichts an Schuhen für so was.«

»Aber ja doch, du hast dir doch Wanderschuhe gekauft.«

»Die? Die haben doch richtig Geld gekostet, die kann ich doch nicht bei so einer Sauerei anziehen.«

»Zieh sie an oder lass es sein.«

Sie zog sie an, wälzte beachtliche Brocken von einem halben Zentner aus dem Haufen, wuchtete sie an die Sackkarre und erklärte mir genau, wo welcher Stein zu liegen hätte, weil meine Art, die Teichumrandung zu gestalten, von der Farbwahl her langweilig und im Grunde beschissen sei. Sie ging sogar so weit, vier oder sechs Brocken aus der Reihe schlichtweg zu entfernen und für eine andere Position vorzuschlagen, weil das ein besseres Design mache und überhaupt die Leute in der Eifel für Gartengestaltung absolut keine Nase hätten. Es machte richtig Spaß.

Meine Kater Paul, Willi und Satchmo lagen unter der Birke, leckten sich gegenseitig ab und betrachteten ihren Herrn mit der unendlichen Arroganz Eifler Scheunenkatzen. Es hätte mich nicht gewundert, sie hemmungslos kichern zu hören.

Dann kam die elegante Karosse des Schmitz aus Gerolstein auf den Hof gerollt, Tessa und ihr Vater stiegen aus, gefolgt von dem unvermeidlichen Ingbert, dessen Miene mal wieder ausdrückte, dass er mit alldem im Grunde nichts zu tun hatte. Sie kamen im Gänsemarsch in den Garten, Schmitz ließ sein Jackett adrett auf den grünen Rasen fallen und erklärte: »Also die Personalien der Beteiligten machen keine Schwierigkeiten. Aber andere Ereignisse, wie zum Beispiel Tututs Tod, sind nicht belegt. Unterlagen darüber sind bei den letzten Fliegerangriffen im Januar 1945 verschüttgegangen. Der Steuereintreiber Karl-Heinrich Wesendonker war mit einer Frau namens Florie verheiratet. Er war zum Zeitpunkt von Tututs Tod genau vierzig Jahre alt, seine Frau zweiunddreißig. Sie hatten keine Kinder. Der Medizinalrat Dr. Xaver Manstein war sechsundvierzig Jahre alt, verheiratet, drei Kinder. Die Frau hieß Marie. Der Richter Severus Brandscheid war Junggeselle. Ich muss betonen, dass weitere Unterlagen nicht vorhanden sind, jedenfalls nicht im Archiv der Stadt. Es scheint nichts zu geben.«

»Wenn wir uns auf mündliche Übertragungen verlassen, sind wir im Eimer«, sagte Rodenstock ruhig.

»Da gibt es jedoch einen Hinweis«, sagte Ingbert trocken. »Erinnern wir uns: Der Bauer Berthold Schmitz wandert mit seiner Familie in die Vereinigten Staaten aus. Ein Sohn von ihm kommt zurück, geht allerdings nicht nach Pelm oder Rockeskyll oder Gerolstein zurück, sondern nach Hillesheim. Dies ist Punkt Eins meiner Überlegungen. Zweitens wissen wir noch etwas anderes: Da existiert der Hexenhof eines Bauern namens Hansen. Der hat eine Frau namens Maria. Wir wissen, dass diese Frau etwa um die dreißig Jahre alt ist und eines Tages, wann wissen wir nicht, verschwindet. Nach unseren Befragungen besteht die Möglichkeit, dass diese Frau nach Köln ging. Möglicherweise, um ihr Brot als Nutte ... äh, Dirne, zu verdienen. Und nun der Fakt. Der Bauer Berthold Schmitz hat einen Brief an den Pfarrer in Gerolstein geschrieben. In dem ist die Rede von einer Frau namens Maria Hansen aus Rockeskyll, die in der Ggegend von Chicago auftaucht, sehr zur Verwunderung des Berthold Schmitz. Und ...«

»Wo ist der Brief?«, fragte ich schnell.

»Hier«, sagte er. »Eine Kopie, aber immerhin ein einwandfreies Dokument.«

»Und wieso hast du uns nichts gesagt?«, schrillte Tessa.

»Weil ich arbeiten, nicht diskutieren will«, sagte er unendlich sanft mit dem Lächeln eines Chorknaben. »Und noch etwas: Es ist die Rede von einem weiteren Brief, den die Familie des Sohnes von Berthold Schmitz immer noch im Besitz haben soll. Angeblich hängt dieser Brief in der guten Stube einer Familie in Hillesheim, die jetzt Schauster heißt und irgendwie in der grauen Vorzeit mit den Schmitzens verwandt war.«

»Schauster? Ben Schauster?«, fragte ich.

»Richtig. Ben Schauster«, nickte er.

»Gastronom in Hillesheim, Besitzer des *Teller*«, erklärte ich. »Diese Welt ist verdammt klein.«

»Dann ist da noch etwas«, sagte Vater Schmitz. »Es ist richtig, dass die meisten geschichtlichen Dokumente der Stadt Gerolstein im Zweiten Weltkrieg vernichtet wurden. Aber es ist auch richtig, dass ein Lehrer namens Adam Wölber eine Abschrift aller wichtigen Dokumente der damaligen Zeit anfertigen ließ, weil er eine Stadtgeschichte schreiben wollte. Die Stadtgeschichte des Adam Wölber wurde niemals gedruckt, irgendwie ist er mit dem Buch nicht fertig geworden. Aber alle seine Manuskripte und die Abschrift der Dokumente sind im Besitz einer gewissen Familie Mehring, Vorname Gustav, Beruf Bauer, in Büscheich. Aber der rückt nichts heraus, der ist ein angeblich knauseriger, ekelhaft unfreundlicher Mensch, der das alles in einer eisernen Kassette aufbewahrt und jedesmal, wenn er betrunken ist, droht: Wenn ich auspacke, ist ganz Gerolstein im Arsch!«

»Großer Orden an Ingbert und Vater Schmitz«, sagte ich. »Kann ich jetzt den Brief einmal haben?«

»Natürlich«, nickte Ingbert und gab mir den Brief. »Ich mache darauf aufmerksam, dass wir vielleicht unsere Gruppe hier teilen sollten, damit wir möglichst schnell weiterkommen. Denn in Gerolstein bin ich von einem jungen Mann angesprochen worden, der ziemlich aggressiv war und mir drohte, wenn ich weiter recherchiere, bekomme ich ... na ja, er hat mir Prügel angedroht. Ein ungemein roher Mensch.«

»Das wird ja richtig heiter«, sagte Esther. »Da brauche ich mich gar nicht umziehen, dann kann ich gleich mitprügeln.«

Sie war dreckig wie eine Sau im Pfuhl, aber sie fühlte sich sichtlich wohl.

»Du wirst dich nicht prügeln«, sagte Emma mild. »Ich gebe dir ein Maschinengewehr und zusätzlich einen Flammenwerfer – dann brauchst du keine Diskussion mehr zu befürchten.« Sie setzte hinzu: »Ich finde es erstaunlich positiv, wenn sich eine Neurotikerin aktiv am Arbeitsleben beteiligt. Du hast eben zwei Mercedes-Aktien gewonnen.«

Esther entgegnete nichts, Esther wurde rötlich und senkte den Kopf.

»Also, lasst mich den Brief vorlesen«, sagte ich. »Berthold Schmitz schreibt ausschließlich in Rechtschreibfehlern, schreiben war nicht seine Welt. Ich lese die Fehler nicht mit. Der Brief lautet:

Hochwürdigster Herr in meiner Heimat!

Das Land hier ist reich und fett. Und wenn wir daheim in der Eifel nur eine Ernte haben, so haben wir hier derer zwei oder drei. Der Mais steht dicht und hoch. Es gibt hier in der Nachbarschaft viele Menschen aus dem Deutschen Reiche, und wenn wir zur Kirche gehen, sprechen wir deutsch, denn fast alle sind aus der Heimat. Wir beten viel zu Gott, dass er uns helfen möge, hier ein Haus zu schaffen und viele, viele Äcker. Die kriegt man hier kostenlos zugeteilt, und sie gehören einem auch rechtens. Wir haben ein Holzhaus aufgeführt, damit der Winter uns nicht allzu arg trifft. Im Frühjahr beginne ich mit dem Bau eines Steinhauses. Wir haben viel Hilfe, denn die Nachbarn helfen alle, und wir helfen den Nachbarn. Hier ist eine Familie aus Schweden, die uns begrüßte. Sie trugen mir einen Laib Brot an und ein Salzfass. Das bringt Glück, sagen die Leute. Ich habe geweint, weil in der Eifel uns niemand ein Stück Brot gegeben hat, so wahr ich hier stehe. Die Winter sind hart, und ich hoffe, Gott der Herr wird uns sei-

nen Schutz geben und nicht dulden, dass jemand in meiner Familie stirbt oder gar lange krank wird. Zu Chicago wohnt ein deutscher Herr Bischof, der sich um uns arg kümmert und nicht dulden mag, wenn jemand Not leidet. Unsere Mutter Kirche ist schon dort, wo wir hinkommen, unsere Felder zu bestellen. Und wir sind stets im Herrn. Es war eine große Verwirrung in mir, als ich zwei Tage in die Stadt gegangen bin und dort Hex-Maria getroffen habe. Sie ist wohl mit dem Schiff nach mir angekommen. Und sie sagte, sie habe schlimm geweint unter ihrem Mann, der sie alltäglich geschlagen. Hochwürdigster Herr, ich war voller Staunen, denn die Maria Hansen sagte, sie sei eigentlich mit einem Manne gekommen, der aber habe das Schiff nicht erreicht, und sie warte nun auf ihn. Ich fragte, wer denn dieser Mann sei. Und sie hat glückselig gelacht und gesagt, das würde sie erst preisgeben, wenn er hier in Chicago ist. Das würde ich nicht glauben, hat sie gesagt. Und wir haben geredet, und sie hat ein Haus, nicht weit von hier und einen guten Acker. Und ich muss nur einen Tag gehen, um sie zu besuchen. Ich habe gestern drei Säue gekauft, alle trächtig. Und wir denken, es geht vorwärts, und ich bitte zum Herrn, dass es in der Heimat gut steht. Von Herzen bitte ich den hochwürdigsten Herr, dass er beten kann für mich und die Meinen. Mein Herz ist manchmal verzagt, ich habe Furcht, alles könnte ein Traum sein. Dann spreche ich ein Ave Maria und sehe: Es ist kein Traum, und ich bin etwas ruhiger. Gezeichnet Berthold Schmitz.«

»Die Maria Hansen, sieh einer an.« Emma kaute auf einem Grashalm. »Ihr Mann schlug sie oft. Sie hatte kein Geld. Das bedeutet, dass irgendeiner für sie das Ticket nach Amerika gekauft hat. Wer war der Mann?«

Da niemand eine Antwort wusste, herrschte Schweigen. Von Westen zog eine fast schwarze Gewitterfront herauf, der

Wind wurde kühler und bewegte sanft die Oberfläche des Teiches.

»Mein Gott«, sagte Tessa gerührt.

»Es ist unglaublich«, murmelte ihr Vater.

Esther schüttelte den Kopf. »Wie sollen wir den Mann identifizieren?«

»Das wird schwierig werden«, nickte Rodenstock. »Ich bin müde, ich lege mich aufs Bett.« Wenn er das sagte, wussten wir, dass er nachdenken wollte. Er murmelte: »Viel wissen wir nicht, aber wenn jemand ein Ticket für Maria Hansen nach Amerika bezahlte, dann wissen wir, dass es kein Bauer gewesen sein kann, kein Handwerker, sondern ein Mann mit Geld. Und also muss es entweder der Medizinalrat, der Richter, der Apotheker oder der Steuereintreiber gewesen sein. Die sind die Einzigen, die in Frage kommen. Macht es gut. Haben wir eigentlich den Namen des Apothekers?«

Vater Schmitz nickte lapidar. »Michael Toombers hieß der Mann. Keine Familie, Junggeselle, 1848 in Gillenfeld geboren, also vierzig Jahre alt, als Tutut erschlagen wurde.«

»Lassen wir den Wilhelm Castendyck nicht aus, den Sprudelgründer«, warf ich ein. »Vielleicht hat das alles mit der angeblichen Liebesgeschichte nichts zu tun, vielleicht hat Castendyck ein gutes Herz und zahlt der geprügelten Frau die Schiffspassage. Einfach so. Es war einmal in einem ganz anderen Zusammenhang die Rede davon, dass Castendyck durchaus zu solchen großzügigen Gesten fähig war.«

»Ich glaube nicht an eine solch harmlose Erklärung«, sagte Tessa. »Ich friere.«

Ingbert zog sein Jackett aus und hängte es ihr um die Schultern. »Du solltest mal ein paar Stunden schlafen«, sagte er liebevoll.

Vater Schmitz starrte wortlos in den Himmel.

»Ich fahre zu Ben«, sagte ich. »Ich will den zweiten Brief lesen.«

Tessa wollte mit, Esther wollte mit, und ich sagte selbstverständlich ja, weil es sich ausgesprochen gut macht, mit zwei hübschen Frauen durch die Eifel zu ziehen und dabei so zu tun, als hätte man mit beiden etwas. Das schmiert die Gerüchteküche, das lässt den Klatsch vibrieren.

Wir rollten also gemächlich über Heyroth, Niederehe und Kerpen durch den Sommertag. Ben war nicht da, Ben stand hinter den Töpfen. Seine Andrea sagte hell: »Na sicher könnt ihr das Ding haben.«

»War das ein Verwandter?«, fragte ich.

»Deswegen hängt es nicht an der Wand«, sagte sie. »Wir fanden nur, es ist ein schöner Brief. So einfach ist das. Er war ein entfernter Verwandter von Ben, irgend so etwas wie der Bruder vom Cousin des Urgroßvaters oder so. Ben weiß nicht mal, wer ihm den Brief gegeben hat.«

Tessa nahm die Glasplatte von der Wand und las vor:

»Mein Sohn in Hillesheim!

Ich muss Dir großen Kummer machen. Mutter ist zum Herrgott gegangen, und wir alle stehen hier mit leeren Händen und fühlen großen Schmerz. Sie hat nicht geklagt, und sie hat auch nicht lange unter Krankheit gelitten. Sie hat gehustet, immerzu gehustet. Das fing in der Weihnachtszeit an. Es war streng kalt, aber wir hatten alles. Genug Ofenholz, reichlich zu essen, es mangelte an nichts. Mutter hatte sich sagen lassen, wie man eine Limonade selbst macht. Und einiges davon haben wir sogar verkauft. Sie hustete immerzu, sodass ich in der Stube nicht einmal meine Pfeife rauchen konnte, ohne dass sie hustete. Auch durfte der Kamin nicht rauchen. Es war schlimm. Dann reiste ein Quacksalber durch, der eine Medizin gegen Husten hatte. Aber ich denke, es war nichts anderes als billiger Schnaps. Dann hat dein Bruder Gerhard vorgeschlagen, sie nach Chicago zu bringen zu einem richtigen Arzt, aber das ging nicht, weil sie schon sehr schwach war und wir nicht wussten, wie wir sie durch die Kälte transportieren sollten. Dann kam Maria Hansen vorbei. Sie wartete noch immerzu auf ihren geheimnisvollen Freund – sie sagte aber nichts und hatte ein vergrämtes Gesicht. Und sie pflegte Mutter Tag und Nacht. Und anfangs wurde es viel besser, und am Heiligen Abend habe ich Mutter einmal lachen hören. Aber dann wurde es eisig kalt und danach sehr warm mit viel, viel Regen und Nebel, dann wieder eisig. Viele Nachbarn kamen und gaben uns guten Rat, und Maria Hansen nahm jeden Ratschlag an. Aber der Herrgott hatte Mutters Uhr gestellt und ließ es nicht zu, dass sie gesundete. Ich habe gehadert mit ihm, ich gestehe es ein, denn sie ist die Mutter meiner Kinder und auch Deine Mutter. Maria pflegte sie mit Mühe. Den 22. Januar ist sie dann eingeschlafen, und ihre letzten Worte sollen bewahrt werden: Gott nimmt mich zu sich. Es waren traurige Tage. Du kennst ja die große Eiche unten am Fluss. Dort haben wir sie beerdigt, und Gunnar, der Schwede, hat einen roten Stein gemeißelt. Die Inschrift lautet: Requiescat in Pace! Amalia Schmitz aus der Eifel ruht hier im Herrn. Und dann das Datum. Dann haben wir noch eine Fotografie gehabt, die in den Stein eingelassen ist und darüber ein Glasstück, sodass jeder sehen kann, wie hübsch sie war. Das ist hier so Sitte, die Italiener machen das alle so. Der Winter brachte noch viele Schneestürme, und es wurde gesagt, dass auf dem anderen Ende des großen Sees ein ganzer Indianerstamm mit Mann und Maus erfroren ist. Wir haben gehört, dass das Land weit im Süden noch fruchtbarer ist als hier. Und das Land, welches in California liegt, soll noch fruchtbarer sein, dort soll es keine Winter geben, nur Sonne und manchmal Regen. Maria Hansen sagte, sie würde wohl dorthin gehen, und ich soll doch die Kinder nehmen und mitgehen, weil dort keine strengen Winter sind und wir drei Ernten von allem haben können, was wir setzen.

Hier kann ich kein Land dazukaufen, es ist alles verteilt. Im Westen kann ich das. Die Reise wird zwei Monate dauern, und man muss in einem Zug fahren, also in einem Treck, wie das hier heißt. Wir haben immerzu in der Stube bei einem warmen Feuer gesessen und überlegt. Und dann hat Maria Hansen gesagt, dass der Steuereintreiber Karl-Heinrich Wesendonker der Mann war, der mit ihr nach Amerika gehen wollte. Und die Schiffspassage hat er auch bezahlt. Aber er ist nicht gekommen, und sie weiß nicht warum. Sie sagt, dass er ein freundlicher Mann war, aber dass er Unglück hatte, weil seine Frau, die mit ihm im Schnigger-Haus lebte, den Richter Severus Brandscheid liebte. Es war wohl ein großes Durcheinander bei den erlauchtigsten Herren. Aber mehr wusste sie auch nicht. Wir ziehen den 25. Mai los von hier, und Maria Hansen sagt, dass sie den Namen Hansen nicht tragen will, weil er sie so grausam behandelt hat. Es wird wohl so sein, dass wir zusammenbleiben, denn sie ist eine kräftige und fröhliche Frau. Wenn ich weiß, wo mein Platz ist, werde ich Dir wieder schreiben, geliebter Sohn. Dein Vater Berthold Schmitz.«

»Der Fall ist also gelöst«, murmelte Tessa nach einer Weile.

»Nicht die Spur«, sagte ich. »Wir wollten doch wissen, wer Tutut tötete. Und das wissen wir immer noch nicht. Im Gegenteil, der Fall ist verzwickter geworden, nicht mehr so einfach. Sieh einer an, der Richter, der den Drachen liebte.«

»Das ist irre«, hauchte Esther. »Eine richtige Dreiecksgeschichte, eine richtige Seifenoper. Da muss aber doch in der Herrenrunde einiges schiefgelaufen sein.«

»Lasst uns fahren«, sagte ich. »Es ist noch ein langer Weg bis zu Tututs Mörder. Karl-Heinrich Wesendonker kann es gewesen sein, der Richter Severus Brandscheid auch. Aber vielleicht hatten sie einen Helfer, vielleicht hatten sie jemand, der die Arbeit für sie machte. Vielleicht war das ein Arrangement unter Gentlemen. So was soll vorkommen.«

Tessa nahm den Brief und ging aus dem Haus, um ihn kopieren zu lassen. Zehn Minuten später fuhren wir wieder, und wir waren verwirrter als vorher. Sicher, es schien eine Liebesgeschichte gewesen zu sein oder sogar zwei. Aber was hatte Karl-Heinrich Wesendonker davon abgehalten, seiner Maria in die Vereinigten Staaten zu folgen? Und was war aus seiner Frau geworden? Und was aus dem Richter Severus Brandscheid?

Ich ging hinauf in mein Arbeitszimmer und legte *The Jimmy Rogers All-Stars* auf, fröhliche Musik mit sehr viel Swing und einem großen Schlag Ironie. Im Garten hockten die Frauen, Rodenstock im Gästezimmer war nicht zu hören, das Haus war sehr still. Meine Kater drückten sich unter dem Schreibtisch herum und legten sich auf die Seite, um zu schlafen. Schwärzester Chicago Blues und ein wenig dahinter immer das Bewusstsein, dass Jimmy Rogers all das nicht mehr erleben konnte. Bei *That's alright*, der Clapton- Nummer, drehte ich ab. Zu viel Tod, zu viel Melancholie und keine Spur von Licht in Tututs Fall.

Dieser Berthold Schmitz, der einfache Bauer aus Rockeskyll. Wer zum Teufel war er eigentlich? Nur ein völlig verarmter Landwirt aus einer damals völlig verarmten Eifel? Er hatte einen Haufen Kinder, er war vorbestraft, weil er im Wald Holz geklaut hatte, um nicht zu erfrieren. Holzfrevel hieß das, schien ein Verbrechen gewesen zu sein. Und dieser Mann, der kein Wort richtig zu schreiben verstand, der jedes Wort kleinschrieb, weil er sich dann nicht die Mühe machen musste, herauszufinden, was großgeschrieben wird, dieser Mann schrieb wunderbare, höchst präzise Briefe. Wahrscheinlich gehörte er zu den Namenlosen, die Amerika großgemacht haben. Hatte er Maria Hansen je gefragt, ob ihre Liebesgeschichte mit Karl-Heinrich Wesendonker ernst war und tief oder nur ein Strohfeuer, diktiert von der Hitze ihrer Körper, ihrer Einsamkeiten und stillen Verzweiflungen? Ich wusste plötzlich, er hatte sie gefragt, aber die Antwort würde niemand wissen.

Dann schellte es, und Esther schrie: »Da ist wer für dich, Siggi.«

In der Tür stand ein etwa dreißigjähriger Mann mit langen wirren Haaren. Er trug eine uralte Jeans, darüber ein fadenscheiniges T-Shirt, das wahrscheinlich um Luthers Geburt herum gewebt worden war. Er hatte uralte dunkelbraune Augen, und als er sprach, sah ich, dass er keinen Zahn mehr im Mund hatte.

Er sagte: »Also, mir geht es ziemlich schlecht. Ich bin Schamane.« Dann setzte er hinzu: »Ich ziehe durch die Eifel.«

»Wie schön für die Eifel«, sagte ich. Ich wusste nichts Klügeres zu antworten, ich wusste nicht, ob ich mit ihm reden wollte oder nicht. Wahrscheinlich würde er um ein Markstück betteln, wahrscheinlich würde ich ihm fünf geben, und er würde sie sofort benutzen, um Alkohol zu kaufen. »Was für eine Sorte Schamane bist du denn?«

»Vom Stamme der ausgestoßenen weißen Siedler jenseits des Flusses. Ich bete zu den Seelen der Verstorbenen, ich führe sie zusammen, damit sie nicht allein sind.«

»Und wie bitte machst du das?« Emma tauchte hinter ihm auf und lächelte.

»Na ja, in Trance«, sagte er. Dann machte er eine Pause. »Aber eigentlich habe ich nur Hunger.«

»Er kriegt einen Kaffee und ein großes Brot«, sagte Emma. »Lass nur, ich mach das schon.« Dann wandte sie sich an den Schamanen. »Vorbestraft?«

»Ein bisschen«, nickte er. »Was so passiert im wirklichen Leben. Ladendiebstahl, Zechprellerei, Betrug, Randaliererei. Nicht wirklich wichtige Sachen. Ich bin ehrlich.«

»Wie schön«, strahlte Emma.

»Komm rein, du Schamane«, sagte ich. »Und wenn du eine falsche Bewegung machst, legen wir dich um und verscharren dich hinter der Friedhofsmauer.«

»So liebe ich das Leben«, sagte er ganz ernst. Er ging in die Küche und setzte sich. »Ich kann euch nichts geben als meine Gefühle«, erklärte er. Er war ein richtiggehender schöner Irrer.

»Wo hast du letzte Nacht geschlafen?«, fragte ich.

»Hillesheim«, sagte er. »In einer Scheune. Standen außerdem ein paar Rinder drin. War gut warm.«

Emma hantierte an der Kaffeemaschine. »Du bist aus einem Programm rausgeflogen, nicht wahr?«

»Ja. In Essen. Methadon-Programm. War nichts. Hat nicht sollen sein.«

»Und was soll jetzt werden?«, fragte sie.

»Es geht eben dem Ende zu«, sagte er schlicht. »Du weißt ja, wie das ist. Du hast Entzug, du stehst es durch. Und das frisst Energie. Und beim nächsten Mal, das weißt du genau, hast du keine Kraft mehr. Und du hebst ab.«

Emma drehte sich herum. »Ja, das stimmt. Hast du noch irgendwelche Angehörigen?«

»Nicht, dass ich wüsste. Interessiert auch keinen. Ich bin Schamane.«

»Kannst du dunkle Dinge sehen?«

»Manchmal, nicht immer.«

»Wir schenken dir eine Geschichte«, sagte Emma nachdenklich. »Dafür lebst du noch eine Weile, wenn es dir recht ist.«

»Ich habe aber kein Bett mehr«, wandte ich vorsichtig ein.

»Das brauche ich auch nicht«, sagte er. »Du hast doch einen Garten, oder?«

»Aber ich habe so ungern Leute in meinem Garten rumliegen. Da werden meine Karpfen nervös.«

»Du hast doch den Dachboden!«, stellte Emma kühn fest.

»Ach ja«, murmelte ich. »Ausgerechnet das Ding wollte ich selbst einweihen.«

»Sei nicht kleinlich!«, mahnte sie. Dann wandte sie sich an den Schamanen. »Ich erzähle dir eine Geschichte von einem Zigeuner. Das ist lange her. Kannst du dich darauf konzentrieren?«

»Ich kann es versuchen«, nickte er.

»Eine Nacht, mehr nicht«, sagte ich und ging hinaus. Die Wege, die Emma ging, waren zuweilen sehr seltsam.

Vater Schmitz, Tessa und Ingbert waren irgendwohin verschwunden, Rodenstock hockte am Teich auf einem Stein. Er sah mir entgegen und sagte: »Ich bereite das Gespräch mit diesem Landwirt Gustav Mehring in Büscheich vor, der angeblich Dokumente oder was auch immer besitzt. Die Schmitzens wollen herausfinden, ob dieser Mehring mit dem Arzt oder Richter oder Apotheker oder Steuereintreiber verwandt ist. Man müsste herausfinden, warum ausgerechnet dieser Mehring die Dokumente besitzt. Ein alter, bitterer Mann wird uns nicht helfen.«

»Was würden wir denn diesem Mehring sagen?«

»Ich weiß es nicht. Wahrscheinlich ist die Wahrheit das Beste. Wir versuchen, den Fall zu lösen.«

»Was ist, wenn er sich weigert, wenn er sich einfach weigert?«

»Dann ist nichts«, sagte Rodenstock düster. »Wir können ihn nicht zwingen.«

Er machte eine fahrige Bewegung mit beiden Händen. »Ich gehe noch immer von der Tatnacht aus, noch immer dieselbe

Szene. Da hockt ein Zigeuner an seinem Feuer. Dann kommt der Täter. Egal, ob er sofort angreift oder erst später: Es kommt zu einem Totschlag. Zweiter Punkt: Der Bär befreit sich. Wahrscheinlich in einem Wahnsinnsstress. Er reißt sich los. Was passiert dann?«

»Wahrscheinlich verschwindet der Bär im Wald. Er muss verschwunden sein, weil sie dann gekommen sind, haben die Leiche und das tote Pferd aufgeladen und verscharrt. Der Bär muss verschwunden sein.«

Rodenstock lächelte. »Nicht sofort. Denk dran, der Bär ist mit diesem Zigeuner verbunden. Der gibt ihm seinen Fraß, der teilt mit ihm sein Lager, der geht mit ihm um wie mit einem Kumpel, der ...«

»Du meinst, der Bär geht auf den Mörder los?«

»Das meine ich. Das ist logisch, oder? Angenommen, der Bär hat diesen Täter angegriffen. Was ist danach geschehen?«

»Der Mörder braucht einen Arzt.«

»Richtig. Braucht er. Und der nächste Arzt heißt Dr. Xaver Manstein und sitzt in Gerolstein. Und wahrscheinlich ist dieser Arzt ein vertrauter Mann, ein Freund fast.«

»Gibt es einhundertelf Jahre alte Patientenakten?«

Rodenstock grinste. »Wenn es sie gibt, dann hat sie der Gustav Mehring. Wir suchen also einen von einem Bären verwundeten Mann. Wie kommen wir weiter? Und vor allem: Wen können wir da fragen?«

»Die Kassenärztliche Vereinigung in Trier«, sagte ich. Da leuchtete plötzlich das Licht am Ende des Tunnels.

»Ich werde mal telefonieren«, murmelte er. »Ich kenne da einen Spezialisten, der für die Mordkommission arbeitete. Und der ... der hatte irgendwelche Bedeutung in diesem Haufen. Lass mich mal machen.«

Er griff sein Handy, wählte und sagte: »Gibt es bei Ihnen noch einen gewissen Dr. Helmholtz, Dr. Martin Helmholtz? Oh, das ist nett ...«

Der Rest verlor sich im Unhörbaren.

Esther kam in den Garten geschlendert. »Es ist so, dass ich irgendwie todmüde bin. Dabei haben wir doch nichts getan.«

»Diese Fälle fressen viel Energie«, klärte ich sie auf. »Wir haben es erlebt, dass wir alle drei tagsüber eingeschlafen sind. Vielleicht legst du dich einfach ein paar Stunden aufs Ohr. Wie geht es dir denn eigentlich?«

»Erstaunlich gut«, sagte sie zufrieden. »Ich würde wirklich zu gern wissen, wer Tutut erschlug.«

»Wahrscheinlich ist die Lösung wie immer sehr einfach, wir haben nur noch nicht den richtigen Knopf gefunden. In der Regel ergibt sich immer eine ganz einfache lineare Struktur.«

»Klingt richtig halbgebildet«, spottete sie. »Und Erfahrung habe ich keine. Aber in diesem Fall kann von einer linearen Struktur kaum die Rede sein. Ich rede von einer Liebesgeschichte, von zwei Liebesgeschichten. Das war das Chaos. Und das Chaos fand einen Weg zu Tutut. So sehe ich das.«

»Das klingt erstaunlich klug«, nickte ich. »Geh doch ein paar Stunden schlafen.«

»Das mache ich«, nickte sie. »Hast du einen Schnaps im Haus?«

»Da muss doch noch der Kognak sein, der von Rodenstock, weißt du doch. Steht irgendwo in der Küche.«

»Wer ist denn der Typ in der Küche?«

»Er sagt, er wäre ein Schamane. Er schnorrt, er ist ein Penner, er ist irgendwie zu mir gestreunt. Wahrscheinlich hat ihm jemand gesagt, ich sei gutmütig. Und ausnahmsweise stimmt das Gerücht. Deine über alles geliebte Tante

Emma kümmert sich um ihn. Brauchst du Schnaps, um zu schlafen?«

»Manchmal«, nickte sie sehr sachlich. »Manchmal ist das so.« Dann ging sie in das Haus zurück.

Rodenstock telefonierte immer noch, ich hörte ihn leise lachen. Von der Kirche her kam der alte Lastwagen der Leute, die Alteisen und Ähnliches sammeln. Der auf dem Nebensitz schwang die kleine Glocke. Irgendwie war mir die Zeit abhandengekommen. Es ging auf den Abend zu, der Tag hatte sich in meinem Bewusstsein fast zu Tode gehetzt. So viel war geschehen, so viel war neu, und noch immer hatten wir uns der Kardinalfrage nicht einmal vorsichtig nähern können. Wie hatte Esther gesagt? Es ist eine Liebesgeschichte, und es herrschte das Chaos.

Als ich in mein Schlafzimmer trat, lag dort Esther und hatte in der rechten Hand ein Wasserglas, halb gefüllt mit Kognak. Sie sagte mit abgewandtem Gesicht: »Ich kann zur Zeit schlecht allein sein.«

»Das ist schon in Ordnung«, murmelte ich.

»Kannst du mich mal in den Arm nehmen?«

»Das kann ich.« Ich nahm sie in den Arm, worauf sie erstickt flüsterte: »Ich finde die Art, wie ich lebe, einfach zum Kotzen.« Irgendwann schlief sie ein, ich deckte sie zu und ging wieder.

Emma, Rodenstock und der Schamane saßen im Wohnzimmer. Emma hatte ihm einen Kaffee und Brote gemacht, und er schlug halbverhungert zu und aß so hastig, dass er sich verschluckte, räusperte, Kaffee hinunterstürzte, dann wieder zubiss, als sei das die letzte Nahrung seines Lebens.

»Langsam«, mahnte ich. »Nichts läuft dir weg.«

»Das sagst du so leichtfertig«, murmelte er. »Weiß ich, ob nicht jemand um die Ecke kommt und mir das Brot vom Teller nimmt?«

»Wo kommst du eigentlich her?«

»Aus Köln, Südstadt. Aber da war ich schon ein Jahr nicht mehr. Hat keinen Zweck, die Stadt ist hart. Ich ziehe hier so durch die Eifel.«

»Und? Wie geht das?«

»Nicht besonders gut. Kumpel haben gesagt, die Pfalz ist besser, noch besser ist das Allgäu, die Bodenseeregion und so.«

»Also nach Süden? Ist das dein Ziel?«

»Nicht unbedingt. Manchmal denke ich, ich kann was arbeiten. Irgendwas, auf einem Bauernhof oder so. Aber dann kommt so eine Scheiß-Entzugsperiode und schmeißt mich zurück. Im Entzug kannst du nicht arbeiten und fliegst überall raus.« Er schmatzte ungeniert, er rülpste.

»Wir sind aber ein Stück weitergekommen«, sagte Emma. »Er ist auf seine Weise wirklich gut.«

»Ich bin eben ein Schamane«, lächelte er. »Du glaubst an mich, äh?«

»Ich glaube nicht, dass du ein Schamane bist, mein Junge. Zuerst mal bist du ein Penner. Aber deine Autosuggestion ist stark. Nicht schlecht, wirklich.«

»Was hat denn der Schamane herausgefunden?«, fragte Rodenstock. Er kannte seine Gefährtin, er wusste, was sie dachte.

»Er hat ein Chaos entworfen«, berichtete Emma. »Ein richtiges, durchgehendes Chaos.«

»Das hatte ich schon einmal«, sagte ich. »Und was ist Besonderes an dem Chaos? Und, Rodenstock, was sagt dein Kumpel von der Kassenärztlichen Vereinigung?«

»Bingo!«, strahlte Rodenstock. »Es gibt Patientenaufzeichnungen des Medizinalrates Dr. Xaver Manstein aus dem Jahre 1888. Sie wissen nur noch nicht, ob wir reinschauen dürfen. Und sie sagen, das meiste besteht aus Abkürzungen. Wenn es klappt, können wir noch heute Abend reinsehen. Er ruft mich an. Und wie sieht das Chaos unseres Schamanen aus?«

»Er soll es selbst erklären«, bestimmte Emma. »Nicht schlecht, wirklich nicht schlecht. Dafür hat er eine Nacht Schlaf verdient. Und jede Menge Kaffee und Brote.«

Der Schamane stand auf und sagte erstickt: »Ich behalte nichts bei mir.« Dann rannte er hinaus, und wir hörten, wie er die Tür zum Badezimmer hinter sich zuknallte.

»Der leidet richtig«, sagte Rodenstock bedächtig.

Nach fünf Minuten kam er zurück, auf seiner Stirne stand Schweiß. Er setzte sich, schloss die Augen und legte die Hände auf die Oberschenkel. Das, was folgte, war das mit Abstand Erstaunlichste, was ich jemals von einem Menschen gehört habe. Er hatte den ganzen Fall, inklusive Daten und Namen, im Kopf. Er war nicht eine Sekunde lang unsicher.

»Es war also der 24. August 1888. Es war ein Freitag. Das Wetter, soweit ihr das wisst, war schön, es war warm, und es gab gelegentlich Gewitter. Also war es so, wie es jetzt hier ist. Dieser Tutut ist ein Mann um die dreißig. Er ist mit einem Karren unterwegs, davor ein Esel, ein Maulesel, was weiß ich. Er hat einen Bären bei sich, einen Tanzbären. Wahrscheinlich brennt ein Feuer, wahrscheinlich hat er etwas gegessen, hat seinen Bären gefüttert. Das ist die Szene. Nun habe ich mich auf dieses Bild konzentriert, und ich denke nicht, dass da jemand ans Feuer tritt und den Tutut einfach erschlägt. Dieses Töten ist ja nicht der Anfang einer Entwicklung, sondern das Ende. Das muss einen großen Vorlauf gehabt haben. Die Frau hier hat mir gesagt, dass dieser Tutut beliebt war, dass er oft in dieser Gegend gewesen ist, dass er Messer und Scheren schliff, wahrscheinlich auch Töpfe und

Pfannen reparierte, dass er wahrsagte. Sie hat auch gesagt, dass dieser Tutut Briefe zwischen Liebespaaren hin und her schleppte und dafür einen Lohn kassierte. Ein Essen, eine Nacht im Heu und solche Sachen.

Zwei Liebesgeschichten sind am Laufen. Da liebt dieser Karl-Heinrich Wesendonker die Bäuerin des Hexenhofs Maria Hansen. Da liebt der Richter Severus Brandscheid die Ehefrau des Wesendonker. Niemand von diesen vieren konnte mit dem anderen ungehindert sprechen, niemand konnte Pläne über lange Zeit schmieden. Und ich denke, keiner hat dem anderen ein Sterbenswörtchen verraten, das heißt, zwei Paare, jeweils streng isoliert, bemühen sich, ein Leben zusammen zu erreichen. Ist das klar? Sie schicken sich Briefe. Und alle diese Briefe transportiert Tutut. Für die damals gemächlichen Verhältnisse entsteht langsam ein Chaos. Beide Männer wollen ihre ... na ja, Angebetete. Der Tutut kann die Briefe ja auch nicht einfach von Haus zu Haus getragen haben, da mussten Verstecke her. Ein Versteck kann der Platz gewesen sein, an dem Tutut erschlagen wurde. Das ist nämlich, wenn ich das richtig verstanden habe, ein Platz gewesen, der vom Hexenhof aus gesehen schnell zu erreichen war. Maria Hansen konnte dort den Brief holen oder das Geld, das ihr die Überfahrt nach Amerika ermöglichte. Der Richter Severus Brandscheid wollte die Frau des Wesendonker. Wahrscheinlich war die Ehe der Wesendonkers ein Arrangement der Eltern. Das war damals häufig so. Die Ehe war einfach kaputt, noch ehe sie lange bestanden hatte. Die zwei passten nicht zueinander, weshalb denn die Frau auch der Drache genannt wurde. Tutut steckte in beiden Verhältnissen knietief drin. Er wusste, was da lief, aber er durfte es nicht merken. Und ich denke, dass langsam aber sicher sowohl der Richter wie Wesendonker spürten, dass sie vollkommen in Tututs Hand waren. Tutut hätte das wahrscheinlich niemals ausgenutzt, aber trotzdem machte er plötzlich beiden Männern Angst. Ich glaube, dass es so etwas wie ein Gentlemen's Aagreement gab. Wesendonker wusste, dass der Richter seine Frau wollte. Und der Richter wusste, dass Wesendonker zusammen mit Maria Hansen spurlos nach Amerika verschwinden wollte. Ich gehe jede Wette ein, dass jeder vom Stammtisch der noblen Herren genau wusste, was da lief. Und irgendetwas ging schief, irgendjemand verlor die Nerven und erschlug Tutut, weil er glaubte, Tutut würde etwas verraten. Und das war der Irrtum: Tutut hätte niemals etwas verraten. Denn Tutut, wenn der Schamane das richtig verstanden hat, lebte von Geheimnissen. Er lebte davon, dass er niemals etwas sagte.«

»Erstaunlich!«, sagte Rodenstock. »Der Schamane hat recht. Natürlich, es waren zwei parallel laufende Liebesgeschichten, und als sie begriffen, dass Tutut im Grunde alles wusste, die Mitspieler kannte, ihre Briefe transportierte, bekam einer die mächtige Angst und schlug Tutut tot. Frage: Wieso ist Karl-Heinrich Wesendonker, der Steuereintreiber, nicht zu Maria Hansen nach Amerika gereist?«

»Vielleicht weil er inzwischen die Nase voll hatte, weil er sie nicht mehr liebte, nicht genügend jedenfalls, um mit ihr ein Glück auf dem anderen Kontinent zu suchen, vielleicht, weil von seiner Seite aus die Geschichte gar nicht so tiefernst war.« Emma zog einen breiten Mund.

»Das glaube ich nicht«, sagte Rodenstock. »Wir müssen feststellen, mit welchem Schiff Wesendonker reisen wollte. Wer kann das erledigen?«

Emma und ich sahen uns an und sagten gleichzeitig: »Esther!«

5. Kapitel

Der Schamane lächelte und fragte: »Kann ich eine Scheibe trockenes Brot haben? Vielleicht behalte ich das im Magen.«

Ich holte ihm das Brot aus der Küche, und er aß langsam und kaute sehr sorgfältig, wenngleich mir schleierhaft war, wie ein Mensch ohne alle Zähne kauen kann.

»Interessant ist, dass man ein sehr genaues Bild bekommt, wenn man intelligente Menschen auf die Spur einer Szene setzt. Darauf kam es mir an. Der Schamane hat sich einfach konzentriert und ein Bild bekommen, das wahrscheinlich stimmt.« Emma sah den Schamanen fast liebevoll an.

»Ich bin eben klug«, murmelte der Schamane.

»Du solltest was für dich tun«, schlug Rodenstock vor. »Vielleicht kann ich dir Hilfe vermitteln. Willst du Hilfe?«

»Ich weiß das noch nicht genau«, antwortete er sehr ernsthaft. »Kann ich mir das heute Nacht überlegen?«

»Selbstverständlich. Ich denke, du musst gründlich entzogen werden und dann irgendeine Therapie machen und anschließend Arbeit kriegen. Erst mal körperliche Arbeit, dann wird man weitersehen. Jetzt schmeißen wir Esther raus. Sie muss nach Amsterdam.«

»Jetzt? Am Abend?«, fragte ich.

»Genau jetzt«, nickte Emma. »Sie muss früh dort sein, um gut voranzukommen. Sie kann meinen Wagen nehmen. Ich will wissen, ob dieser Wesendonker das ernst nahm mit der Liebe.«

»Da wittere ich Frauensolidarität«, murmelte ich.

»Da kannst du Gift draufnehmen«, schnaubte sie. »Wir waren immer die Betrogenen, wir wurden immer beschissen.

Vielleicht wollte er nur seinen Spaß, vielleicht hat er nie vorgehabt, nach Amerika zu gehen, vieleicht war Amerika das Lockmittel, sie ins Heu zu kriegen.«

Rodenstock nahm Esther mit in den Garten und instruierte sie genau. Wenig später brach sie nach Amsterdam auf. Sie sollte in alten Passagierlisten stöbern, sie sollte auf Maria Hansen und Karl-Heinrich Wesendonker stoßen, sie sollte den Leuten, die heute die Transatlantik-Routen bedienten, Löcher in den Bauch fragen.

Bevor sie vom Hof rollte, bemerkte sie: »Soweit ich weiß, ist das der erste richtige Job meines Lebens, der mir Spaß macht.«

Der Schamane kam von irgendwoher angeschlurft. »Leute, ich will mich verabschieden. Es ist noch früh, ich will runter zur Mosel.« Er lächelte zaghaft.

»Wieso das?«, fragte Emma. »Du wirst irgendwann anfangen, Wein zu trinken.«

»Das ist richtig«, nickte er. »Oder auch nicht. Ich muss weiter, Leute.«

»In deinem Fall soll man Reisende nicht aufhalten«, sagte Rodenstock. »Brauchst du ein bisschen Geld?«

»Was ist ein bisschen?«, fragte er grinsend.

»Weiß ich nicht. Fünfzig Mark?«

»Das ist ein großes bisschen«, nickte er. »Das würde ich annehmen.«

Rodenstock gab ihm einen Schein. »Und sieh mal zu, dass du an Deck bleibst. Du hast uns geholfen.«

Er hatte einen schiefen Mund. »Ihr wärt auch dahingekommen, die Szene so zu sehen, wie ich sie sehe.«

»Wären wir«, nickte ich. »Gute Reise.«

»Ich danke euch, Freunde.« Er ging einfach so, wie er gekommen war; er hatte kein Gepäck, er wollte auch keins.

»Zu Dr. Martin Helmholtz nach Trier«, bestimmte Rodenstock.

Wir stiegen in mein Auto und fuhren los. Schon ab Hasborn tobte ein Sommergewitter, der Himmel war rabenschwarz, im Südwesten schwefelgelb.

Unter den Brücken standen viele Motorradfahrer, um zu warten, bis der Regen vorbei war.

Rodenstock und Emma unterhielten sich leise über Esther. SWR 3 schaltete sich ein und teilte gut gelaunt mit, dass auf der 61 in Höhe Koblenz nach einem Unfall ein Stau zu melden sei – bis jetzt sechs Kilometer lang. Mein Handy meldete sich.

Es war Dr. Michael Winter von SWR 3. Er sagte: »Ich bin weitergekommen in der Sache mit der Arisierung jüdischen Eigentums. Haben Sie Zeit, eine Minute zuzuhören?«

»Habe ich.«

»Also gut, wir wissen ja, dass an der Ahr mitten in einem Ort drei Menschen in einer Woche an Grippe starben. Sie wurden beerdigt, das Haus ging später in den Besitz der örtlichen Konsumgesellschaft über. Und es ist ziemlich sicher, dass sie nicht an Grippe starben.«

»Selbstmord?«

»Nicht unbedingt, aber durchaus im Bereich des Möglichen. Sie waren zu dem Zeitpunkt rund siebzig Jahre alt. Sie waren vollkommen isoliert, sie durften keine Lebensmittel kaufen, sie bekamen keine Lebensmittelmarken. Niemand sprach mit ihnen. Ein Leben lang waren sie angesehene Bürger, jetzt waren sie Aussatz. Der Vater, die Mutter, die Tante. Und sie wussten, dass die beiden Söhne in das Gas transportiert werden sollten. Ich nehme als gegeben an, dass sie vollkommen abgemagert waren, sodass die kleinste körperliche Störung zum Tod führen konnte. Sie sind einfach vor sich hingestorben. Hatte der Arzt aus Bad Neuenahr denn eine andere Wahl, als Tod durch Grippe zu konstatieren?«

»Hatte er nicht«, sagte ich. »Es war auch egal. Grippe war in dem Zusammenhang nur ein Wort für das Ende. Er hätte auch Lungenentzündung konstatieren können oder irgendetwas anderes. Aber wie kommen wir weiter?«

»Es gibt irgendwo in der Gegend von Mannheim und Ludwigshafen eine Verwandte, die sehr viel zu wissen scheint. Sie sagte mir am Telefon, dass sie sogar eine Personenbeschreibung von Moses Bär hat. Was wir von ihm wissen, ist spärlich. Aber jetzt können wir uns ein Bild machen, wie er aussah. Das Bild stammt von dem Maler Schorsch Kreuzberg aus Dernau, der sich daran erinnerte, wie dieser Jude aussah. Kreuzberg ist gestorben, aber vorher diktierte er dieser Verwandten einige Einzelheiten auf einen Recorder. Danach war Moses Bär ein kleiner, freundlicher Mann. Es gibt Kindheitserinnerungen, die besagen, dass dieser Moses Bär am Sabbat, also samstags, zu Fuß nach Neuenahr in die Synagoge ging. Wenn irgendjemand vorbeikam, ob mit Pferd und Wagen oder mit dem Auto, und ihm anbot, mitzufahren, lehnte er das freundlich ab. Es war seine Art, sich auf den Gottesdienst vorzubereiten. In der Synagoge war er der Vorbeter, was darauf schließen lässt, dass er in der Gemeinde hoch angesehen war. Er ging zu Fuß, das gehörte bei ihm dazu. Und er stand in Dernau in der Tür seines Hauses und rauchte eine lange Pfeife, die bis zum Boden reichte. Ich vermute mal ein sehr langes Holzmundstück mit einem Porzellankopf. Dann ist das Foto von seiner Frau aufgetaucht. Das wäre es für heute. Wann können wir darüber reden?«

»Ich weiß es nicht genau. In drei oder vier Tagen. Ich habe noch eine andere Geschichte zu erledigen. Wir telefonieren.«

»Wir telefonieren«, sagte er und unterbrach die Verbindung.

Rodenstock sah mich fragend an.

»Eine verrückte Geschichte«, erklärte ich. »Zu Beginn des Jahres 1942 sterben in Dernau an der Ahr drei Juden innerhalb von drei oder vier Tagen in ihrem Haus. Wir versuchen herauszufinden, was da geschehen ist. Und irgendwie kommen wir mühsam Stückchen um Stückchen weiter.«

»Das erinnert mich aber an Tutut«, sagte Rodenstock.

»Das ist ähnlich«, nickte ich. »Und es ist beklemmend. Und eigentlich ist es unbedeutend, dass es Juden waren. Es waren Menschen, die nach Ansicht von anderen Menschen nicht weiterleben durften.«

»Und was machst du damit?«, fragte Emma.

»Ich weiß es noch nicht. Dieser Kollege, Dr. Winter, will vielleicht eine Reportage im Rundfunk machen, vielleicht ein Essay in der *Süddeutschen*. Wir müssen abwarten, was dabei herauskommt.«

Dann kam eine ekelhafte Frage von Emma: »Hast du die Juden nicht langsam satt?«

»Nein, habe ich nicht. Ich weiß, dass ich Jüngeren damit auf die Nerven gehe, aber wenn wir das vergessen, ist es schlecht um uns bestellt. Niemand kann mir erzählen, dass das jemals vorbei ist. Wir haben im Kosovo in diesem Jahr die gleiche, furchtbare Scheiße erlebt. Und schon wieder tun wir alle so, als ginge uns das nichts an, als geschehe das auf einem anderen Stern. Juden sind für mich ein Lebensscharnier, die wichtigste Stufe meines Bewusstseins. Ach, hören wir auf, lasst uns über etwas anderes sprechen.«

»Reden wir über Trier«, sagte Rodenstock. »Ich würde gern ein Eis essen oder so was. Hinterher.«

»Du bist ein verrücktes Huhn«, murmelte Emma liebevoll.

»Wen meinst du denn?«, fragte Rodenstock. »Mich oder Baumeister?«

»Beide. Ihr seid beide verrückte Hühner.«

»Ich möchte aber das Geschlecht gewahrt wissen«, mahnte ich. »Ich bin ein verrückter Hahn.«

Dr. Martin Helmholtz wohnte in einem Altbau links von der Porta Nigra, in jenem Straßengewirr, in dem die Zeit in den hohen Räumen höchst ehrbarer Bürgerhäuser stillzustehen scheint wie flirrender Staub. Er war ein kugelrunder, freundlicher alter Herr, der seine letzten silbernen Haare quer über den Schädel gelegt hatte, um den Rest von Fülle zu demonstrieren. Er trug über der beachtlichen Wampe ein uraltes T-Shirt mit der Aufschrift *Fuck You* und sagte aufgeräumt: »Es ist mir eine Ehre, eine Nebenrolle spielen zu dürfen. Kommt herein, Leute. Es gibt einen Wein aus Kues und dazu Brot mit Gänseschmalz. Und es gibt sogar saubere Gläser. Rodenstock, du Kumpel aus alten Tagen. Gut, dich zu sehen. Und ein Fraumensch hast du mitgebracht. Endlich der Hauch von Freundlichkeit in diesem Gemäuer.« Er wedelte ununterbrochen mit beiden Händen.

Rodenstock murmelte: »Danke für deine Bereitschaft. Und wo ...?«

»Sie ist gestorben. Vor Jahr und Tag. Ich lebe jetzt allein und besuche sie zuweilen auf dem Friedhof. Aber ehrlich gestanden sagen mir Grabsteine nichts. Ich erinnere mich an andere Dinge. Zum Beispiel, dass sie dauernd unter Blähungen litt und wir beide darüber lachen mussten. Sie hatte Krebs.«

Er ging vor uns her in einen hohen Raum, der ein Mitteldinq zwischen Wohnzimmer und Küche war. »Ich lebe hier in diesem Raum. Dann noch im Schlafzimmer. Die anderen Räume benutze ich gar nicht mehr. Sie erinnern mich nur an die Kinder. Tagsüber arbeite ich das ärztliche Archiv dieser Region auf. So habe ich etwas zu tun, was Sinn macht. Setzt euch, Kinder, und langt zu.« Er zog einen Stuhl zurück und lächelte Emma an.

»Emma ist meine Frau«, sagte Rodenstock. »Und das ist Siggi Baumeister, unser Freund. Du hast etwas vom Dr. Xaver Manstein aus Gerolstein gefunden?«

»Habe ich. Das war gar nicht schwer. Es gibt übrigens von nahezu jedem Arzt Aufzeichnungen. Und du hast gesagt, es geht um Mord und Totschlag?«

»Richtig. Es geht präzise um Freitag, den 24. August 1888. Aber erst mal einen Schluck Wein und ein Stück Brot.«

Sehr wohltuend floss das Leben jetzt träge und gemächlich dahin, die Hektik war plötzlich verschwunden. Es schien so, als habe Tutut plötzlich Zeit, als warte er geduldig, als dränge gar nichts mehr.

Helmholtz goss Weißwein aus einer Flasche ohne Etikett ein, was in dieser Region immer darauf hindeutet, dass der Wein entweder herzlich schlecht oder ganz fantastisch ist. Dem Gesichtsausdruck Rodenstocks nach zu schließen, war er hervorragend. Emma seufzte leicht mit geschlossenen Augen. Ich bekam eine Flasche Wasser und genoss das Gänseschmalz.

Helmholtz war ein Mann, der anscheinend gegen Einsamkeit kämpfte, wie ältere Menschen das tun. Er wollte nicht sofort Auskunft geben, er wollte erst einmal reden, wollte Auskunft geben über sich und wollte Auskunft von Rodenstock über dessen Leben.

»Wie geht es seit der Pensionierung?«, fragte er.

»Na ja, eigentlich hervorragend«, murmelte Rodenstock. »Kommen Deine Kinder oft zu Besuch?«

»Der Sohn ja, die Tochter überhaupt nicht. Ich weiß nicht, warum das so ist, aber es ist so.«

»Meine Tochter kommt auch nicht mehr«, sagte Rodenstock bekümmert.

Eine Weile ging das so weiter, bis Emma keine Geduld mehr zeigte und sanft einwarf: »Also, ihr zwei alten Kämpen, wie wäre es mit Tutut?«

»Wer ist Tutut?«, fragte Helmholtz.

Rodenstock und Emma erklärten es ihm, und er spitzte den Mund. »Das ist ja eine verrückte Geschichte. Ihr sucht also irgendetwas, was zum Freitag, dem 24. August 1888, Auskunft gibt?«

»Genau das«, nickte Emma. »An diesem Tag wurde Tutut erschlagen.«

»Und was vermutet ihr?«

»Der Täter war aller Wahrscheinlichkeit nach ein höchst ehrbarer Bürger«, sagte Rodenstock vorsichtig. »Ein Steuereintreiber namens Karl-Heinrich Wesendonker verliebte sich nach unserem bisherigen Wissen in eine Bäuerin namens Maria Hansen. Er wollte wohl mit ihr nach Amerika verschwinden. Sie ist jedoch allein in der Gegend von Chicago angekommen. Das heißt, dieser Wesendonker folgte ihr nicht, ist ihr auch später nicht gefolgt, weil aus einem anderen Brief hervorgeht, dass sie sich mit einem Bauern namens Berthold Schmitz verband und mit dem erst nach Süden und dann nach Westen nach Kalifornien ging. Jetzt kommt eine zweite Geschichte hinzu: Dieser Wesendonker hatte eine Ehefrau, die als Drache bezeichnet wurde. Was auf deutsch heißt: Die Wesendonkers machten sich das Leben zur Hölle. Ich vermute einmal, sie waren, was damals durchaus die Regel war, von ihren jeweiligen Eltern miteinander verkuppelt worden. Das führte zu oft grotesken Ehen, die von

Beginn an nicht funktionierten, gar nicht funktionieren konnten. In diese Ehefrau verliebte sich der Richter aus Gerolstein. Der Richter hieß Severus Brandscheid und stammte hier aus Trier. Es war also eine Vierecksgeschichte, und sie wurde auf eine damals ungewöhnliche Weise gelöst. Wir vermuten, dass die Sache von einem Stammtisch nobler Herren aus Gerolstein verfolgt wurde. Das heißt: Das ganze obere Dutzend der Stadt war eingeweiht und wollte eine möglichst skandalfreie Lösung. Das gelang nicht, weil jemand hinging und den Boten erschlug. Tutut.

Was hinterher aus Karl-Heinrich Wesendonker wurde, wissen wir ebenso wenig, wie was aus seiner Ehefrau und dem Richter wurde. Vielleicht lebten sie glücklich bis an ihr Lebensende. Aber einer von ihnen erschlug wahrscheinlich Tutut.«

»Gucken wir mal«, sagte Helmholtz sachlich und ging hinaus.

Als er wiederkehrte, hatte er einen offenen Karton in der Hand, in dem schwarze Bücher lagen. Es waren Din-A4 große, schwarz in Leinen gebundene Bücher, die im Grunde nichts anderes waren als alte Kassabücher, wie Geschäftsleute um die Jahrhundertwende sie in Gebrauch hatten.

»Manchmal fehlt eine ganze Sequenz von Tagen«, erklärte Helmholtz, »manchmal fehlen die Wochenenden. Dann ist entweder die Praxis nicht gelaufen oder der Arzt war im Urlaub oder es war einfach nichts los. Natürlich trug kein Arzt sämtliche Details seiner Patienten ein, aber manchmal kam es auch zu persönlichen Bemerkungen.« Er grinste. »Das richtet sich einfach danach, was der Doktor für erwähnenswert hielt und was nicht. Euer Xaver Manstein war ein ziemlich mitteilungsfreudiger Mann. Er hat viel eingetragen; manches mit Kürzeln versehen. Zum Beispiel behandelt er hier in diesem Buch auf Seite zweiundzwanzig eine gewisse Lydia Brocker, elf Jahre alt, auf Mumps. Er kürzt Mumps mit MP ab. Also, wir suchen den 24. August 1888, richtig?« Er blätterte, holte dann ein weiteres Buch aus dem Karton, blätterte wieder. »Hier ist Freitag, der 24.8.88. Da steht: *Pat.n.H.gesch. Muss m. um S.M. kümmern. Too. übernimmt. Eklige Sache das.*«

Er starrte in unsere verblüfften Gesichter und lachte lautlos über unsere Verwirrung. »Das ist überhaupt nicht schwierig, Leute, das ist sogar sehr einfach. Das heißt auf gut deutsch: Patienten nach Haus geschickt, muss mich um S.M. kümmern. Too übernimmt und so weiter. Er hatte also einen schweren Fall, der wichtig war. Was Too heißt, wisst ihr wahrscheinlich, oder?«

»Das war der Apotheker Toombers«, sagte ich. »Der gehörte zur Herrenrunde. Aber was S. M. heißt, weiß ich nicht. Gibt es andere Eintragungen in dieser Zeitphase?«

»Gibt es. Es gibt sogar noch ein Postscriptum an diesem Tag: *Zustand von S.M. sehr kritisch, spritze Morphium. Die Pr. der Best. hat schreckl. Wunde gerissen.* Ich vermute, das soll die Pranke der Bestie heißen. Muss ein Hund gewesen sein oder so was.«

»Nein, das war ein Bär«, sagte ich. »Ich weiß jetzt auch, was S.M. heißt. S.M. war Schniggers Michel. Wesendonker wohnte im Haus eines Michel Schneider. Und der Arzt hat die Kürzel S.M. für Wesendonker gesetzt.«

»Wie kommen wir an die Texte?«, fragte Rodenstock. »Können wir das kopieren? Wir müssen auch die ganzen Tage vor dem 24. August haben und vor allem die danach.«

»Ihr könnt die Bücher mitnehmen, ihr könnt die wichtigen Seiten kopieren und mir die Bücher zurückbringen.«

»Du bist großzügig«, murmelte Rodenstock. »Vielen Dank.«

»Ich nehme mal an, dass niemand danach verlangt, nachdem sie hier mehr als hundert Jahre herumgelegen haben.«

»Es wird die Basis einer Doktorarbeit«, erklärte Emma. »Insofern kann es sein, dass irgendein Tutor der zuständigen Universität um Einblick bittet.«

»Ich würde mich freuen, eine solche Anfrage zu bekommen«, sagte Helmholtz. »Sieh mal an, eine Doktorarbeit. Medizingeschichte? Regionalgeschichte? Regionalgeschichte ist Mode zur Zeit. Das freut mich. Der alte Manstein hätte sich sicher auch gefreut, dass er nach einhundertelf Jahren aus dem Dunkel geholt wird. Und wer, bitte, soll nun diesen Tutut totgeschlagen haben?«

»Genau das wissen wir nicht so genau. Es kann dieser Wesendonker gewesen sein, es kann aber auch jemand anders vom Stammtisch getan haben.« Rodenstock rieb sich das Kinn. »Es ist so, dass wir den Tatort nicht genau rekonstruieren können. Es kann ein Mann gewesen sein. War es ein Mann, dann war es mit großer Sicherheit Wesendonker. Es kann aber auch sein, dass es zwei oder drei waren – eine Versammlung höchst ehrbarer Totschläger, könnte man formulieren.«

»Leben noch Verwandte? Das würde mich interessieren.« Helmholtz lächelte. »Die werden im Dreieck springen, wenn sie hören, was der Ururgroßvater angerichtet hat.«

»Soweit wir wissen, nicht«, sagte Emma. »Und jetzt laden wir Sie ein zu einem Eis mit viel Sahne oder zu irgendetwas, was Sie jetzt gerne essen würden. Zu einem Wein? Zu einem Sekt? Ein handgeschüttelter Rieslingsekt von der Mosel? Wäre das was?«

Er war richtig gerührt, er stotterte: »Ich? Richtig eingeladen? Wenn ich richtig eingeladen bin, möchte ich das alles, was Sie gerade aufgezählt haben, gnädige Frau. Also Eis mit

Sahne, also Wein, also Sekt, also irgendetwas Leichtes. Kalbsfleisch zum Beispiel.« Er starrte Rodenstock von der Seite an. »Ging dir das nach der Pensionierung auch so? Warst du plötzlich out und hast gar nicht gewusst, warum?«

»Das ging mir auch so«, nickte Rodenstock. »Kein Schwein rief an, niemand wollte mehr etwas von mir wissen. Nur ein junger Mann der Mordkommission erinnerte sich an mich und wollte Hilfe in einem schwierigen Fall. Und der ausgerechnet war unbeliebt, und ich selbst konnte ihn auch nicht leiden.«

»Niemand hat mich angerufen, nicht einer. Sie haben alles vergessen, sogar meinen Geburtstag. Manchmal denke ich, ich war ein Leben lang nur von Arschlöchern umgeben. Aber nun seid ihr da, und ich kriege Eis mit Sahne, und mir wird fürchterlich schlecht werden.« Er legte Rodenstock eine Hand auf die Schulter. »Und der Grund, warum sich das alles geändert hat, ist diese Dame hier – wenn ich das richtig verstehe.«

»Richtig«, sagte Rodenstock. »Und dieser Mensch da, dieser Siggi Baumeister. Vielleicht schaffst du dir auch eine Emma an und auch einen Baumeister?«

Helmholtz nickte. »Ich habe vor ein paar Tagen mit meiner Frau drüber gesprochen, ich meine, auf dem Friedhof. Sie hat mir zu verstehen gegeben, dass sie sich über eine solche Entwicklung freuen würde.« Er lachte in übervoller Heiterkeit. »Ich habe zwei einschlägige Adressen, sogar eine Kollegin ist dabei, eine veritable Urologin, höchst praktisches Mädel. Nur etwas scheu, aber immerhin erst einundsiebzig.«

»Das ist doch was!«, sagte Emma herzlich. »Und jetzt will ich Eis.«

In dem Gefühl, einen Riesenschritt getan zu haben, gingen wir mit dem alten Arzt hinaus in den späten Sommerabend.

Ganz Trier schien auf den Beinen und übermächtig heiter zu sein. Sicherlich herrschten noch zwanzig Grad, und sicherlich durften die Kinder dieser Stadt an diesem Abend lange aufbleiben. Auf dem Hauptmarkt, diesem alten Ensemble großmächtiger Kaufleute und Handwerker, herrschte ein Betrieb wie am Samstagvormittag. Studenten und junge Leute hockten auf dem Pflaster, hielten Cola- und Bierdosen in den Händen und sprachen miteinander. Einige von ihnen hatten Ghettoblaster mitgenommen, und so dudelte die ganze Gesellschaft in verschiedenen Programmen herum, das Gewirr war babylonisch.

Wir fanden einen kleinen Tisch draußen vor einem Restaurant und hockten uns vergnügt hin. Emma bestellte wie üblich eine Platte mit Vorspeisen, Rodenstock und ich hielten uns an große Eisportionen mit Sahne, der alte Helmholtz entschied sich tatsächlich für ein Kalbsfrikassee und ließ Anekdoten aus dem Ärztestand dieser schönen Stadt vom Stapel, wobei er jedes Mal betonte: »Das ist die reine Wahrheit, wie ich hier sitze!« Wir glaubten keine Geschichte, aber sie waren durchweg gut gelogen.

Plötzlich, als habe ihn der Blitz eines hellen Gedankens getroffen, fragte er: »Ihr glaubt also, dass dieser Wesendonker, dieser Steuereintreiber, allein an dieses Nachtlager von Tutut ging, dass es einen Streit gab, dass Wesendonker in dessen Verlauf Tutut erschlug. Habe ich das so richtig verstanden?«

»Völlig richtig«, nickte Rodenstock.

»Das kann nicht sein, das kann so nicht sein. Mein alter, längst verblichener Kollege schickt am folgenden Tag diesen Too. hin. Gemeint ist wohl eindeutig, dass dieser Mann, ein Apotheker, die Pflege dieses Mannes übernahm, also von da an jeden Tag hinging. Ich denke, das können wir als gegeben hinnehmen. Er hat aber auch notiert, dass es sich um eine sehr schwere Verletzung handelte. Er notiert, dass die Bestie eine schreckliche Wunde gerissen hat. Darf ich wissen, wie weit entfernt von diesem Nachtlager des Zigeuners das Haus des Steuereintreibers stand?«

»Ich schätze die Strecke auf mindestens vier Kilometer«, gab ich Auskunft.

Er nickte bedächtig. »Also, wenn ein Arzt einwandfrei konstatiert, dass ein Tier eine schreckliche Wunde gerissen hat, dann muss der Mann geblutet haben, sehr massiv geblutet haben. Wahrscheinlich hatte er Wahnsinnsschmerzen. Wie ist er eigentlich dorthin gekommen?«

»Mit einem Pferd, er ritt. Das Pferd allerdings ist am Ende der Szene tot, der Bär hat auch das Pferd gerissen. Wir fanden das Skelett. Ich merke, auf was du aus bist.« Rodenstock nickte.

»Ich denke, dass dieser Verletzte niemals aus eigener Kraft in der Nacht die vier Kilometer hätte zurücklegen können. Da muss mindestens ein weiterer Mann zugegegen gewesen sein.«

»Ich denke, wir müssen die ganze Tatszene neu rekonstruieren«, nickte Emma. »Das leuchtet ein, Karl-Heinrich Wesendonker kann nicht allein gewesen sein. Vielleicht war der Richter bei ihm, vielleicht auch der Apotheker. Aber was sollte der damit zu tun haben?«

»Vielleicht der ganze Stammtisch der edlen Herren«, warf ich ein. »Ich glaube, sie waren alle beteiligt. Ich glaube, sie wollten alle den Skandal vermeiden.«

»Aber welchen Skandal denn?«, fragte der kluge Helmholtz. »Es war in jenen Zeiten im Grunde normal, eine Ehefrau samt Kindern zu haben und sich mit einer Geliebten zu verlustieren, wie man das damals nannte.«

»In den Großstädten, ja«, stimmte ich zu. »Aber sicher nicht in der tiefsten Provinz, sicher nicht in Gerolstein. Da durfte so etwas nicht geschehen.«

»Nimm es mir nicht übel, Helmholtz, aber ich will nach Hause, ich will mich mit den Aufzeichnungen beschäftigen.« Rodenstock winkte einer Bedienung und bat um die Rechnung.

Wir brachten den Arzt zu seiner Wohnung, setzten uns dann in das Auto und fuhren auf die Autobahn. Wir waren aufgeregt, wir hatten uns an diesem Tag über den zwanzigsten toten Punkt gerettet, nun wollten wir wissen, was der Gerolsteiner Arzt damals vor hundertelf Jahren notiert hatte, als ein scheinbar vollkommen unwichtiger Zigeuner totgeschlagen wurde, weil edle Herren plötzlich Angst bekamen und sich an den Boten hielten.

In Höhe Hasborn wurde die laue Luft plötzlich kühl, im Westen stand eine Gewitterfront, und es donnerte los, als wir die Ausfahrt Manderscheid passierten.

Es regnete heftig und prasselnd. Dreihundert Meter vor dem Dreieck Vulkaneifel stand ein Laster quer, blaue Lichter kreisten, die Polizei war da, die Feuerwehr, das Deutsche Rote Kreuz. Der Laster hatte einen kleinen PKW durch die Leitplanken gedrückt, er sah aus wie eine zerknäulte Bierdose. Wir fuhren langsam vorbei und rollten dann weiter.

Meine Kater Paul, Willi und Satchmo hatten sich wie üblich vor der Haustür versammelt und warteten. Aber sie wirkten nicht gelassen, irgendetwas machte sie unruhig.

»Sie haben Hunger«, konstatierte Emma.

»Haben sie. Aber da muss noch etwas anderes sein.«

Das Gartentor stand auf, da lag ein weißer Zettel auf der Biotonne. In flüssiger Schrift stand da: »Keine Bange, ich bin es nur.«

Der Schamane lag tief schlafend unter der Birke, die ich in Rengen mit Genehmigung geklaut hatte, als ich den Garten anlegte. Wir weckten ihn nicht. Wir gingen ins Haus, ich setzte einen Kaffee an, Rodenstock nahm im Wohnzimmer Bilder von der Wand und klebte drei breite Bahnen Packpapier auf, Emma verschwand irgendwohin und kam in einem Trainingsanzug wieder. Dann versammelten wir uns.

»Dann wollen wir mal sehen, was der Dr. Xaver Manstein uns zu erzählen hat.« Rodenstock hatte eines der uralten Kassabücher vor sich gelegt, auf dem in großen kursiven Lettern 1888 stand. Es dauerte eine Weile, dann sagte er: »Der war offensichtlich an allem interessiert, was so in Gerolstein passierte. Hier, im Mai, schreibt er wörtlich: *Tragischer Unglücksfall am Hang zur Munterley. Der Knecht Alwin Servatius kommt mit einem Pferdefuhrwerk zu Tal gefahren. Die Pferde gehen durch, er kann nicht mehr bremsen, die Pferde jagen ungezügelt auf die Kyll zu, der Wagen wird auf einen Felsen geworfen und stürzt um, der Mann wird vorwärts geschleudert, und nichts kann ihm mehr helfen.* Am 28. Mai 1888 – sieh mal einer an – notiert der Arzt: *S.M. wird unruhig, trinkt ungewöhnlich viel. Ich vermute einen desolaten Zustand in seiner Ehe. Versuche ihn anzusprechen. Er reagiert jedoch nicht.* Dann, am 31. Mai, notiert er: *S.B. war heute zu Gast. Traf auf S.M. und dessen Frau. Habe den Eindruck, dass sie sehr weich wird, wenn sie ihn sieht. Irgendetwas zwischen S.B. und S.M.s Frau geht da vor. Genau registriert: S.M. muss es bemerkt haben, reagiert jedoch ungewöhnlich gelassen, reagiert gar nicht.* Dann folgen andere Dinge, die mit Tutut nichts zu tun haben.

Am 2. Juni steht da: *Eindeutig Liebesgesch. zwischen S.B. und dem Drachen. Die Frau zetert nicht mehr, sehr angenehm. Frage mich, wie S.M. reagiert. Müsste wütend reagieren. Warum nicht?* Moment, Moment. Es geht weiter am 4. Juni. Da heißt es: *Traf S.M. im Hotel und deutete an, dass ich die Liaison zwischen seiner Frau und S.B. bemerkt habe. S.M. sieht mich an und nickt, nichts sonst. Nickt einfach. Sagt dann: Kann damit leben, ist sogar eine*

Erleichterung. Hat selbst eine Frau gefunden. Tiefe Gefühle, sagt er. Ich frage mich: Wer ist die Frau? Damit ist dann Schluss am 4. Juni.« Rodenstock sah Emma an. »Was sagst du?«

»Unsere Geschichte bekommt Profil«, murmelte Emma. Sie hatte die Daten und Ereignisse mit einem breiten Filzstift auf das Packpapier an der Wand geschrieben. »Das steuerte wohl auf einen Riesenskandal zu, denke ich. Der Arzt hatte Bedenken, suchte wahrscheinlich solidarisch nach Lösungsmöglichkeiten. Sicherlich hatte er keinen Totschlag im Kopf.« Sie legte den Kopf schräg. »Ich glaube übrigens, dass der Dr. Helmholtz in Trier unbedingt recht hatte: Niemals war Wesendonker, den sie alle S.M. oder Schniggers Michel nennen, allein bei Tutut. Wahrscheinlich war der Richter bei ihm. Aber, mach mal weiter, Liebling, vielleicht hat Xaver Manstein noch Botschaften für uns.«

»Hier ist etwas. Am 10. Juni schreibt er: *Die Frau ist M.H., die Bäuerin vom sogenannten Hexenhof. Hat keinen guten Ruf. Gilt als liederliches Frauenzimmer, hat oft im Hotel bedient, aber auch in der alten Kneipe hier am Ort. Sie ist hübsch, sie wirkt sinnlich, kein Mann, der ihr nicht gern zusieht, wie sie bedient und lächelt.* – Sieh mal einer an, fast ein Lyriker, der Herr Medizinalrat Dr. Xaver Manstein. Er notiert weiter, sogar unter Benutzung der Klarnamen: *Wesendonker hat sich mir offenbart. Er liebt die Bäuerin. Er war auf dem Hexenhof, um fällige Steuern zu erheben. Bauer Hansen war nicht da, verbarg sich vermutlich in der Scheune. Die Bäuerin war voller Angst. Wesendonker hat sie beruhigt, sie könnten sich Zeit lassen. Dann haben sie sich nach dem morgendlichen Melken getroffen. Im Lager des Boten. Gütiger Himmel, wenn das ruchbar wird, wird Gerolstein erbeben. Wir brauchen eine schnelle Lösung.*«

»Also war der Arzt solidarisch«, murmelte ich. »Er wollte den Liebesleuten helfen, er suchte nach einer Lösung. Das ist doch tröstlich. Wann geht es weiter?«

»Am 12. Juni schon. Manstein notiert: *Tutut idealer Kurier, wäre im Kriege unersetzbar. Bewegt sich pausenlos in Gerolstein, holt Botschaften aus Verstecken und schafft sie in solche. Er gibt S.M. und M.H. Schutz, verbirgt sie im eigenen Lager, riskiert Kopf und Kragen, transportiert des Richters Botschaften und die Botschaften des Drachen, muss wohl sagen, der wie verwandelten Ehefrau des S.M. Ich denke, sie weiß von Maria H. Ich weiß ziemlich verbindlich, dass der Richter zu ihr ins Haus schleicht (von hinten über den Burgberg!), wenn ihr Mann bei M.H. in Tututs Lager ist. Komisch ist das Ganze auch.*«

Mein Handy meldete sich, und ein aufgeregter Vater Schmitz murmelte in leichter Atemnot: »Ich weiß, es ist geradezu unsittlich, sich mitten in der Nacht zu melden. Aber meine Tochter hat einen Liebesbrief in Händen. Und außerdem acht Zettel voller Zärtlichkeiten. Früher hat man das wohl Billetdoux genannt. Wollen Sie diesen Liebesbrief?«

»Mitten in der Nacht?«, fragte ich schrill.

Er lachte. »Es ist spannend, bei einer Doktorarbeit zu helfen. Ja, mitten in der Nacht. Außerdem klingen Sie nicht so, als hätte ich Sie aus dem Tiefschlaf geholt.«

»Wir haben die Aufzeichnungen des Arztes Dr. Xaver Manstein in Besitz, wir erstellen gerade einen zeitlichen Ablaufplan. Und wie sind Sie an den Brief und die Zettel gekommen?«

»Ganz einfach. Es ist längst rund in Gerolstein, was meine Tochter vorhat. Und gegen Abend schellt es an meiner Haustür, und draußen steht eine Frau, die für die Caritas arbeitet. Sie sagt, sie hätte vom alten Fräulein Hasewinkel – die hieß wirklich so – einen Haufen Korrespondenz geerbt. Und da sei die Rede von Liebschaften aus dem damaligen Gerolstein. Fräulein Hasewinkel war die alte Lehrerin, älter als ein Dinosaurier. Sie ist vor vier

Jahren hoch in den Neunzigern gestorben. Und woher die die Briefe und Zettel hatte, kann auch unsere Informantin nicht sagen. Fräulein Hasewinkel hatte sie einfach. Also, was ist? Können wir eben vorbeikommen? Und – stellen Sie sich das einmal vor: Der Richter Severus Brandscheid hat die Ehefrau des Steuereintreibers Karl-Heinrich Wesendonker mit ›Geliebte Haselmaus‹ angeredet.« Er prustete vor Heiterkeit.

»Dann kommt her«, sagte ich gnädig. »Ich komme mir sowieso schon vor wie ein Barbesitzer.« Zu Emma und Rodenstock: »Die Schmitzens fallen gleich mit ein paar Dokumenten ein. Also, weiter in der Zeitskala. Der Arzt weiß alles, der Apotheker weiß wahrscheinlich auch alles.«

»Der nächste wichtige Eintrag für uns«, murmelte Rodenstock, »betrifft den 15. Juni 1888: *Tutut macht unseren Blumengarten sauber. Frage ihn, was er alles weiß. Er lacht und antwortet: Tutut weiß alles, wirklich alles. Aber Tutut schweigt wie ein Grab. Da frage ich mich, ob er wie ein Grab schweigen wird, wenn jemand mit ein paar Münzen klimpert.*

Der Steuereintreiber verfolgt wahnsinnige Idee: Will mit Maria Hansen nach den USA auswandern. Sagt: Das ist das Beste für alle. Sagt: Ich verschwinde ohne Spur, meine Frau hat freie Bahn. So verrückt, wie das zuerst klang, kommt mir das gar nicht vor. Unter besonderen Umständen muss zu besonderen Mitteln gegriffen werden. Gleich einen Tag später steht da: *Der Apotheker Toombers fürchtet, dass die Opposition sich an Tutut heranmachen könnte. Mit Bargeld. Der Apotheker ist ein furchtsamer Mann, ein guter Pfleger, ein miserabler Ehemann und Vater, aber ein treuer Freund.* Merkt ihr was, Leute, da fängt der Skandal zu kochen an. Nicht der Arzt hat Furcht, nicht der Wesendonker, nicht der Richter, sondern ausgerechnet der eigentlich gar nicht beteiligte Apotheker Toombers. Wieso das?«

»Darf ich was dazu sagen?«, bat ich demütig, worauf Emma und Rodenstock grinsten.

»Es ist meines Erachtens nach so, dass da ein Stammtisch der bürgerlichen Elite zusammenhockte. Und zwei höchst ehrenwerte Mitglieder des Stammtisches, nämlich der Richter und ein Steuerbeamter, geraten in durchaus ernsthafte Beziehungsschwierigkeiten. Es ist offensichtlich so, dass die Herrenrunde dabei solidarisch ist und sich keineswegs von den zwei Herren abwendet. Im Gegenteil, denn es geht ja auch um den gutbürgerlichen, soliden Ruf der ganzen Runde.

Ich verstehe immer besser, wie hoch der Druck zu diesem Zeitpunkt ist. Und man muss wissen, wie das damals zuging. Angenommen, es wird offen zur Kenntnis genommen, dass der höchst ehrenwerte Richter ein intimes, außereheliches Verhältnis mit der Ehefrau eines preußischen Steuerbeamten hat, dann wird dieser Richter buchstäblich in die Walachei versetzt. Und zwar nicht als Richter, sondern als billiger Büttel, vielleicht als Verwalter eines preußischen Gefängnisses im hintersten Mecklenburg. Genau dasselbe wird dem Steuereintreiber Karl-Heinrich Wesendonker widerfahren, wenn seiner Behörde zu Ohren kommt, dass er ein intimes Verhältnis mit der Ehefrau eines Eifler Bauern hat. Für beide Männer bedeutet dies das absolute berufliche Aus, es bedeutet aber auch wesentlich geringere Einkünfte. Und noch etwas fiel mir auf: Angenommen, der Skandal kocht hoch, die Verhältnisse werden öffentlich, dann wird jedermann in Gerolstein denken: Wenn der höchst ehrenwerte Richter so etwas treibt, was ist dann mit dem Apotheker, was ist dann mit dem Medizinalrat. Es ist, als ob du einen Stein ins Wasser wirfst – immer weitere Kreise werden gezogen, in Daun wird man ebenso darüber sprechen wie in Wittlich oder Bitburg oder Trier oder Koblenz. Unter dem Druck eines möglichen Skandals kann es zu verrückten Reaktionen kommen. Und eine dieser Reaktionen war Tututs Tod.«

»Wahrscheinlich war die Elite Gerolsteins in einem höchst aufgeregten Zustand, der mit rationalen Maßstäben überhaupt nicht erklärbar ist«, sagte Emma. »Und bei allen unseren Überlegungen müssen wir davon ausgehen, dass nichts undenkbar war. Wirklich gar nichts.«

»Gut, einverstanden«, nickte Rodenstock. »Also, weiter im Text. Weitere vier Tage später steht hier in unserer Sache folgender Eintrag: *Gestern kommen beide Paare zu mir als Patienten. Unabhängig voneinander. Sie hatten wohl dieselbe Idee. Alle vier sind zittrig und nervös, alle vier wissen nicht, wie es weitergehen wird. Versuche, sie zu beruhigen. Kein Erfolg. Wesendonker sagt: Ich will weg hier, nur weg. Der Richter sagt: Ich muss weg hier, nur weg. Die Bäuerin Hansen hat die Erlaubnis der Verwaltung bekommen, auszuwandern. Der Ehemann wurde nicht verständigt, weil alle wissen, dass er sie dauernd züchtigt und quält. Jedermann scheint zu begreifen, dass die Frau fliehen will, nur fliehen, weit weg. Großer Gott, ich danke Dir für meine gute Ehe.* Merkwürdig, wieso benutzt er keine Kürzel? Wahrscheinlich, weil er weiß, dass niemand diese Bücher liest, niemand sich traut, sie aufzuschlagen. – Oh, was ist das ? – Ach du lieber Himmel! Hier steht unter dem Datum 22. Juni 1888: *Erwischt! Im Heu erwischt. Musste Kaplan den Arsch verbinden. Heugabelstich! Kaplan war zu Gast bei adligen Gastgebern in Dreis. Kam hierher, weil er von hier stammt. Traf eine Schulkameradin, Tochter eines Bauern. Sie landeten im Heu oben über der Munterley. Der Vater fand sie in unsittlicher Position. Daher die Heugabel.*« Rodenstock grinste wölfisch. »Diese Aufzeichnungen sind Gold wert. Am 23. Juni geht es mit Tutut weiter. Hier steht: *Bauer Hansen gibt auf. War sowieso nicht von hier.*

Geht an die Mosel. Ist also verreist. Prompt erscheint Wesendonker, prompt erscheint die Frau des Hansen. Liebe ist seltsam, ist komisch, ist vollkommen meschugge. Apotheker Toombers ist ängstlich. Sagt: Tutut wird nicht schweigen, wenn jemand Geld bietet. Rede mit Tutut, der immer noch unseren Garten bestellt. Tutut sagt: Ich habe noch nie im Leben geredet. Ist mein Brot, dass ich nicht rede. Der Mann ist ehrlicher als mancher hier in der Stadt. Der Kaufmann Ernst Mogge sagte gestern Abend im Hotel, man müsse zusammenstehen. Der Mann hat recht. Vereinbare mit dem Drachen, dass, wenn ihr Mann verschwunden ist, wir eindeutig aussagen, dass er in eine lange währende Kur gegangen ist. Das bringt Zeitgewinn.« Es geht weiter am 28. Juni. Wörtlich: *Wir haben das alles fest im Griff, die Bürgerschaft ahnt nichts und wird nie etwas erfahren. Wir vereinbaren eine geheime Konferenz. Der Stammtisch wird in drei Tagen nach Hillesheim marschieren. Wir nennen es das Sommerfest, irgendeinen Titel muss das Kind ja haben. Im Augenblick treffen sich die vier in Tututs Lager hoch oben am Auberg.* Ich brauche Kaffee!«

Ich goss ihm eine Tasse ein.

Emma sagte: »Wir kriegen allmählich ein lückenloses Bild. Und allmählich fallen mir die Augen zu. Nehmen wir einmal an, Wesendonker traf den Richter Severus Brandscheid. Sie kamen zu dem Schluss, dass Tutut eine große Gefahr für sie sei. Sie gingen zu Tututs Lager, es kam zu der tödlichen Begegnung.«

»Das reicht mir nicht«, widersprach ich. »Wir vergessen das Grab, das wir ausgebuddelt haben. Da war Tutut, da war das Pferd, da war der Sattel. Und von diesem Grab bis hinunter zu Tututs Lager ist es eben nicht gerade ein kurzer Weg. Nehmen wir einmal an, der Richter und der Arzt werden zusammen mit zwei Gendarmen zum Ort des Verbrechens gerufen. Morgens sehr früh. Zu diesem Zeitpunkt ist meines Erachtens nach alles so belassen worden. Das heißt: Tututs Leiche war noch dort, die Leiche des Pferdes auch, der Karren und der Esel oder Maulesel von Tutut. Könnt ihr mir folgen? Das musste so sein, schon wegen der zwei Gendarmen, denen man ja etwas vormachen wollte. Und genau dieses Bild stimmt für mich nicht mehr. Deshalb bin ich dagegen, dass der Richter und Wesendonker zu Tutut gingen und ihn töteten. Es ist viel logischer, wenn sämtliche Teilnehmer des Stammtisches dort waren und mit vereinten Kräften aufräumten. Wer saß am Stammtisch? Der Arzt, der Richter, der Apotheker, der Kaufmann Mogge, der Lehrer, von dem wir noch gar nichts gehört haben, also mindestens fünf Männer. Ist es denn nicht viel einleuchtender, dass der ganze Stammtisch zugeschlagen hat?«

»Das kann sein«, nickte Emma. »Machen wir jetzt im Zeitplan weiter?«

»Pause«, sagte ich. »Da kommt Vater Schmitz mit seiner Verwandtschaft.«

Sie stolperten übermüdet, aber glücklich herein und setzten sich. Sie sahen den Zeitplan, und wir berichteten ihnen von den Aufzeichnungen des Arztes Dr. Xaver Manstein.

Es gab einiges Durcheinander, als Tessa begeistert schrie: »Wir haben die Lösung, wir haben die Lösung!«

Ingbert widersprach ihr sanft: »Wir haben sie noch lange nicht. Wir wissen immer noch nicht, wer denn Tutut erschlug. Es muss nicht Wesendonker gewesen sein, auch wenn er von dem Bär angefallen wurde.«

»Was habt ihr für einen Liebesbrief?«, fragte ich.

Vater Schmitz murmelte geradezu inbrünstig: »Also, wir wissen nicht, wie die alte Gerolsteiner Lehrerin Fräulein Hasewinkel das hier bekommen hat. Ich nehme einmal an, dass ihr das jemand einfach schenkte, weil sie die Lehrerin war. Sie wird viele Nächte lang darüber gegrübelt haben.« Er nahm aus einem groben braunen Kuvert zwei Bogen Papier und legte sie vor sich auf den Tisch.

»Wunderschöne alte Schrift. Der Richter Severus Brandscheid schreibt an seine Geliebte, die Frau des Steuereintreibers Karl-Heinrich Wesendonker.

Das Datum ist der 1. August 1888. Der Text lautet so:

Geliebte Haselmaus!

Bald hat alle Not ein End. Ich werde dieses Schreiben an der gleichen Stelle in der alten Bruchsteinmauer deponieren, die wir ausgemacht haben. Unser sehr rühriger Bote wird es nehmen und mit sich tragen und hinter euer Grundstück gehen und unter den Stein legen. Die Wege dieser Briefe sind, gelinde gesagt, eigentümlich, aber notwendig, und wenn wir lieben, sind wir allesamt wie die Kinder. Unserem Glück soll nichts mehr im Wege stehen können.

Dein Mann wird Gerolstein am 1. September verlassen, das hat er mir mitgeteilt und gleichzeitig zu erkennen gegeben, dass er von diesem Tage an nie mehr wieder den alten Kontinent betreten und sich auch nicht mit einem Brief oder einer Depesche melden wird. Das, was uns anfangs als Unglück erschien, haben wir nun zum Besten gewendet.

Man hat mir aus Cölln die Nachricht gegeben, dass meine Bitte um Versetzung in die Hauptstadt des Reiches auf freundlich zugeneigte Ohren trifft und dass man durchaus daran denkt, noch im Laufe dieses Jahres die Versetzungsurkunde nach Berlin hierherzuschicken.

Ich weiß zutiefst, dass Du immer noch große Schwierigkeiten hast, Deine geliebte Seele frei zu machen für einen neuen Anfang. Zu tief in Dir ist die eheliche Treue verankert, ganz so, wie Mutter Kirche es von ihren Kindern fordert. Aber glaube mir, Dein Leben wäre immer bitterer geworden an der Seite eines Mannes, dem Du gewissermaßen als Magd von Deinen Eltern anvertraut wurdest und den Du nicht lieben konntest.

Ich denke, dass wir Menschen innerhalb der Schranken unserer Gesellschaft nur mühsam leben können und gar oft gezwungen sind, unsere wahren Gefühle zu verbergen und sie vor allem nicht leben zu können. Ich frage mich, wie viele Menschen denn in genau der gleichen Not stecken und niemals die Möglichkeit haben, ein anderes Leben zu beginnen. Wir haben diese Möglichkeit durch Gottes Güte erfahren.

Glaube mir, Geliebte, Dein Mann ist kein schlechter Mann und seine Schritte in Richtung auf ein neues Leben auf dem weit entfernten Kontinent waren ihm mühsam. Er hat stets darüber sinniert, dass er Dich nicht verlassen kann, ohne dafür zu sorgen, dass es Dir gut ergehen möge. Nun hat er dafür gesorgt und wird fortgehen in ein anderes irdisches Leben.

Die Maria Hansen ist arg gequält worden von ihrem Ehemann, und auch sie hat es verdient, ein anderes Leben zu leben.

Sei also zuversichtlich – ich sehe Dich im Hause vom Toombers am Sonntag auf einen Kaffee und Kuchen. Und ich sage Dir, es fällt mir sehr schwer, Dich nicht zu berühren und die Fassung zu wahren. Ich liebe Dich. S«

»Du lieber Himmel«, hauchte Emma ehrfürchtig. »Die große Liebe, die wirklich große Liebe.«

»Da war noch die Rede von acht Zetteln oder Botschaften«, warf ich ein. Ich war erneut an einem toten Punkt, die Augen drohten mir zuzufallen, es war jetzt zwei Uhr fünfzig.

»Ja, ja«, nickte Tessa eifrig. »Hier sind die Zettel. Und sie sind nicht mal verklausuliert. Und geschrieben haben sie der Richter, die Frau Wesendonker, die Frau Hansen und der Wesendonker. Ich frage mich, wie die alte Lehrerin daran kam, aber wahrscheinlich wird das zu den Dingen gehören, die wir nie mehr klären können.

Der erste Zettel stammt von der Maria Hansen. Da steht in fehlerhafter Schrift: *Glaubst du, dass der Bote den Mund wird halten können?* Der Zettel ist nicht datiert. Der nächste Zettel lautet auf das Datum vom 31. Mai. Frau Wesendonker schreibt an den Richter Severus Brandscheid: *In aller Klarheit hat meine Seele es bis gestern nicht gewusst. Ich liebe Dich, ich liebe Dich so sehr. Deine Haselmaus.* Dann ein Zettel vom Wesendonker an Maria Hansen: *Will Dich morgen sehen, muss Dich morgen sehen, kann es nicht mehr erwarten. Zu groß ist das Glück, das mit Dir in mein Leben einzog. K.H.* Dieser Zettel ist undatiert. Dann ein datierter Zettel vom 14. Juni 88 vom Richter an Frau Wesendonker: *Geliebte Haselmaus! Habe die ganze Nacht an Dich und Dein bebendes Herz gedacht. Konnte nicht schlafen, wollte auch nicht schlafen, habe mir höchst vergnügliche Dinge gedacht und bin morgens frisch wie der Tau in mein Büro marschiert. S.* Dann wieder Maria Hansen an Karl-Heinrich Wesendonker, wieder undatiert: *Geliebter Mann, ich habe wohl eine schwere Sünde auf mich geladen. Mein Mann trinkt sehr viel und wollte mir wieder Gewalt antun. Ich war nicht gehorsam, ich habe mich nicht gefügt. Es war im Stall, und die Tiere sind dann immer sehr aufgeregt, wenn etwas passiert. Ich lag da im Mist, und er schlug mich. Und mein ganzes Elend stand vor meinen Augen. Und ich habe geschrien, er solle mich doch verschonen, aber er wollte mich nicht verschonen. Und dann habe ich mit einem Knüppel zugeschlagen und sein Gesicht getroffen. Ich weiß nicht, wie es geschehen konnte, aber ich habe den Knüppel gegriffen, den er sonst benutzt, wenn die Tiere beim Melken nicht sauber in einer Reihe stehen wollen. Gott sei mir gnädig, mein Geliebter. Ich gehe morgen früh gegen neun Uhr beim Krämer Nähsachen einkaufen. Ich hoffe so sehr, Dich zu sehen. Sei es auch nur, um zu erleben, wie Du an mir vorbeigehst, Deinen Hut hebst und Guten Morgen zu mir sagst. Komisch, irgendwie finde ich das lustig. Stets Deine M.* Dann hier der datierte Zettel von Frau Wesendonker an den Richter vom 12. Juli 88: *Ich weiß immer noch nicht, mein Geliebter, wie unser gemeinsames Leben aussehen soll. Und eine gute Köchin bin ich auch nicht. Karl-Heinrich hat das immer mit der allergrößten Geduld ausgehalten, nur einmal hat er gar nicht einmal unfreundlich ausgerufen: Mit deinen Reibekuchen könnte man das Haus für alle Ewigkeit decken. Da haben wir beide gelacht, und recht hat er gehabt, es waren ganz scheußliche Reibekuchen und sehr versalzen. Man sagt ja, verliebte Köchinnen nehmen immer zuviel Salz. Heute hatte ich im Krämerladen eine komische Begegnung. Die Frau vom Mogge stand neben mir und sagte plötzlich: Da hört man ja Enormes von Veränderungen, die auf uns zukommen sollen! Ach ja, habe ich geantwortet, was meinen Sie denn? Und sie druckste herum und sagte dann: Ich meine die neue Firma Gerolsteiner Brunnen. Da kommen ja große Veränderungen. So wird es sein, habe ich geantwortet. Jetzt frage ich mich: Weiß die etwas, hat da irgendein Mensch ein Sterbenswörtchen ausgeplaudert? Ich hoffe, Du kannst mich beruhigen. Deine Dich liebende Haselmaus.* Der siebte Zettel ging von Wesendonker an Maria Hansen. Er ist ziemlich lang, undatiert und lautet so: *Habe ein Exemplar der Beiblätter der Illustrierten Zeitung ergattert, in dem zu lesen steht, was uns erwartet. Wir werden in New York ausgeschifft und treten dann die Reise in die Gegend der Oberen Seen an, in die Nähe von Chicago. Wir können dort im Grunde tun und lassen, was uns beliebt, sofern es uns nur gelingt, unseren Lebensunterhalt zu verdienen. Wir können akzeptieren, dass uns die Regierung der Vereinigten Staaten einige Äcker kostenlos zur Bebauung überlässt, wir können jedoch auch gänzlich auf Ackerbau verzichten, wenn sie denn einen Verwaltungsbeamten mit meiner Erfahrung brauchen kön-*

nen. In der Illustrierten steht, dass es an Fachkräften meiner Art erheblich mangelt ...«

»Entschuldige die Unterbrechung. Aber wieso nennt ihr das Zettel, obwohl die Nachrichten eigentlich Briefe sind?«

»Wir haben sie Zettel genannt, weil sie ohne Kuvert sind, weil sie wahrscheinlich ohne Kuvert zugestellt wurden.«

»Konnte Tutut schreiben?«, fragte ich weiter.

Eine Weile herrschte betroffenes Schweigen.

Emma formulierte langsam. »Wenn er lesen und schreiben konnte, und das sollte man von einem klugen Zigeuner annehmen, kannte er den Hintergrund der ganzen Affäre. Mit anderen Worten: Wäre er ein mieser Charakter gewesen, und hätte er den Versuch unternommen, die ehrenwerten Herren zu erpressen, dann hätten sie ihm zahlen müssen, was immer er wollte. Aber bisher spricht nichts für diese Möglichkeit. Und todsicher hätte in den Briefen und Zetteln irgendetwas davon gestanden. Selbst wenn Tutut lesen konnte, er hat sein Wissen nicht benutzt. Bisher fehlt dafür jeder Beweis.«

»Kann ich weitermachen?«, fragte Tessa. »Also, es geht weiter: *... dass es an Fachkräften meiner Art erheblich mangelt und dass ich somit wahrscheinlich in jeder öffentlichen Verwaltung tätig werden kann.*

Ich weiß, das wäre eine große Lebensumstellung für Dich, aber wäre es denn nicht auch eine gute Möglichkeit, der schweren Arbeit des bäuerlichen Standes zu entkommen? Du könntest dann unserem Haushalt vorstehen und für uns sorgen und brauchtest Dir keine Mühsal mehr zu bereiten. Überlege Dir das genau, meine geliebte Maria, noch ist Zeit, noch drängt nichts.

Da ich wegen des Teilverkaufs meines Hauses im Besitz einer einigermaßen angemessenen Barschaft bin, können wir jedoch auch direkt von New York aus in den Süden gehen. Nach der Halbinsel Florida oder nach Louisiana oder Texas. Dort ist das Wetter ange-

nehmer, und die Winter sind milde. Die meisten, die mit uns auf dem Schiffe reisen werden, müssen nehmen, was sie kriegen können. Das bedeutet in der Regel eine Zukunft als Bauer. Wir dagegen haben es fürstlich, wir können tatsächlich auswählen.

Falls irgendetwas dazwischenkommt: Deine Passagekarte liegt in Amsterdam bei der Schifffahrtslinie, deren Adresse Du auswendig lernen wolltest. Ich denke nicht, dass das Schicksal uns noch einen Streich spielen wird. Hoffe mit mir. Ich liebe Dich. K.H.

Dann noch ein letzter Zettel von Frau Wesendonker an den Richter Severus Brandscheid, geschrieben am 15. Juli 1988. Der Wortlaut: *Geliebter! Ich glaube, ich habe Misstrauen gegen Tutut in Deiner Stimme entdeckt. Aber warum sollte er irgendetwas verraten? Sieh mal, er bekommt von allen kleine oder große Münze. Von Dir, von mir, von Maria Hansen, von meinem Mann, sogar von Dr. Manstein, für den er den Garten macht und andere Besorgungen. Außerdem ist am 1. September, wenn mein Mann spurlos verschwindet, unsere größte Notzeit vorbei, und wir können uns in Ruhe und Besonnenheit auf ein neues Lebensglück einrichten. Also, Geliebter, sei mutig! Deine Dich liebende Haselmaus.* Das wäre es, Leute, und ehrlich gestanden reicht mir das auch.«

»Mir nicht!«, widersprach Ingbert mit wissenschaftlicher Strenge. »Mir durchaus nicht. Was wissen wir denn? Gut, zwei Liebesgeschichten, wahrscheinlich keine lokale Politik im Spiel. Ein ganzer Stammtisch nimmt Anteil, wie zwei gestandene Männer eine neue Frau kriegen und ein neues Leben suchen. Haben ihn nun die zwei umgebracht oder haben sie nicht? Da frage ich die Fachleute, da frage ich Emma und Rodenstock.«

Emma sagte erstaunlicherweise: »Ich brauche noch ein wenig Zeit, mir darüber klar zu werden, was geschehen sein könnte. So viel steht fest: Es gab Tutut gegenüber bereits viel Misstrauen. Rodenstock? Einverstanden?!«

»Ja, Misstrauen gab es.« Rodenstock nickte. »Ich würde am liebsten hingehen und die Stunde vor der Tat, die Tat selbst und die Stunde nach der Tat in Sekundenscheiben schneiden, um herauszufinden, was sich wirklich ereignet hat.

Der oder die Täter hatten einfach eine Unmenge zu erledigen. Und eins steht fest: Die Leiche Tututs sowie die des Pferdes sind nicht erst morgens abtransportiert worden, als man die Tat entdeckte. Ich gehe jede Wette ein, dass zum Zeitpunkt des Eintreffens der beiden Gendarmen, des Richters und des Arztes, der Platz im Grunde aufgeräumt war. Kein Tutut mehr, kein totes Pferd mehr ...«

»Aber dann stimmt doch einiges andere nicht«, sagte Tessa wild. »Man kann doch nicht mit zwei Gendarmen an einem Tatort aufkreuzen, der keiner mehr ist.«

»Oh doch«, sagte ich ebenso heftig. »Genau das kann man. Der Richter kann den Gendarmen erzählt haben, er sei schon des Nachts dort gewesen, und jetzt ginge es nur darum, den Platz ein wenig aufzuräumen. Und dann fügt der Richter hinzu: Leute, ich verlasse mich felsenfest darauf, dass hierüber kein Wort zu irgendeinem Menschen gesagt wird. Und die Gendarmen werden nichts sagen und ihre Erinnerungen mit ins Grab nehmen – wortlos. Gerede wird es allerdings gegeben haben, schließlich wusste man ja von Tutus Tod.«

»Aber das würde bedeuten«, murmelte Tessa entsetzt, »dass bereits in der Nacht ...«

»Oh nein, oh nein«, sagte Ingbert zufrieden und leise. »Herr Baumeister geht davon aus, dass einer oder zwei, Wesendonker bzw. Wesendonker und der Richter, zu Tutus Lager gingen, und dass der ganze Stammtisch geschlossen hinter den Nachbarbüschen steckte, um zu lauschen und zuzusehen – und anschließend aufzuräumen.«

»Genau«, sagte ich. »Genau das meine ich.«

6. Kapitel

Sie waren Frauen mit großen, weiten Röcken bis zum Boden. Sie trugen Hauben, sie waren verschlossen von Kopf bis Fuß. Die Männer waren genauso unpraktisch gekleidet. Schwere Anzugstoffe, schwere Westen und krawattenähnliche Tücher. Ich frage mich, wie sie miteinander umgingen, wie sie sich liebten. Brauchten die nicht zwanzig Minuten, um sich auszuziehen? War es überhaupt möglich, zueinander zu finden?« Emma starrte auf eine Fliege, die um eine Lampe kreiste. »Sie trafen sich auf Gesellschaften, bei Kaffee und Kuchen, bei schweren Likören und schweren, fetten Speisen. Sie waren niemals miteinander allein. Wie haben die Liebe aufkeimen lassen? Waren das nur die Augen, die das zustande brachten, nur die Augen, die das widerspiegelten?«

Rodenstock lächelte sie liebevoll an. »Ich gebe zu, ich habe mir das auch vorzustellen versucht. Nur die Maria Hansen hatte als Bäuerin eine alltagstaugliche Kleidung. Einen Kittel, eine Schürze. Vielleicht so etwas wie eine Unterhose, vielleicht aber auch nicht. Ich erinnere mich an sehr alte Fotos aus der Jahrhundertwende. Die Frauen zeigen erstaunlich viel Bein und erstaunlich viel Busen. Niemanden regte das auf. Aber stellt euch Wesendonker vor in seinem offiziellen Habitus, in schweren filzartigen Anzügen. Oder den Richter. Natürlich gab es Sommerstoffe, leichte, helle Kleidung. Aber die war nur am Wochenende tragbar. Sie müssen es unendlich schwer gehabt haben. Ja, meine Liebe, ich denke, du hast recht, sie begannen ihre Liebe mit den Augen, bei unendlich sanften Gesprächen, hinter denen niemand etwas vermuten durfte, und länger als den Bruchteil einer Sekunde durften sie sich nicht in die Augen sehen. Sie waren Gefangene ihrer

Zeit. Und Wesendonker hatte wahrscheinlich genau davon die Nase gründlich voll. Wahrscheinlich hat Maria Hansen ihm beibringen müssen, was Liebe sein kann.«

»Es sind immer die Frauen«, nickte Tessa. »Und sie müssen unendlich viel Mut gehabt haben.«

»Ist unsere Zeit ärmer?«, fragte Vater Schmitz.

»Ärmer«, nickte Ingbert. »Entschieden ärmer, würde ich sagen.« Dann räusperte er sich, als habe er etwas höchst Unsittliches gesagt. »Ich frage mich, ob wir jemals herausfinden werden, wer am Abend des 24. August 1888 im Lager des Tutut erschien. Wesendonker war da, soweit ich das weiß und voraussetzen kann. Du wirst ein weites Feld zu bestellen haben, meine Liebe, das kann eine Doktorarbeit allererster Güte werden.«

»Wenn du mir hilfst«, murmelte sie eilig. »Nur, wenn du mir hilfst.«

»Was geschah, als der Bär Wesendonker verletzt hatte? Als Tutut tot war, als Wesendonker in seinem Blut lag?«, fragte ich.

»Das frage ich mich, seit wir davon wissen«, sagte Rodenstock und reckte sich. »Wesendonker kann gar nicht allein gewesen sein. Ich sage euch auch warum. Der Bär hat sich losgerissen oder aber Wesendonker kam ihm einfach zu nahe. Der Bär ist einwandfrei gejagt und geschossen worden, das zumindest ist wohl verbürgt. Ein Bekannter oder Verwandter des Grafen von Manderscheid erledigte das. Entscheidend scheint mir aber, dass Wesendonker erheblich verletzt war und wahrscheinlich viel Blut verlor. Uns heute Geborenen erscheint das lächerlich, aber er hatte das Pferd nicht mehr, das war ebenfalls tot. Zu Fuß nach Gerolstein hätte in dem Zustand ein unüberwindbares Hindernis bedeutet, er wäre ohne Hilfe wahrscheinlich gar nicht so weit gekommen. Der Arzt hat in seinen Aufzeichnungen von einem Prankenschlag der Bestie gesprochen. Mit anderen Worten: Ich gehe jede Wette ein, dass Wesendonker nicht allein in Tututs Lager auftauchte. Da war jemand bei ihm. Und ich bin geneigt, Baumeisters Auffassung zu vertreten: Wahrscheinlich war die ganze Männergruppe beteiligt. Aber das werden wir in dieser Nacht nicht mehr klären. Leute, ich bin erledigt, aus, tot, ich muss ins Bett.«

In diesem Augenblick begann Tessa zu schreien und starrte auf die Tür, die sich lautlos geöffnet hatte. Sie schrie wie am Spieß, rutschte vom Sofa herunter und schlug die Hände vor das Gesicht.

»Was soll denn das?«, fragte der Schamane verschlafen. »Habt ihr hier eine Therapiesitzung?«

Tessa stotterte, konnte nichts sagen.

»Das ist unser Schamane«, stellte ich vor. »Hast du gut geschlafen? Willst du Hilfe?«

»Ich habe mir das überlegt«, nickte er. »Ich glaube, ich will Hilfe.«

Vater Schmitz starrte uns der Reihe nach an, als sei er unversehens in einen Horror-Schocker geraten. »Wieso Schamane?«, fragte er verdattert.

»Das ist mein Beruf und meine Berufung«, erklärte der Schamane würdevoll und riss den Mund ungeheuer weit auf, um zu gähnen.

»Wie weit bist du denn gekommen auf deiner Reise zur Mosel?«, fragte Emma.

»Bis Ulmen«, gab er Auskunft. »Kann ich denn irgendwann mal baden?«

»Kannst du, aber erst muss die Mannschaft schlafen. Kein Krach im Haus.«

»Ich mache niemals Krach«, belehrte er mich.

Fünf Minuten später konnte ich das erstaunliche Erlebnis genießen, allein in meinem Schlafzimmer einzuschlafen. Der Mensch lernt, sich zu bescheiden, und ist mit erstaunlich wenig Aufwand zufriedenzustellen. Der Schamane hatte festgestellt, er gebe sich erneut dem Naturerlebnis hin; jetzt lag er unter der Birke am Teich und schnarchte. Wahrscheinlich hatte ich die Schlafzimmertür nicht fest genug geschlossen, meine Kater kamen herein und legten sich auf meinen Rücken, um mit einem tiefen Seufzer die Zeit ihrer Jagd zu verschlafen. Ich war zu müde, um sie hinauszuscheuchen. Später stritt ich mich mit Emma darüber, wann wir denn in dieser Nacht unsere Betten erreicht hatten. Ich plädierte für fünf Uhr, sie sagte, es sei sechs gewesen. Wahrscheinlich hatte sie recht.

Als ich fähig war, zu blinzeln, war es ein Uhr mittags. Irgendwer im Haus pfiff entsetzlich falsch den *River-Kwai-Marsch*, dann fiel etwas aus Glas oder Porzellan auf die Fliesen und zerbrach. Jemand fluchte schrill mit durchaus unanständigen Worten. Das war Emma. Rodenstock sagte: »Der Sieger hat noch drei Wurf.« Da wusste ich, sie waren gut gelaunt. Dann schrillte das Telefon, gleich darauf irgendein Handy. Emma klopfte und kam herein.

»Ingbert ist weg«, sagte sie.

»Das ist doch kein schlechter Start«, erwiderte ich. »Hat Tessa ihn in die Flucht gejagt?«

»Nein, nein, er ist wirklich weg. Einfach verschwunden. Da muss sich jemand drum kümmern.«

»Mit anderen Worten ich.«

»So haben wir uns das gedacht. Und Esther hat angerufen. Sie musste zu insgesamt sechs Firmen im Hafen von Amsterdam. Die Schifffahrtsunternehmen sind im Laufe der

Jahrzehnte jeweils an andere Unternehmen verscherbelt worden. Die Linie heißt jetzt *Dubai Enterprises,* und die Leute dort sind hilfsbereit. Sie hatte wohl Erfolg und ist auf dem Rückweg. Esther hat in den Listen sowohl Maria Hansen als auch Karl-Heinrich Wesendonker aufgetrieben, zumindest sind sie als reisewillig vermerkt. Alle Feinheiten später von ihr persönlich.«

»Und jetzt fragt ihr euch, ob ...«

»Richtig, wir fragen uns, ob Karl-Heinrich Wesendonker nicht doch in die Vereinigten Staaten kam, aber einfach mit Maria Hansen nichts mehr zu tun haben wollte und sich irgendwo auf dem Kontinent verlor.«

»Das ist durchaus möglich«, sagte ich. »Nur eines müsst ihr bedenken: Bevor er nach Amerika ging, hat er wochenlang das Bett hüten müssen. Dann ist er aber nicht 1888 gereist, sondern erst 1889. Zur Zeit der Herbst-, der Winter- und der Frühjahrsstürme sind die Schiffe zwischen den Kontinenten nämlich nicht rumgeschippert. Außerdem muss in den Aufzeichnungen des Medizinalrates Dr. Xaver Manstein darüber etwas stehen. Damit sind wir noch nicht fertig.«

»Halt keine Vorträge«, mahnte sie. »Kümmere dich mal um Ingbert, bitte.«

Also rasierte ich mich nicht, kämmte mich nur, benetzte beide Augen mit jeweils drei Tropfen Wasser und atmete ein paarmal tief durch, um Ingbert zu retten und den Lebenden zu erhalten. Jeden Tag eine gute Tat.

Rodenstock hockte vor dem Haus und trank eine Tasse Kaffee. Er grüßte aufgeräumt mit einem »Hallo, junger Mann!«, was ich als eine irgendwie widerliche Provokation empfand.

»Wieso bist du so wach?«

»Weil ich ein alter Mann bin, der seine Tage nutzt und seine Zeit niemals verplempert. Ich habe einen hübschen

Witz für dich, den mir eben ein Kollege aus dem Landeskriminalamt in Mainz berichtet hat. Bei denen war ein Journalist zu Besuch, der einen Film drehen wollte. Ein polnischer Journalist, der englisch sprechen musste, um sich verständlich zu machen. Bei einem Interview mit einem Kollegen von mir wollte der Pole eine möglichst kurze und prägnante Aussage über Drogen in Deutschland und bat den Kriminalrat: Please, short and pregnant! Ist das nicht witzig? Bitte, kurz und schwanger!«

»Sehr witzig«, sagte ich. »Seit wann ist Ingbert denn weg?«

»Sie wissen es nicht genau. Etwa elf Uhr war es, als er Vater Schmitzens Haus verließ. Fahr einfach mal hin, sie sind beunruhigt. Wenn Esther wieder hier ist, machen wir mit Mansteins Aufzeichnungen weiter.«

Also fuhr ich hin. Der Tag war sehr heiß, ich trödelte, weil Ingbert mir erwachsen genug erschien, um auf sich selbst aufzupassen. Vielleicht hatte er nur die Panik bekommen angesichts der heiratswütigen Tessa.

Das Haus der Schmitzens stand im Lehnenbachtal, genau gegenüber der Munterley. Es machte den verschlossenen Eindruck all der Häuser, die wohlhabende Leute sich bauen.

Vater Schmitz kam um die Hausecke. »Wir sitzen auf der Terrasse.« Er ging vor mir her.

Tessa hockte verheult an einem weiß lackierten runden Holztischchen.

»Hey«, sagte ich, »er wird gleich auftauchen und lächeln.«

»Wird er nicht. Sein Handy hat er mitgenommen, und normalerweise hätte er längst angerufen. Und ich habe versucht, ihn anzurufen. Zehnmal. Er meldet sich einfach nicht. Und das ist noch nie passiert.« Sie schniefte.

»Hat er denn gesagt, wen er treffen will oder mit wem er noch reden möchte?«

»Hat er nicht, hat er eben nicht«, sagte sie.

»Wie war die Szenerie hier im Haus?«, fragte ich.

»Also, sie haben in Tessas altem Mädchenzimmer geschlafen«, erklärte Schmitz. »Gegen zehn Uhr, sagt Tessa, ist Ingbert aufgestanden. Meine Frau war in der Küche. Ich schlief noch. Gegen elf kam Tessa und fragte nach Ingbert. Meine Frau war schon fort zum Einkaufen, sie ist nach Köln gefahren. Ingbert war weg. Ich habe meine Frau erreicht: Sie sagt, Ingbert wolle in die Stadt, also nach Gerolstein hinein. Das ist alles, was wir wissen.«

»Ist er zu Fuß unterwegs?«

»Zu Fuß«, nickte Tessa.

»Dann gehe ich auch zu Fuß. Und Sie bleiben bitte hier.«

Es war jetzt vierzehn Uhr. Ich ging gemächlich, ich war nicht bereit, Tessas Panik zu teilen. Ingbert war erwachsen, was sollte ihm passieren?

Wie üblich waren an dem heißen Mittag nur wenige Menschen unterwegs. Ich schlenderte und hielt mich im Schatten. Was konnte Ingbert gesucht haben? Wohin konnte er gegangen sein? Hatte er sich mit jemandem verabredet?

Ich stopfte mir die Prato von Lorenzo und paffte vor mich hin.

Vor dem neuen Bistro *Piano* am Rondell waren die Tische alle besetzt. Ich hörte niederländisch, belgisch, französisch, sächsisch – ein angenehmes, freundliches Durcheinander. Kinder tollten herum. Auf der einen Seite schien die Stadt in der Mittagshitze Siesta zu machen, auf der anderen Seite aber strotzte sie vor Lebendigkeit. Es war die Stunde der Touristen.

Ich ging ins *Piano* und fragte nach Ingbert. »Er ist dreißig, sehr schmal, trägt eine Nickelbrille und sieht aus wie ein Professor.«

»Nicht ... oder doch, warte mal. Ja, der kam hier vorbei und trank einen Espresso. Kurz vor Mittag, kann das sein? Er ist dann weitergegangen. Runter ist er gegangen.«

»Hat er jemanden getroffen?«

»Nichts gesehen.«

Der Obstverkäufer auf der linken Seite wusste etwas mehr. »Ja, der hat einen Apfel gekauft, einen Granny Smith. Dann hat er reingebissen und ist weitergegangen.«

Also weiter. Jetzt rechts zum Rondell? Oder geradeaus über die Eisenbahnbrücke in Richtung Volksbank? Es war einfach und zugleich schwierig. Wahrscheinlich meldete er sich nicht, weil er ungestört sein wollte. Wahrscheinlich würde er auftauchen und ganz verwundert fragen: Wieso sucht ihr mich denn? Kann der Mensch nicht mal spazieren gehen? Wenn er um elf Uhr losmarschiert war, dann dauerte der Spaziergang bis jetzt dreieinhalb Stunden. Bei der Hitze ziemlich merkwürdig.

Auf der Brücke traf mich die Hitze wie ein Schlag, ich begann zu schwitzen, der Schweiß lief mir hinter die Brillengläser, ich brauchte ein Taschentuch, hatte keins – irgendetwas vergisst man immer.

Im *Dolomit-Café* kaufte ich mir eine Tüte Eis und ging weiter in Richtung Industriegebiet. Das war der öde Teil Gerolsteins. Kurioserweise der Teil, auf den die Stadt stolz ist, wenngleich hier und da Farbe fehlt, das Grau von Beton überwiegt. Verdammt noch mal, Ingbert, wo steckst du?

Die Waffeltüte brach ab und klatschte samt Eis auf das Trottoir, jetzt hatte ich klebrige Hände. Es war wohl nicht mein Tag.

Ich fand ihn an einem Punkt, den ich mir in meinen kühnsten Träumen nicht hätte ausdenken können. Dort, wo die schmale Straße zur alten Drahtfabrik hochgeht, wo rechts und links – abgesehen von ein paar alten Häuschen aus den Fünfzigern – nichts außer verwilderte Gärten zu finden ist. Er saß auf dem Asphalt in der glühenden Hitze. Zuerst sah ich nur seine Beine in den schrecklich alten, konservativen Sandalen, die man schon vor dem Zweiten Weltkrieg als unmodern bezeichnet hätte. Er bewegte sich nur matt, lallte irgendetwas durch das Blut in seinem Mund. Sein ganzer Kopf schien in Blut getaucht worden zu sein. Das Hemd, ehemals weiß, leuchtete grellrot, eine Wunde an der linken Halsseite blutete immer noch, und seine braune Leinenhose war bis zu den Knien verdreckt und blutig. Er stank entsetzlich nach Blut und Pisse, und wahrscheinlich saß er seit einer Ewigkeit vollkommen hilflos an diesem Fleck – seit ihn irgendjemand erwischt hatte, seit er Bekanntschaft gemacht hatte mit blödsinniger, vollkommen sinnloser Gewalt.

»Halt dich still«, sagte ich.

Er lallte irgendetwas, sein Kopf hing in einem extremen Knick nach vorn, aber immerhin griff er matt nach meiner Hand, als ich ihn berührte.

Dann kam sein Kopf hoch, unendlich langsam, und er versuchte mich anzublicken, aber seine Augen versanken immer wieder im Nebel, waren nicht klar.

»Wer war es?«

Er reagierte nicht, sein Kopf hing wieder nach vorn.

Ich begann ihn abzutasten. Wahrscheinlich war irgendetwas gebrochen, denn sein linkes Bein war merkwürdig verdreht. Als ich das Knie berührte, stöhnte er auf. Dann spuckte er einen Zahn aus.

Ich wählte den Notruf. Sie sagten, sie seien in zwei Minuten da. Und sie waren in zwei Minuten da und machten wie üblich nicht viel Aufsehen, ließen nicht einmal die Sirene heulen. Ihr Job war Hilfe zu leisten, und sie waren sehr schnell dabei. Sie luden ihn auf die Trage und waren auf und davon, noch ehe ich irgendetwas gesagt hatte.

Ich hockte da in der schattenlosen, grellen Hitze und war benommen. Und noch ehe ich mich drehte, aufstand und mich darauf besann, Vater Schmitz anzurufen, waren sie hinter mir. Sie waren zu zweit, sie sagten kein Wort, sie begannen übergangslos zu treten. Ich erinnere mich, dass ich ganz verwundert war, dass sie in der Hitze Springerstiefel trugen. Springerstiefel ohne Socken.

Der erste Tritt traf mich oben an der rechten Schulter und warf mich gegen ein altes, rostiges Drahtgitter. Das Gitter gab nach, und ich stürzte in einen Busch in dem Garten hinter dem Draht. Der Schmerz in meiner Schulter war sehr intensiv, lähmte mich aber nicht, sondern schenkte mir eine beinahe schmerzhafte Konzentration.

Sie ließen sich Zeit, sie hatten Zeit. Sie standen breitbeinig, die Hände in den Hüften. Die Tattoos auf ihren Armen zeigten die nackten Oberkörper betörend schöner Frauen, Schlangen, Adler und Kreuze in allen Variationen. Sie waren vielleicht achtzehn oder zwanzig Jahre alt, trugen schwarze T-Shirts, auf denen in Weiß so etwas wie *Böhse Onkelz* stand, und ihre Gesichter sahen so aus, als seien sie dabei, die Welt zu erobern – kühl und hart. Sie trugen die Haare rasiermesserkurz und waren beide blond und nahezu gleich groß. Vielleicht waren sie Brüder, vielleicht Zwillinge.

»Na, ihr seid vielleicht tapfer!«, sagte ich krächzend. »Herrenrasse, was?«

Endlich sagte der links von mir: »Du kannst dasselbe haben, was dein Kumpel gekriegt hat.«

»Mein Kumpel ist Professor der Geschichte, du Arschgesicht, der harmloseste Kumpel, den man sich vorstellen kann, unsportlich bis zum Gehtnichtmehr. Und darauf, den zu vertrimmen, bist du stolz, was?« Dann schloss ich an: »Wer bezahlt euch eigentlich?«

»Wir werden nicht bezahlt, wir säubern unser Land«, sagte der rechts von mir mit einer kindhaft hohen Stimme.

»Dann hat man aber vergessen, euch Besen in die Hand zu drücken.«

»Wir machen alles mit den Füßen und den bloßen Händen!«, versicherte der eine.

Ich kniete mich hin und wackelte etwas hin und her. Der andere war mit einem gleitenden Schritt bei mir und trat mir in die linke Seite. »Du sollst aufhören, gegen die Stadt zu arbeiten«, sagte er verbissen.

»Aha!«, sagte ich, als die Schmerzwellen abebbten. »Kannst du mir denn erklären, was ich gegen die Stadt tue?« Merkwürdigerweise war ich gelassen, ich hatte auch keine Furcht. Ich dachte nur etwas fiebrig: Ich warte auf eure Fehler, Jungs!

»Du kippst einen Kübel Dreck auf die Stadt«, erklärte der linke Typ.

»Irgendwelche Beweise außer deinem großen Riesenmaul?«, fragte ich und konnte dabei sogar grinsen.

Sie standen nun buchstäblich über mir.

»Du sollst keine großen Töne spucken.«

»Oh, ich entschuldige mich.« Ich wollte, dass sie ihre stoische Ruhe verlieren würden, dass sie zu unkontrollierbaren Bewegungen kamen, dass sie unsicher wurden. »Ihr redet jede Menge gequirlte Kacke, Leute. Ich bin gespannt, was ihr den Bullen erzählt, wenn die euch fragen, warum ihr hier prügelnd durch Gerolstein zieht.«

»Die Bullen fragen uns aber nicht«, sagte der rechte Typ.

»Doch«, widersprach ich. »Wenn ich euch anzeige, müssen sie fragen. Und sie werden fragen, weil sie gute Bullen sind.«

Endlich hatte ich sie am Haken, endlich waren sie an dem Punkt, an dem sie unsicher wurden.

»Scheißer!«, gröhlte der linke Zwilling und trat zu.

Diesmal hatte ich darauf gewartet. Ich nahm den Springerstiefel nahezu liebevoll in Empfang, drückte ihn hoch und drehte ihn mit aller Gewalt. Der Junge schrie im Diskant und fiel um.

Der rechte Zwilling machte einen Hecht auf mich und landete auf meinem Kreuz. Ich fiel nach vorn auf den Bauch und konnte mich nur knapp abfangen. Ich hatte das Gefühl, eine widerlich dicke, schleimige Kröte hocke auf mir – ich konnte nur mühsam atmen.

»Auch das noch!«, sagte ich gepresst. Ich konnte aus den Augenwinkeln sehen, dass der andere platt auf dem Rücken lag und sich nicht rührte. Dann fühlte ich irgendwo im Gras unter meinen Händen einen Stein, eine dieser fantastisch flachen, schiefrigen Scheiben, über die Kleingärtner und Landwirte so fluchen, wenn sie in die Mähmesser geraten. Der Stein nutzte mir nichts, solange ich auf dem Bauch lag.

»Also, okay, lass uns reden«, sagte ich. »Vielleicht höre ich auf, in der Stadt rumzuwühlen.«

»Oh«, zwitscherte er verwundert mit der Stimme eines Zehnjährigen.

Er hatte jetzt ein Problem. Sie hatten ihm erzählt, er müsse uns unbedingt verprügeln. Aber sie hatten ihm nichts davon gesagt, was er denn tun müsse, wenn ich verhandlungsbereit war.

Dann sagte er zögerlich: »Okay. Bleib aber liegen.« Das klang genauso wie »Tu mir nicht weh.«

Er wälzte sich von mir herunter.

Kaum war sein Gewicht weg, drehte ich mich, richtete mich auf und schmetterte ihm mit aller Gewalt den Stein in das Gesicht. Er schrie nicht, er atmete nur in einem heftigen Stoß, brach nach vorn in die Knie und lag dann auf dem Bauch.

Das Handy, wo war das verfluchte Handy? Als ich es im Gras fand, war ich so zittrig, dass ich mich mehrmals verwählte. Endlich klappte es. Ich sagte: »Ich weiß, ihr seid das Rote Kreuz, aber ich brauche auch Bullen. Und euch auch. Und es ist dieselbe Stelle wie vor zehn Minuten oder so.«

»Ach du lieber Herr Gesangsverein«, sagte der vom Deutschen Roten Kreuz. »Wir sind schon da.«

Ich rief Vater Schmitz an, und dummerweise war Tessa am Apparat. »Kann ich deinen Vater mal haben?«

»Was ist denn?«

»Ich hätte gern deinen Vater.«

»Aber, was ist denn?«

»Dein Ingbert ist verprügelt worden. Ist schon im Krankenhaus. Geh ihn mal streicheln, deinen Helden. Und heul nicht, wenn du an seinem Bett stehst.«

Irgendwann schoss ein Krankenwagen heran, irgendwann kamen die Uniformierten, aber ich weiß nicht mehr die Reihenfolge. Sie fragten mich alles Mögliche, aber ich wusste keine Antwort, ich war nur todmüde. Und natürlich war ich stolz auf mich. Wann schlägt so ein Typ wie ich schon mal zwei stupide Typen in die Gartenerde? Eins war mir in den letzten endlosen Minuten klar geworden: Ich musste meine liebevolle Art ablegen, ich musste irgendeine Kampfart einstudieren, mit der es möglich war, hin und wieder ein Dutzend Rechtsradikale ins Krankenhaus zu schmettern. Dann dachte ich daran, dass ich satte zwanzig Kilo zu viel Gewicht hatte, und wusste: Das wird nie im Leben was.

Sie bestanden darauf, dass ich ins Krankenhaus mitfuhr, und irgendein Polizeibeamter sagte mitleidsvoll: »Nun lassen Sie sich mal verpflastern, rufen uns an und erzählen, was los war. Am besten, Sie machen das gleich schriftlich.«

»Ich schicke Ihnen eine Kurzgeschichte«, versicherte ich. »Was kriegt man denn da so an Honorar?«

Er lachte sich halbtot. Ich entdeckte, dass ich wahrscheinlich einen Backenzahn weniger hatte, obwohl ich mich nicht erinnern konnte, an dieser Stelle getroffen worden zu sein. Aber das Leben heute läuft ohnehin so rasch an einem vorbei, dass man immer nur die Hälfte mitkriegt.

Das Krankenhaus Gerolstein ist ein Hort seliger Ruhe und mit der Gewissheit verbunden, dass kein Fall zu trübe ist und kein Bruch zu splittrig. Ich wurde von einer älteren Krankenschwester in den Röntgenraum geführt, die im Leben nichts Neues mehr zu erwarten hatte – und die entsprechend mit mir verfuhr.

»Legen Sie sich mal hin«, donnerte sie.

Ich legte mich hin.

Dann kam sie heran, faltete mich, verdrehte mich, zog und zerrte an mir, als sei ich eine Art Pappkarton, der nicht so wollte, wie sie das gern hätte. Bisher waren die Schmerzen sauber und scharf gewesen, jetzt wurden sie unerträglich und erfassten mich total.

»Soweit ich das erkenne, haben Sie gar nichts!«, stellte sie nach einer halben Stunde fest. »Aber ob Sie was haben, entscheide ja nicht ich. Das macht der Doktor.«

Der Doktor war der typische Kelte, leicht rothaarig, schmal und zäh. Er zeigte sein Pokergesicht und murmelte: »Tja, Herr Baumeister, machen Sie das öfter?«

»Was, bitte?«

»Dass Sie sich rumprügeln am hellen Tag. In Ihrem Alter!«

»Nein, eher selten«, sagte ich. Was soll man auf derartige Fragen antworten?

»Ich kann feststellen, dass Sie an den unglaublichsten Stellen Blutergüsse haben, Prellungen und solche Geschichten, aber nichts gebrochen.«

»Sie müssten, rein theoretisch, heute zumindest drei weitere derartige Fälle hereinbekommen haben, wenn ich nicht irre.«

»Ja, das ist richtig«, nickte er bedächtig, »heute war ein Prügeltag. Professor Seutz, Ingbert Seutz, war ja ein unglückliches Opfer, aber Sie?«

»Was soll das?« Ich wurde langsam wütend.

»Nun ja, die Verletzungen Ihrer Opfer sind, wenn ich das mal so ausdrücken darf, nicht von schlechten Eltern. Gesicht zerschmettert, Bein ausgehebelt, Wadenbeinbruch. Machen Sie das öfter?«

Er musste irgendeine falsche Information bekommen haben. »Moment mal. Erst habe ich Ingbert gefunden, dann griffen die beiden Idioten mich an. Und ich habe mich dann dafür entschieden, mich zu wehren.«

»Sieh mal einer an«, sagte er mit Kulleraugen. »Das klingt ja heldenhaft.«

»Ich bin ein Held«, stellte ich fest. »Mir blieb gar nichts anderes übrig. Ich nehme an, ich kann gehen.«

»Das weiß ich noch nicht«, sagte er gleichgültig.

»Sie sollten sich aber schleunigst auf den letzten Wissensstand bringen. Ich gehe jetzt.«

»Aber da wollen Sie einige Polizeibeamte sprechen.«

»Zu denen gehe ich, wenn ich das will.« Er machte mich langsam sauer.

»Vom ärztlichen Standpunkt aus ...«

»Sie stempeln mich hier zum Schläger und wollen mir überdies noch Vorträge halten. Sind Sie heute schlecht gelaunt? Haben Sie irgendeinen Krach mit Ihrem Kantinenkoch? Schicken Sie mir die Rechnung.« Damit verließ ich das Sprechzimmer. Erst dann fiel mir auf, dass ich auf Strümpfen herumlief. In der Umkleidekabine vom Röntgenraum, wo ich sie vermutete, stand eine spindeldürre, splitterfasernackte Achtzehnjährige, die entsetzt aufschrie, als ich meine Schuhe erobern wollte, die zu ihren Füßen standen.

»Bitte, schieben Sie die Schuhe durch die Tür«, sagte ich dumpf.

»Also, so was!«, sagte sie empört. Aber meine Schuhe bekam ich trotzdem.

Der Pförtner, der eine Nonne war, rief mir ein Taxi, und ich ließ mich zu meinem Auto bringen, das immer noch vor Schmitzens Haus stand und eine Gluthölle war. Ich hatte zu diesem Zeitpunkt von Gerolstein und Umgebung gründlich die Nase voll. Also rauschte ich mit Vollgas über Pelm, Essingen und Dockweiler nach Hause. Ich wollte mich hinlegen, an die Decke starren, einschlafen – irgendetwas in dieser Art. Stattdessen empfing mich Emma mit den Worten: »Wieso hast du dich denn auf eine Prügelei eingelassen?«

»Irgendjemand im Ersten Weltkrieg hat mal gesagt, dass das Vaterland niemandem dankt, der seine Knochen hinhält. Ich glaube, das war Erich Maria Remarque in *Im Westen nichts Neues*. Woher hast du denn deine Informationen?«

»Von den Polizisten. Die riefen hier an und äußerten, du seist wütend gewesen oder irgend so etwas. Rodenstock hat sich richtig Sorgen gemacht. Also, du brauchst eine Frau. Frauen wirken ausgleichend, besänftigend, sie machen deine Gedanken klarer ...«

»Das hält doch kein Pferd aus. Wo ist denn Rodenstock?«

»Der ist zur Autobahn. Es ist nämlich so, dass Esther eben anrief und sagte, sie hätte leider meinen Wagen eine Böschung runtergefahren. Wie sie das geschafft hat, ist ein Rätsel, das Auto hat einen Totalschaden, aber immerhin kommt sie mit neuen Nachrichten. Das ist ja auch schon mal was.«

Ich starrte sie an und musste lachen. Das tat weh. »Ach, du lieber Gott!«

Dann gewann meine gereizte Stimmung Oberhand. »Wie kommst du eigentlich auf die Idee zu glauben, dass ich mich absichtlich in die Walachei begebe, um mich dort zu prügeln? Bin ich ein germanischer Schlägertyp?«

»Ich bin so durcheinander«, sagte sie zittrig.

»Ach, scheiße«, sagte ich wütend und stapfte an ihr vorbei. »Sie haben Ingbert zu Frikassee verarbeitet und wollten mit mir dasselbe machen. Wahrscheinlich wurden sie bezahlt. Du solltest mal mit den Bullen telefonieren und horchen, was die erfahren haben. Ich lege mich erst einmal hin.«

Wahrscheinlich war die Idee zu schlafen einfach verrückt. Ich lag nach einer halben Stunde immer noch wach auf dem Bett, war aufgeregt und konnte meine Gedanken nicht ordnen. Also rief ich Rodenstock auf seinem Handy an. Er meldete sich sofort.

»Was ist da los?«

»Der Volvo ist im Eimer, Esther aber wohlauf, wir kommen jetzt heim.«

»Na, das ist doch schon was.«

»Und du hast dich rumgeprügelt?«

»Richtig. Das mache ich jetzt einmal pro Tag, das ist gut für den Kreislauf.«

»Bist du sauer?«, fragte er erstaunt.

»Nicht, dass ich wüsste«, konterte ich. »Ich mache eine Karate-Schule auf und züchte Kampfhamster.«

»Oh weia«, murmelte er nur und unterbrach die Verbindung.

Ich schlich in den Garten, ich hatte echte Probleme, alles tat weh. Plötzlich fiel mir der Schamane ein, und da Emma gerade am Fenster meines Schlafzimmers herumfuhrwerkte, fragte ich nach ihm.

»Rodenstock hat ihm einen Platz im Wittlicher Krankenhaus besorgt«, sagte sie. »Er hat in Daun einen Bus genommen. Ich habe ihm versprochen, dass wir ihn besuchen.«

»Und wer zahlt das?«

»Genau weiß ich das nicht. Irgendein Sozialamt. Nehme ich einmal an. Und Baumeister ...?«

»Ja, bitte?«

»Ich entschuldige mich. Ich war nicht gut drauf, mir geht es irgendwie nicht gut. Wahrscheinlich rausche ich zum siebten Mal ins Klimakterium oder irgend so etwas.«

»Das ist schon okay. Pass auf dich auf. Ich brauche dich noch.«

Ich fütterte meine Goldfische und Koikarpfen und versuchte dann, Paul, Willi und Satchmo das Fischfutter anzudrehen. Sie nahmen es sofort an, sie gierten förmlich danach und strichen mir widerlich geifernd um die Beine.

Dann kam Rodenstock mit Esther auf den Hof gefahren. Esther kam in den Garten gelaufen und fiel mir um den Hals, als seien wir längst verlobt.

»Ich habe dich vermisst«, sagte sie.

Auf so etwas finde ich nie eine Antwort, das macht mich immer ganz stumm. »Herzlichen Glückwunsch, du warst sehr erfolgreich, hörte ich.«

»Ja, das war ich. Rodenstock hat gesagt, ich kriege gleich eine Konferenz. Die Schmitzens kommen auch.« Ihr Gesicht glühte vor Freude und Eifer.

»Und was ist mit dem Volvo passiert?«

»Das war richtig verrückt. Also, ich parke hinter einem LKW. Der setzt zurück und merkt gar nicht, dass der Volvo da steht und drückt mit dem Anhänger den Volvo durch einen Busch. Da geht es den Berg runter: so dreißig, vierzig Meter. Und zufällig komme ich genau zu diesem Zeitpunkt aus der Toilette. Hätte ich den nicht angehalten, wäre der abgezischt.« Sie lächelte. »Er war ein ganz reizender Belgier.«

»Wie schön. Ist er versichert?«

»Oh ja. Gut sogar, sagen die Polizisten. Jetzt kriegt Emma einen Haufen Geld.«

»Hauptsache, dir ist nichts passiert. Blech ist ersetzbar.«

Sie zögerte eine Weile. »Baumeister, ich wollte dir noch sagen, dass ich mich nicht aufdrängen möchte.«

»Das weiß ich«, sagte ich.

Sie lächelte zaghaft. »Du bist schon ein verrückter Hund.«

»Das habe ich schon mal gehört. Machst du uns einen Kaffee?«

»Ich wollte noch fragen, mit wem du dich geprügelt hast.«

»Mit zwei Schlägertypen.«

»Und? Hast du gewonnen?« Sie strahlte mich an.

Ich war sogar ein bisschen stolz, und meine Welt war wieder in Ordnung, als ich mit einem glasklaren »Selbstverständlich!« antwortete.

Eine Stunde später konnten wir uns alle nicht im Garten versammeln, weil ein kräftiger Sommerregen mit Gewitter herniederging, der wahrscheinlich bei den Bauern ein erleichtertes Aufseufzen auslöste.Wir saßen also gemeinsam im Wohnzimmer, und Rodenstock eröffnete.

»Wir haben ja Esther gebeten, die Schifffahrtslinie zu finden, die um 1888 von Amsterdam aus Auswanderer in die Staaten brachte. Erstaunlich und zu loben: Sie ist fündig geworden. Ich darf also bitten, Esther, dass du was dazu sagst. Und noch etwas. Unser Ingbert wird bald aus dem Spital kommen. Er hat eine Menge Blutergüsse und Prellungen und dergleichen mehr. Einen Beinbruch hat er auch, aber er ist guter Dinge und fast schmerzfrei. Ich nehme einmal an, dass du, Tessa, ihn pflegen wirst. Baumeister hat auch eine Menge abgekriegt, aber auch das wird sich regeln. Alles im Dienste der Geschichtsschreibung.«

»Ich habe mir Notizen gemacht, ich kann das nicht anders.« Esther setzte sich brav hin wie eine Volksschullehrerin. »Die Schifffahrtslinie, die 1888 die Passagiere und also auch Maria Hansen transportierte, existiert natürlich nicht mehr. Sie ist sozusagen in einem Platzregen von Übernahmen und Fusionen schlichtweg verschwunden. Die Exportfirma und Reederei, die heute das Erbe verwaltet, heißt *Dubai Enterprises*, die Leute waren sehr entgegenkommend und haben in ihren Kisten und Kästen herumgewühlt, die sie im Keller und auf dem Dachboden entdeckten. Es war eigentlich gar nicht so schwer. Es steht fest, dass Maria Hansen am 26. August in Amsterdam bei der Reederei erschien, sich vorstellte und auswies. Sie hatte eine behördliche Erlaubnis, auszuwandern. Diese Erlaubnis war auf den Namen Maria Slubik ausgestellt. Das ist, wie ich feststellen konnte, ihr Mädchenname ...«

»Moment, kleine Unterbrechung, Esther«, sagte ich. »Tutut wurde in der Nacht vom 24. auf den 25. August getötet. Das heißt ja wohl, dass Maria Hansen das gar nicht mehr mitgekriegt hat?!«

Tessa regte sich. »Das hat mich auch interessiert. Wie verlief damals eine solche Reise? Man konnte mit der Eisenbahn über Euskirchen nach Köln, dort umsteigen, und von dort nach Aachen. Dann von Aachen nach Amsterdam. Das war eine beschwerliche Reise, bei der man in der Regel fast zwei

Tage unterwegs war. Wenn sie diesen Weg genommen hat, dann muss sie am gleichen Tag abgereist sein, an dem abends Tutut erschlagen wurde. Und eigentlich müsste am gleichen Tag auch der Steuereintreiber Karl-Heinrich Wesendonker von Gerolstein Abschied genommen haben. Das hat er aber nicht. Und auch bei Maria Hansen ist mir einiges nicht klar. Sie musste nicht viel Gepäck mitschleppen, aber immerhin ihre ganze Garderobe, auch wenn die den Umständen entsprechend spärlich war. Und genau an dem Punkt werde ich nachdenklich. Wie hat sie das bewerkstelligt? Sie musste von ihrem Hof aus in ihrer besten Montur ins Tal runter und dann auf die Straße zum Gerolsteiner Bahnhof. Das hätte Aufsehen erregt, das ging nicht einfach so. Sie wusste: Wenn ihr Mann sie erwischt, schlägt er sie halbtot und schleppt sie zurück auf den Hof.«

»Da kann ich helfen«, sagte Rodenstock, »muss aber vorher Komplimente verteilen. Gut recherchiert, Esther, prima nachgedacht, Tessa. Ich habe natürlich in der Zeit, in der Baumeister sich rumprügelte, in den Aufzeichnungen des Medizinalrates Dr. Xaver Manstein gelesen. Ich wollte wissen, wie diese Leute das gedreht haben. Erinnern wir uns, dass der Stammtisch der angesehensten und wohlhabensten Bürger vorhatte, einen Betriebsausflug nach Hillesheim zu machen. Auf diesem Betriebsausflug wurde erkannt, dass beide Paare, also der Richter Severus Brandscheid und Frau Wesendonker sowie Maria Hansen und der Steuereintreiber Wesendonker, ohne Hilfe nicht aus Gerolstein hinauskommen würden. Wesendonker und die Hansen würden in jedem Fall auf dem Bahnhof gesehen werden – und den gleichen Zug konnten sie unmöglich benutzen.

Teilnehmer dieser Herrenpartie waren: Medizinalrat Dr. Xaver Manstein, der Richter Severus Brandscheid, der Kaufmann Alois Mogge, der Apotheker Toombers, der Sprudelgründer Wilhelm Castendyck, der Steuereintreiber Karl-Heinrich Wesendonker sowie der damals größte Bauer am Ort, ein Mann namens Wilhelm Otto Etten. Es waren also sieben Männer. Sie steuerten die Gastwirtschaft *Fasen* in Hillesheim an und waren den ganzen Tag unterwegs. Sie entwarfen dabei einen ziemlich raffinierten Plan. Systematisch hatten sie das Gerücht verbreitet, dass Wesendonker ziemlich krank sei und unbedingt zur Kur nach Bad Ems reisen müsse. Frau Wesendonker hatte in jedem Laden der Stadt darüber gejammert, dass sie vier Wochen allein in dem großen Haus sein würde. Niemand konnte sich also überrascht zeigen, wenn Wesendonker abreiste – auf welche Weise auch immer.

Maria Hansen brachte der Stammtisch mit einem ganz einfachen Trick heraus. Sie hatte am Vortag, also am 23. August, bereits ihre schwere, fertig gepackte Tasche unten bei Tutut in dessen Lager gebracht, dazu ihre Reisekleider und Schuhe sowie alle Papiere, die sie benötigte. Sie sollte mittags, ungefähr um zwölf Uhr, in Tututs Lager von dem Bauern Etten aufgenommen werden. Der hatte eine zweispännige Kutsche, der fuhr sie nach Euskirchen. Dort bestieg sie einen Zug, dann ging die Reise über Köln und Aachen weiter nach Amsterdam. Der Kaufmann Mogge hatte ebenfalls eine Kutsche. Die würde Wesendonker zu Hause abholen und dann ebenfalls so schnell wie möglich nach Euskirchen bringen. So war es geplant. Maria Hansen kam gut weg und in Amsterdam an, Wesendonker bekanntlich nicht mehr. Und jetzt Esther, bitte.«

»Also, das wäre geklärt. Maria Hansen kam als Maria Slubik in Amsterdam an. Und es besteht gar kein Zweifel, dass sie einen Pass oder ein passähnliches Papier auf diesen Namen besaß, mit allen notwendigen Stempeln. Wie das gedreht wurde, weiß ich natürlich nicht. Auf jeden Fall tauchte der Familienname Hansen bei ihr überhaupt nicht auf. Ich nehme an, dass ihr Wesendonker über seine Verbindungen zu den höchst einflussreichen Stammtischbrüdern dieses Papier besorgt hat. Solche Leute finden immer einen Weg. Sie musste bei der Reederei ein Passwort, einen Code, angeben. Ohne den hätte sie die Passagekarte nicht bekommen. Das Codewort hieß Rose – sie nannte es und erhielt die Schiffskarte. Sie erreichte den Hafen und ging an Bord ...«

»Moment«, unterbrach Emma, »irgendetwas stimmt da nicht. Ganz zu Anfang ist gesagt worden, dass Tutut am 24. August spätabends erschlagen worden ist. Der Landwirt Berthold Schmitz, der anfänglich von uns verdächtigt wurde, soll vier Tage später mit der *Memphis* Amsterdam verlassen haben. Und eindeutig wurde gesagt, dass Maria Hansen mit einem späteren Schiff die Passage gemacht hat und nach Berthold Schmitz in der Gegend von Chicago ankam. Richtig?«

»Richtig!«, bestätigte ich. »So ist es gesagt worden.«

»Aber es stimmt nicht!«, trumpfte Esther auf. »Als Berthold Schmitz an seinem Ziel ankam, war Maria Hansen schon da. Das ist ganz eindeutig. Sie fuhr auf einem Schiff namens *Mater Maria*. Und dieses Schiff kam drei Tage vor der *Memphis* in New York an, die Unterlagen sind einwandfrei, die Unterschrift von Maria Hansen als Maria Slubik auch. Aber es passierte trotzdem eine große Panne. Ich wage kaum, sie zu schildern. Karl-Heinrich Wesendonker war zweimal in Amsterdam. Das erste Mal suchte er eine geeignete Reederei mit einem sicheren Schiff. Das zweite Mal machte er die Reise für sich und Maria Hansen fest und bezahlte sie auch. Deshalb das Codewort Rose, um ganz sicherzugehen. Er gab der Reederei einen Brief an Maria Slubik/Hansen. Der sollte Maria gegeben werden, wenn sie auftauchte. Der Grund war ganz einfach: Maria Hansen war viele Stunden vor Wesendonker in Amsterdam. Er hatte ihr zwar die Adresse einer soliden Pension gegeben, in der sie frei von Furcht übernachten konnte, aber er wusste auch, dass sie unendliche Angst in dieser Weltstadt haben würde. Ihr Leben hatte sich total geändert, und kein Tag der Zukunft war klar überschaubar – außer der Tatsache, dass Wesendonker von jetzt an an ihrer Seite sein würde. Aber bis Wesendonker auftauchen konnte, würde mindestens ein dreiviertel Tag, wenn nicht gar ein ganzer Tag vergehen. Und so schrieb er seiner Maria bei seinem letzten Aufenthalt einen Brief. Einen Liebesbrief.« Dann begann sie unvermittelt zu schniefen und strich sich über die Augen. »Verdammte Kralle, es ist ein Liebesbrief und so ein schöner! Also, ich lese ihn mal vor. Das Original konnten sie mir natürlich nicht mitgeben, weil das Papier so brüchig ist. Richtiges uraltes, dickes, sanftbraunes Papier. Und er hat so eine schöne Schrift gehabt. Und dieses blöde Vieh, dieser Bär ... Also, er schreibt:

Geliebte Maria, mein Herzenswunsch!

Ich habe mir hier im fernen Amsterdam zwei Talglichter gekauft und sitze nun in dem Zimmer, in dem wir in vier Wochen sitzen werden – vor dem Tag unserer Reise in eine neue Zukunft. Es gibt zwar schon vielerorten elektrisches Licht hier, aber in diesem Hause nur im Schankraum, nicht in den Schlafzimmern. Ich sitze hier an dem kleinen Tisch und versuche, einiges für Dich aufzuschreiben, weil ich doch weiß, dass Du hier die ersten Stunden allein sein wirst und Angst haben musst.

Diese Stadt ist so groß, und kein Mensch hat Zeit für den anderen, wie es scheint. Dabei sind die Holländer ein durchaus freundlicher Menschenschlag, stets hilfsbereit, wenn ein Fremder nicht weiterweiß. Es ist aufregend in diesem Hafen, Du wirst es bald erleben. Du siehst Menschen aus aller Herren Länder und es ist keineswegs selten, dass fröhlich schwatzend Farbige an Dir vorüberlaufen, die hier so selbstverständlich zu Hause sind wie in der Eifel die Kühe auf der Weide. Du wirst schlitzäugige Menschen aus China oder aus Japan sehen. Sie kommen mit den Schiffen über die Weltmeere und bringen Güter mit, von denen unsereiner noch niemals etwas hörte.

Hier in diesem Zimmer ist es sehr still, nur zuweilen dringt ein wenig Gesprächslärm aus dem Schankraum hinauf, aber meist ist nichts zu hören. Es ist die Noorderstraat am Noorderhaven, Du weißt das längst, mein Liebling. Es ist auch nicht anrüchig hier, keine leichten Dirnen und dergleichen, auch keine aufdringlichen Männer, die Dich ansprechen, ohne Dich zu kennen.

Die Wirtin heißt Adrienne und stammt aus Marseille. Sie sagte mir, sie habe den Pierre Houven, ihren Mann, in einer ziemlich wüsten Schenke in Rotterdam getroffen, als sie mit ihrem Vater eine Reise machte. Und Pierre, der Teufel, wie sie ihn immer lachend nennt, habe kurzen Prozess gemacht und ihren Vater nach zwei Tagen um ihre Hand gebeten. Pierre war dann auf allen Meeren unterwegs, und sie arbeitete auf dem Fischmarkt. Und als er fünfunddreißig war, musterte er ab, und sie kauften sich günstig dieses Haus, das sie Boardinghouse nannten und Pension und Schenke. Im Schankraum sind Handwerker zu finden, Netzflicker, Heringsfischer, Bootsbauer, solide und fröhliche Männer eben.

Natürlich konnte ich nicht widerstehen und habe die sogenannte Rote Meile besucht, draußen im Westen, wo die Dirnen und ihre Beschützer zu Hause und alle Schenken grundsätzlich Kaschemmen sind, in denen vierundzwanzig Stunden lang Musik gemacht wird und absonderliche Leute auftreten. Zum Beispiel eine Frau aus Casablanca mit zwei Köpfen und dann die dolle Minna, die den größten Busen der Welt entblößt und dergleichen Dinge mehr. Ich weiß nicht, ob die Frau aus Casablanca wirklich zwei Köpfe hat und der Busen der dollen Minna wirklich der größte der Welt ist. Ich war nicht in diesen Häusern, mein Geld ist dafür zu schade. Ich vermute einmal, es sind die üblichen Tricks, mit denen Schausteller durch die Lande ziehen. Ich erinnere mich, dass ein Mann in Gerolstein einen Affen mit zwei Köpfen zeigte, wobei er betonte, dass der rechte Kopf noch lebe, der linke jedoch vor vier Wochen gestorben sei. Der Körper des Affen, so versicherte der Mann, sei jedoch total normal und ganz lebendig. Es war natürlich so, dass dem armen Affen der präparierte Kopf eines zweiten Affen an die Seite des rechten Kopfes geklebt worden war. Jedermann wusste das, jedermann lachte, und der Vorführer wusste natürlich auch, dass wir das wussten. So geschieht ein kleiner Scherz mit der Einwilligung aller.

Nachdem ich zwei Stunden durch das Amüsierviertel gegangen bin und mindestens zehn sogenannte Damen abwehren musste, bin ich wieder in dieses stille Haus zurückgekehrt, um Dir diese Zeilen zu schreiben, damit Du etwas zu lesen hast, wenn Du hier auf mich wartest. Vergiss nur nicht den Codenamen Rose, mein Liebling – sonst bekommst Du weder die Passagekarte noch diesen Brief. Ich muss lachen, weshalb schreibt ein Mann solchen Unsinn? Denn wenn Du das hier lesen kannst, hast Du das Wort Rose ohnehin nicht vergessen.

Ich erinnere mich an ein paar Predigten unseres Hochwürdigsten Herrn Pfarrers zu Gerolstein. Erinnerst Du Dich an Ostern des vergangenen Jahres, als ein paar angeblich fragwürdige Damen in Gerolstein durchreisten und Station machten? Die Damen waren wirklich harmlos, nicht einmal geschminkt, nicht einmal sonderlich aufgeputzt. Aber sie reisten zusammen mit nur einem Herrn und waren doch vier! Und da witterte Monsignore gleich den Teufel persönlich, obwohl die Damen im Hotel bis auf das abendliche Essen in ihren Zimmern blieben, während der Begleiter uns erklärte, es handele sich um junge Frauen, die in Berlin bei Adelsfamilien als Hausdamen arbeiten sollten. Unser Pfarrer aber donnerte von der Kanzel: Wehret den Anfängen, wenn Ihr das Laster Einzug hal-

ten seht! Laster in Gerolstein, du lieber Himmel, die Leute wüssten nicht einmal, wie man das buchstabiert. Und erinnerst Du Dich, als Du in der Kneipe bedient hast, weil Dein Mann kein Geld anbrachte und ihr balde verhungert wärt, hättest Du diesen Dienst nicht verrichtet? Sie haben sich die Münder wund geredet. Sie haben gesagt: Sie ist eine Dirne, sie ist auf dem Weg, eine Dirne zu werden. Lieber Himmel, sie haben Dich nicht gekannt, aber die Männer haben Dich und Deinen Leib angestarrt. Und wie!

Warum ich das sage? Nun, ich sitze hier, die Talglichter brennen, die Flammen zittern leicht, es ist still, und ich denke an Deinen Leib. Ich denke, dass Du einen alten neuen Namen trägst und dass Du bald meine Frau sein wirst, meine wirklich geliebte Frau, für die ich da sein will. Ich weiß, dass Du jetzt errötest, ich weiß aber auch, dass Gott der Herr nichts dagegen haben kann, denn er hat Mann und Weib nun einmal so geschaffen. Ja, ich erinnere mich an Deinen wunderbaren, warmen Leib, der sich an mich schmiegt, der sich hingibt, weil Du mir vertraust, meine Frau bist. Und Du hast wohl dasselbe bei mir gespürt. Liebe ist ein wunderbares Ding, wenngleich wir Menschen immer vergeblich versuchen werden, es in Worte zu fassen. Worte sind wohl nicht hinreichend genug, und selbst die Worte der Dichter erscheinen mir seltsam platt angesichts des Sturmes von Gefühlen, denen ich ausgesetzt bin, wenn ich Dich nur sehe. Gott hat uns geschaffen, wie wir sind. Je mehr ich darüber nachdenke, umso erstaunlicher finde ich die Wut katholischer Pastoren, die alles das verdammen und dem Teufel zuschreiben, was unseren Leib betrifft.

Wir dürfen zusammenkommen. In dunklen Schlafzimmern, in klammen Betten. Wir dürfen Kinder zeugen und nur das. An unseren Leibern, wenn sie uns Wärme und Vertrauen geben, dürfen wir uns nicht erfreuen, obwohl sie doch ein Geschenk des Herrgottes sind. Ich bin ein unbedeutendes Rädchen im Gang der Welt, aber da scheint mir vieles faul zu sein. Und als ich so durch das Dirnen-

viertel ging, dachte ich an etwas, was die Kirche bestimmt als sündhaft bezeichnen würde. Ich dachte, dass diese Menschen auf ihre Weise ehrlicher sind als wir, die wir immer nicken und abstreiten, dass wir Freude aneinander haben. Frau und Mann. Wenn ich das schreibe, komme ich mir ein wenig kindlich vor, denn wer bin ich schon, dass so etwas in meinem Hirne nistet und herauswill. Glücklicherweise wird niemand mir in diesen Dingen zuhören, weil ich sie auch niemandem sage. Aber Dir sage ich sie, denn ich liebe Dich über alle Maßen, ich danke für Dein Vertrauen, und ich danke Dir dafür, dass Du mit mir in die neue Welt gehen willst. Wir werden zuerst bescheiden leben, vielleicht ein Häuschen bauen oder kaufen. Ich las, dass man ein solches für zweihundert Dollar erwerben kann. Drei Räume nur, aber das wird für unser Glück reichen. Und sollte Gottes Gnade uns ein Kind bescheren, so bauen wir an.

Wenn Du jetzt hier sitzt und liest, werde ich in wenigen Stunden bei Dir sein. Und habe Mut für die Reise, denn das Meer ist ja nicht nur tückisch, sondern es vermag uns auch an den Ort zu tragen, an dem wir beide zusammen leben werden, bis der Tod uns scheidet. Der Mann, der bald Dein Mann sein wird. Auf ewig Dein Karl-Heinrich.«

Für einen Moment herrschte Schweigen.

Emma fand als Erste in die Realität zurück: »So weit, so gut. Esther, bitte erkläre uns jetzt endlich, was es mit der Panne auf sich hat, die du erwähnt hast.«

»Dieser Brief ...«, sagte Esther zögerlich. »Ich finde ihn wunderschön, und mir hat noch niemals jemand einen solchen Brief geschrieben. Und wahrscheinlich wird es niemals jemand tun. Irgendjemand wird nur fragen: Gehen wir meine Briefmarkensammlung angucken? Oder: Treffen wir uns bei mir, da quietscht das Bett nicht so? Irgend so einen Krampf.«

»Esther!«, mahnte Emma heftig.

Da presste Esther endlich hervor: »Sie hat aber diesen Brief nie bekommen! Irgendein Lackaffe hat vergessen, ihn ihr bei der Übergabe der Reiseunterlagen auszuhändigen. Das wichtigste Blatt Papier der beiden Liebenden lag hundertelf Jahre herum. Absoluter Wahnsinn.«

Wieder herrschte Schweigen, wieder erholte sich Emma zuerst. »Wesendonker kam nicht nach Amsterdam«, murmelte sie versunken. »Warum ging er stattdessen hin und schlug Tutut tot? Hat jemand eine Antwort?«

»Ich habe noch keine gefunden«, sagte Rodenstock. »Aber ich glaube, die Männer standen unter einem unheimlichen Druck. Und was wir von Wesendonker wissen, deutet nun nicht gerade auf einen Totschläger hin.«

Dann räusperte er sich und setzte hinzu: »Der werfe den ersten Stein ...«

»Was soll denn das?«, fragte Esther aggressiv.

»Ganz einfach«, murmelte Rodenstock. »Du wirst niemals ein guter Kriminalist sein, wenn du nur darauf aus bist, einen Täter zu fassen und zu überführen. Wenn du den Druck nicht begreifst, unter dem ein Täter steht, wirst du niemals verstehen, was in seiner Seele vorging. Wir könnten es uns einfach machen, denn wir haben keinen Stress. Die Sache ist einhundertelf Jahre her, im Grunde könnten wir sagen: Wir wissen ungefähr, was abgelaufen ist. Damit soll es gut sein. Aber das reicht mir nicht.« Er lächelte schmal und griff nach Emmas Hand. »Da schreibt ein ganz normaler Mann einen für seine Zeit erstaunlichen Liebesbrief. Im Grunde zweifelt er vieles an, was die Gesellschaft, in der er lebt, wie eine heilige Kuh anbetet: Sitte, Moral, Anstand, Traditionen, starke soziale Empfindungen. Warum schlug dieser Mann Tutut tot? Das will ich wissen. Und ich will wissen, was aus ihm wurde. Wenn ich das biblische *Der werfe den ersten Stein* benutze, dann meine ich: Lasst uns verstehen lernen, nicht urteilen!«

7. Kapitel

Die Versammlung löste sich auf, wir alle waren überdreht, übermüdet, und niemand hatte auf die letzten Worte Rodenstocks irgendetwas erwidert. Ich verzog mich in mein Arbeitszimmer und legte eine alte Louis-Armstrong-CD ein, auf der er mit einem Geigenschwall *Nobody knows* röhrt und die schönste Schnulze aller Zeiten singt: *Oh what a wonderful world*. Und dann mit ihm zusammen die unglaubliche Ella Fitzgerald, die mit einem Riesengelächter *It's cold outside* intoniert, wobei das Gelächter des Publikums mindestens die Hälfte der Aufnahme ausmacht. Dazu eine locker gestopfte Jeantet-Jubilee-75, die so qualmt, dass ich meinen Computer nicht mehr sehen kann. Dann der automatische Einschuss von SWR 3, der vor irgendeinem Stau bei Koblenz warnt, gefolgt von der Stimme eines glucksenden Moderators, der mit einem unbekannten Hörer redet: »Hör zu, Thomas, hör zu! Etwas Unglaubliches ist geschehen: Du hast gewonnen, du hast den ersten Preis gewonnen: Das Brustimplantat von Pamela Anderson. Ist das nicht fantastisch, Thomas? – Aber nur das linke, Thomas. Das rechte ist auf einem Tieflader unterwegs ins Heimatmuseum!« Meine Katzen kommen herein. Paulchen legt sich auf meinen Schoß und fängt zu schnurren an – vierter Gang. Ella singt *Summertime* ... an, Satchmo fällt ein. *Oh, your daddy is rich and your ma is good lookin* ... Das, Leute, ist das kleine perfekte Glück in meiner Eifel.

Irgendwann klopfte jemand zögerlich. Esther kam herein und setzte sich auf die Liege. Sie sah mich an und murmelte: »Der Tabak riecht so gut. Er erinnert mich an einen Onkel, der auch Pfeife rauchte. Was treibst du so?«

»Nichts, buchstäblich nichts. Ich dachte gerade an den Geschichtsprofessor Ingbert, den ein paar Glatzen erwischten und der nicht begreift, warum das so passieren musste. Ich werde ihn morgen früh besuchen. Er soll nicht allein im Krankenhaus herumhängen.«

»Du bist hier irgendwie glücklich, nicht wahr? Mit Rodenstock und Emma und so.«

»Ja, das bin ich.«

»Ich denke, ich muss so etwas suchen. Aber ich frage mich, wo.«

»Es muss eine Landschaft sein, die du magst, in einem Land, das du magst. Letztlich bist du dort zu Hause, wo du Menschen hast, die du annimmst und die dich annehmen. Nichts anderes. Das zu finden, ist beschwerlich und hängt von der Zufälligkeit ab, mit der du Menschen triffst.«

»Ich bin neidisch, Baumeister. Auf Rodenstock und auf Emma, auf dich und deine Welt hier.«

»Das kenne ich. Aber ich muss dir sagen, dass ich lange gelatscht bin, um das zu erreichen.«

»Ich habe Geld, ich könnte hier irgendwo ein Haus kaufen.« Sie wirkte zerbrechlich und in sich versunken, und ich dachte: Sie ist dabei, einen großen Fehler zu machen.

»Ich habe keine Ahnung von deinen finanziellen Verhältnissen und will nur sagen ...«

»Nimm mal an, dass ich über wachsende vier Millionen Dollar verfüge, plus Aktien, plus Immobilien.« Das klang so, als sage jemand: Ich habe ein Bankkonto mit vierunddreißig Mark zwanzig.

»Mit anderen Worten: Du brauchst nie mehr im Leben zu arbeiten und ...«

»Ich will aber arbeiten, Baumeister.«

»Und was?«

»Das weiß ich nicht, noch nicht. Ich will es rausfinden, ich muss das rausfinden. Ich werde ja irre bei diesem Leben im Hotel.«

»Dann lass dir aber Zeit, bitte. Wenn du ohnehin Immobilien besitzt – vielleicht ist da etwas dabei, in dem du leben und arbeiten kannst.«

»Ich sage dir das alles, weil ich deine und Rodenstocks und Emmas Hilfe brauche. Ich bin so ... ich bin so wurzellos.«

»Ahasver?«

»Ja, ja, der ewige Jude, die ewige Jüdin.« Sie lächelte kaum merklich.

»Ich versuche dir die ganze Zeit klarzumachen, dass du Ruhe und Gelassenheit haben musst. Wenn du jetzt in aller Hast hier oder bei Emma an der Mosel ein Haus kaufst, dann ist das verdammt riskant.«

»Ich werde warten, Baumeister, ich werde warten.« Sie sah mich an, nickte und ging hinaus. Da war ein deutlich neues Zeichen von Stolz, Würde und Selbstbewusstsein an ihr zu bemerken.

Das Licht draußen war Eifellicht, Sommerabend mit Wolken in weiter Ferne, mit der Ahnung von Hitze und flirrendem Staub, mit verbranntem Gras, mit Menschen in träger Unterhaltung vor ihren Häusern, mit jungen Vätern, die den Grill bedienten, und jungen Frauen, die Bierflaschen anschleppten und überlegten, ob der Kartoffel- und Nudelsalat wohl reichen würde.

Ingbert rief an und klang munter. »Ich habe gehört, Sie haben mich sozusagen gerächt. Dafür möchte ich danken, wenngleich ich mit dieser Art Gewalt überhaupt nicht umgehen kann.«

»Wissen Sie schon, wer die beiden sind?«

»Ja, das weiß ich. Hier waren eben Polizeibeamte, die mir erzählten, dass die beiden Schläger nicht von hier sind, sondern aus Dortmund. Sie arbeiten hier als Hilfsarbeiter auf dem Bau. Sie sind mit ziemlicher Sicherheit dafür bezahlt worden, aber zu beweisen ist das nicht, denn sie geben absolut nichts zu. Sie behaupten, ich hätte sie angerempelt, sie hätten sich nur gewehrt. Die Polizei macht mir keine große Hoffnung, dass bei den Nachforschungen irgendwelche brauchbaren Ergebnisse herauskommen. Haben Sie große ... ich meine, irgendwelche körperliche Schäden?«

»Nichts«, beruhigte ich ihn. »Ich bin ein zäher Mensch, mir tut einiges weh, aber das wird vorübergehen. Und Sie, wann werden Sie entlassen?«

»Im günstigsten Fall in einer Woche. Der Bruch ist so elend kompliziert. Aber ich nutze die Zeit, ich mache eine Dokumentation für Tessas Doktorarbeit.«

»Und dann wird vermutlich geheiratet?«

Eine Weile war es still.

»Nein, Herr Baumeister, wirklich nicht. Ich weiß, dass Tessa das merkwürdigerweise gern möchte, aber ebenso merkwürdigerweise hat sie mich noch nicht direkt gefragt. Sie plant eben gern.«

»Dann sollten Sie ihr das aber sagen«, schlug ich vorsichtig vor.

»Oh, das habe ich bereits getan. Etwa ein dutzend Mal. Aber sie hört auf dem Ohr so schlecht.« Er lachte behaglich. »Bin ich vorstellbar mit einer Chrysantheme im Knopfloch eines Stresemann?«

»Ehrlich, nein«, sagte ich inbrünstig.

»Bis bald!«, lachte er und hängte ein.

Ich nahm zwei Tabletten des Schmerzmittels und suchte nach Rodenstock. Er hatte sich im hintersten Gartenwinkel hinter dem kleinen Blechhäuschen für die Gartengeräte hingesetzt und starrte in den Abend.

»Wieso sind wir noch nicht bei diesem Landwirt gewesen? Bei diesem Gustav Mehring in Büscheich?«, fragte ich.

»Weil wir wissen, dass er ein hartleibiger Partner ist, dass er zwar Material hat, aber nichts herausrücken wird. Wenn wir zu ihm gehen und ihm zeigen, dass wir bereits ein Gesamtbild präsentieren können, und wenn wir ein wenig hinzubluffen, wird er vielleicht von seiner harten Linie abweichen. Es scheint mir die einzige Möglichkeit, ihn zu knacken. Du weißt ja, wenn ein Eifler nicht will, kann der Papst persönlich kommen und ihm was vorweinen, er wird behaupten, den Papst nicht erkannt zu haben. Außerdem will ich mich erst hier durchfinden.« Er wedelte mit den Aufzeichnungen des Dr. Xaver Manstein. »Ich wette, es gibt jemanden, von dem wir noch nie gehört haben. Es muss jemanden geben.«

»Und was soll dieser Jemand bewirkt haben?«

»Dass Tutut starb, Baumeister.«

»Was macht dich so sicher?«

»Ich bin gar nicht sicher, ich glaube nur fest daran.«

Ich legte mich ins Bett und las, bis mir die Augen zufielen. Irgendwann in der Nacht kam Esther und sagte mit verheulter Stimme: »Verdammte Hacke, kann ich ...?«

»Du kannst«, sagte ich in die Schwärze des Schlafzimmers.

Eine Stunde später stand sie auf, sagte wütend und sehr laut: »Mist!« und verschwand wieder. Sie hatte wohl begriffen, dass Fluchten in diese Dinge keinen Trost bringen, sondern nur neue Fragen.

Ich wachte auf und siehe da, es war eine christliche Zeit: Acht Uhr. Es gab keinen Quadratzentimeter an meinem heldischen Leib, der nicht schmerzte, aber irgendwie kam ich auf die Beine und schleppte mich ins Bad, wo Esther trällernd in der Wanne hockte und allerliebst tirilierte: »Ich brauche höchstens noch eine halbe Stunde!« Das liebe ich so an meinem offenen Haus: Der Besitzer hat echt Schwein, wenn er frühmorgens im Garten pinkeln gehen darf.

Emma stellte mir wortlos einen Becher Kaffee hin und bemerkte erst nach ein paar Minuten: »Du musst bei Esther vorsichtig sein.«

»Ach ja?«

»Ja, musst du. Sie ist in Wirklichkeit sehr empfindsam, sie ist ein Seelchen. Und sie möchte doch so gern etwas aus ihrem Leben machen.«

»Oh verdammt, sie war drauf und dran, hier oder bei dir an der Mosel aus dem Handgelenk ein Haus zu kaufen.«

»Ja, lass sie doch. Baumeister, sie hat Geld wie andere Leute Hausstaub. Wenn sie eine halbe Million in den Sand setzt, merkt sie es nicht mal. Lass sie doch.« Dann setzte sie sich mir gegenüber an den Tisch, sah mich eindringlich an und fragte: »Jetzt ohne Quatsch: Du hast Angst, nicht wahr?«

»Ja, habe ich.«

»Aber dafür kannst du sie nicht verantwortlich machen.«

»Mache ich auch nicht. Sie rückt mir nur zu dicht auf den Pelz.«

»Lass sie doch. Sie ist fair, das ist die Hauptsache. Was glaubst du, warum ist Wesendonker nicht nach Amerika gefahren?«

»Wahrscheinlich, weil er Maria Hansen nicht mehr wollte, weil sich irgendetwas anderes ergab.«

»Und wo ist der Richter geblieben und seine Geliebte, der Drache Wesendonker?«

»Im Preußischen irgendwo. Und wenn sie nicht gestorben sind, dann leben sie noch heute. Ich weiß nicht, ob wir das wissen müssen.«

»Ich will es wissen. Es war eine so große Liebe.« Sie klopfte bei jedem Wort auf die Tischplatte und sah richtig verbissen aus.

Dann ging es, wie häufig bei diesen Fällen, Schlag auf Schlag.

Rodenstock kam herein und sagte beinahe wütend: »Wesendonker lag sage und schreibe bis zum Heiligen Abend 1888 im Bett. Der Apotheker Toombers kam jeden Tag zweimal, eine Frau wurde angeheuert, die für Wesendonker kochte und ihm das Haus sauberhielt. Und dann muss im Jahr darauf etwas passiert sein, denn der Kaufmann Mogge, der schon einmal seine Kutsche zur Verfügung gestellt hatte, stellte sie erneut in den Dienst der Herrenrunde und brachte Wesendonker nach Euskirchen zum Bahnhof. Der Arzt Xaver Manstein hat Wesendonker insgesamt sechsmal zu Hause operiert und macht eine Bemerkung, die darauf hinausläuft, dass der rechte Arm des Mannes bis zu seinem Tod verkrüppelt sein wird. Kein Hinweis darauf, wohin Karl-Heinrich Wesendonker von Euskirchen aus fuhr. Sie haben ihn blitzschnell und heimlich aus dem Land geschafft. Aber weshalb und wohin? Wieso macht der Dr. Xaver Manstein keine Bemerkung dazu? Eines ist sicher: Der Richter Severus Brandscheid schrieb ihm einige Monate später einen Brief. Von der Ostsee, aus Bad Doberan, damals höchst modern und beliebt bei den reichen Leuten in Berlin. Er schreibt, er sei überaus glücklich mit seiner Frau, einer gewissen Eulalia Schnigger und ...«

»Großer Gott, auch die Frau hat den Namen des Michel Schneider angenommen«, hauchte ich. »Das ist dreist, das ist wirklich das Dreisteste, was man sich vorstellen kann.«

»Es kommt noch dreister«, grinste Rodenstock. »Er meldet vergnügt die Geburt von Zwillingen, zwei Mädchen. Und er teilt mit, seine Stellung dort als Chef des Amtsgerichtes sei keineswegs langweilig, sondern eher belustigend, weil die Anwohner des dortigen Landstrichs ähnliche Querköpfe seien wie die Eifler. Und er schreibt, die Geschichte mit Karl-Heinrich Wesendonker sei urkomisch und nicht zu glauben. Aber er schreibt nicht, warum das so ist, verdammt noch mal.«

»Also, eine der Liebesgeschichten endet schon mal gut«, murmelte Emma befriedigt. »Das ist hundert Prozent mehr als der normale Durchschnitt.«

»Also was nun?«, fragte ich.

»Zu diesem Landwirt Gustav Mehring«, bestimmte Rodenstock. »Ich melde uns an. Der Karl-Heinrich Wesendonker darf uns nicht verlorengehen, schließlich schrieb er den schönsten Liebesbrief meiner beruflichen Laufbahn. Er rühmte Eros, er rühmte die Wärme der Frau.« Leise lachend ging er hinaus.

Es dauerte nicht einmal dreißig Sekunden, bis er wieder in die Küche stürmte. »Der alte Herr liegt im Sterben. Der Sohn sagt, wir können kommen, aber er weiß nicht, ob der alte Mann mit uns reden will. Wir müssen es versuchen.«

Wir fuhren eine Viertelstunde später: Emma, Rodenstock, Esther und ich. Es hatte keinen Sinn, Tessa jetzt aufzutreiben, sie würde bei Ingbert sein und bestürzt vernehmen, dass er im Grunde gar nicht vorhatte, sie zu heiraten. Als wir in Gerolstein den Berg hochfuhren, sagte Rodenstock inbrünstig: »Manchmal kommt es vor, dass Sterbende in den letzten Stunden hellsichtig werden und erstaunlich klar sind.«

Es war ein altes Bauernhaus am linken Hang. Es war einer jener kleinen Bauernhöfe, die ihre Funktion längst verloren hatten und jetzt wahrscheinlich auf die Erben warteten, um umgebaut zu werden. Der Sohn des Gustav Mehring war ein stämmig gebauter Typ mit rabenschwarzen Haaren und ungewöhnlich hellen Augen.

Er lächelte leicht: »Also, es ist so, dass mein Vater noch Tage leben kann. Kann aber sein, dass er in fünf Minuten für immer einschläft. Als ich ihm gesagt habe, dass Sie kommen, wurde er richtig lebendig.« Er lachte leise. »Er ist schon ein Teufelsbraten. Na, kommen Sie mal. Ich weiß ja nicht, ob er Sie alle vier sehen will, aber das muss man ausprobieren.«

Es ging durch einen Flur, eng und dunkel, in ein geräumiges Schlafzimmer, in dem nur ein großes, altes Bett aus Eiche stand – für die Ewigkeit gebaut. Da lag der alte Gustav Mehring in schneeweißen Kissen und hatte ein Gesicht mit durchaus jugendlicher, weicher Haut und sehr hellen, wachen Augen.

Wir gingen überflüssigerweise auf Zehenspitzen, denn er sagte erstaunlich klar und bestimmt: »Lasst das mal, ich habs gern etwas lauter. Sind Stühle genug da? Nicht genug. Holst du noch zwei?«

Der Sohn verschwand und kehrte mit zwei Stühlen zurück. Dann saßen wir bei ihm wie gehorsame Schüler vor ihrem Lehrer. Der Sohn stand am Fenster.

»Wenn ihr rauchen wollt, dürft ihr rauchen«, sagte der Alte. Und dann: »Was wollt ihr denn?«

»Sie haben Unterlagen, Herr Mehring«, begann Rodenstock. »Wir kümmern uns um den Mord an Tutut am 24. August 1888, einem Freitag.«

»Wer kümmert sich denn um so was?«, fragte er mit einem völlig unbewegten Gesicht.

»Wir und Sie«, sagte Rodenstock sanft. »Was sind das für Unterlagen?«

»Eine Menge, junger Mann, eine Menge. Wir können drüber reden, aber ich gebe sie nicht raus.«

»Aber warum nicht?«

»Ich will das nicht«, stellte er fest. »Was wollen Sie denn wissen?«

»Wohin Karl-Heinrich Wesendonker verschwand, als er fluchtartig nach Euskirchen gebracht wurde. Und warum er verschwand. Und wo er dann lebte. Und wann er starb. Ferner wüssten wir gern, wer Tutut erschlug und wer alles dabei war. Nach unseren bisherigen Feststellungen können sieben Männer bei der Tat anwesend gewesen sein – und wahrscheinlich waren sie alle sieben dabei. Genau genommen müssen es acht gewesen sein, denn wir dürfen den Medizinalrat Dr. Xaver Manstein nicht vergessen. Den hatten sie wohl sicherheitshalber mitgenommen. Wir wissen auch, dass der Richter Brandscheid nach Bad Doberan an die Ostsee versetzt wurde und die Frau des Wesendonker – sie mit einem falschen Namen ausgestattet – heiratete und mit ihr Zwillinge bekam. Ihr falscher Name war Eulalia Schnigger – sie wohnte nämlich mit ihrem Mann in Schnigger Michels Haus. Denselben Namen wollte übrigens Karl-Heinrich Wesendonker benutzen, als er plante, mit der Bäuerin Maria Hansen nach Amerika durchzubrennen.«

»Das alles können Sie beweisen?«

»Hier ist ein Liebesbrief des Wesendonker an Maria Hansen«, sagte Rodenstock trocken und hielt ihm den Brief hin.

Die weißen Hände des Alten krochen auf das Papier zu. Er machte »hm«, nichts sonst. Dann las er in aller Ruhe den Brief. »Sehr schön«, stellte er fest. Dann kicherte er unvermittelt. »Der fehlt mir noch in meiner Sammlung. Woher ist der Brief, wenn er doch im Gepäck der Hansen mit nach Amerika gegangen ist?«

»Die Tragik ist«, seufzte Esther, »dass Maria Hansen diesen Brief nie bekam. Er sollte ihr zusammen mit dem Ticket für das Schiff ausgehändigt werden. Genau das aber passierte nicht. Irgendeine Panne im Büro des Reeders. Sie wusste also nichts und fing an zu zweifeln, ob Wesendonker sie weiterhin aufrecht liebte und auf jeden Fall nachkommen wollte ...«

»Jetzt beginne ich zu begreifen«, hauchte der Alte mit ganz großen Augen.

»Was begreifen Sie jetzt?«, fragte Emma.

»Später, später!«, sagte er. Er machte eine unwirsche Handbewegung.

»Wir haben noch etwas«, ließ Rodenstock in die Stille tropfen. »Wir haben die Aufzeichnungen des Arztes Dr. Xaver Manstein, den ganzen Fall betreffend. Die dürften Sie in Ihrer Sammlung auch nicht haben.«

»Haben Sie das hier?«, fragte der Alte sehr sachlich.

»Ja«, sagte Rodenstock und gab ihm das Kassabuch des Arztes. Dann schlug er vor: »Wir könnten tauschen.«

Der Alte erwiderte zunächst nichts, blätterte in dem Buch des Dr. Manstein, hielt sich mit einem Kommentar zurück und gab das Buch Rodenstock. »Tauschen?«

»Ja, tauschen«, sagte der Sohn vom Fenster her. »Wär doch nicht schlecht.«

»Du hälst dich da raus!«, sagte der Alte giftig.

»Ja, Papa«, murmelte der Sohn, lächelte aber dabei.

»Wie sind Sie eigentlich an das Material gekommen?«, fragte Emma in die Stille.

»Tja, wie kommt man an solche Sachen. Hier mal was, da mal was.«

»Ach, Papa!«, hauchte der Sohn vorwurfsvoll.

»Du hälst dich raus!«

»Es war der Dorflehrer und Historiker Adam Wölber, nicht wahr? Er wollte ganz harmlos eine Chronik Gerolsteins schreiben und stieß auf den toten Tutut. War es nicht so?« Ich sah ihn aufmerksam an.

Sein Gesicht bewegte sich nicht, die Augen weit offen starrte er gegen die Decke. »Wölber war mein Urgroßonkel«, sagte er endlich. »Er deckte die Schweinerei mit den Grundstücken unten in Gerolstein auf.«

»Was denn für Grundstücke?«, fragte Emma.

»Pelm-Gerolstein-Lissingen. Jede Menge Grundstücke. Sie gehörten zum Teil Adam Wölber und seinen Geschwistern. Er verkaufte sie nach und nach für den damals üblichen Preis. Er verdiente ja fast nix als Lehrer. Das war die Sache.«

»Wer kaufte die Grundstücke denn?«

»Die Skatrunde, die Herren im Hotel, der Stammtisch. Sie wussten etwas, was andere nicht wussten. Sie kannten nämlich die geplante Streckenführung der Eisenbahn und der Straßen, die im Zusammenhang damit gebaut werden sollten. So einfach war das. Die Herren wurden wohlhabend.«

»Und dann entdeckte Wölber ganz nebenbei den Mord an Tutut, stimmt's?« Emma fragte sehr freundlich.

»Dieser Zigeuner war ein bekannter Fall, den brauchte niemand zu entdecken. Sie haben ja alle darüber geredet, von hier bis Daun und Wittlich. Nein, nein, so wichtig war das zuerst nicht. Mein Urgroßonkel wollte eigentlich nur den Preisunterschied der Grundstücke zurückerstattet kriegen. Aber sie lachten ihn aus. Da schrieb er die Chronik. Und dann brannte sein Haus ab, und die Chronik verbrannte mit.«

»Brandstiftung?«, fragte Rodenstock.

»Das nehme ich an. Bewiesen worden ist es nie. Kein Mensch hat es untersucht. Aber er hat vorher einen Teil der Dokumente in einen Stahlkasten getan, als hätte er es geahnt. Und der Kasten lag all die Zeit in diesem Haus hier, denn hier wohnte ein Patenonkel von Adam Wölber. Das wusste Gott sei Dank niemand.«

Eine Weile herrschte Schweigen, der Raum schien immer kleiner zu werden, immer enger, immer bedrückender.

Dann sagte Rodenstock streng: »Herr Mehring, wir können Ihnen nicht Satz für Satz aus der Nase ziehen. Dann sitzen wir Weihnachten noch hier ...«

»Das wäre schön«, murmelte der Alte schnell und lächelte.

»Ich meine«, fuhr Rodenstock fort, »Sie sollten uns die Dokumente einsehen lassen. Wir nehmen sie Ihnen ja nicht weg, Sie sind und bleiben der Besitzer. Ich will ganz offen sein: Das plötzliche, unerklärliche Verschwinden von Karl-Heinrich Wesendonker können Sie doch auch nicht erklären.«

»Aber sicher doch«, sagte er schnell und fest. »Die Herren haben ja nicht nur wichtige Grundstücke für den Eisenbahnbau und die Stadtentwicklung gekauft, die wollten auch ihren Spaß mit den Frauen anderer.«

»Na, na, na«, murmelte Emma heftig.

»Es war so«, beharrte der Alte. »Hol den Kasten!«

Der Sohn ging hinaus und kehrte nach kurzer Zeit zurück. Er trug einen grob geschmiedeten Kasten, etwa vierzig Zentimeter lang, dreißig Zentimeter breit und zehn Zentimeter hoch. Das Schloss saß auf der Deckplatte, ein einfaches Schnappschloss mit einem großen, dicken Schlüssel. Der Sohn stellte den Kasten vor den Vater auf die Bettdecke und zog sich wieder an das Fenster zurück.

»Ich wusste, irgendwann würden Sie kommen. Ich habe noch nie mit jemandem ausführlich drüber geredet. Ich würde auch mit Ihnen nicht reden, wenn ich nicht wüsste, dass Sie über den Fall schreiben wollen. Zum ersten Mal will jemand drüber schreiben.« Er lächelte zufrieden. Er schloss den Kasten auf und griff hinein. Er holte ein Bündel alter Papiere heraus, das mit einem Gummiband zusammengehalten wurde. Er streifte das Gummiband ab und bedeutete seinem Sohn, den Kasten wegzunehmen. Der Kasten wurde auf einen runden Tisch gestellt, der in einer Ecke des Raumes stand.

»Hier ist zunächst einmal die Liste der Grundstücke, die die Herren kauften. Genau chronologisch registriert nach den Nummern im Katasteramt. Insgesamt sind es zweiundvierzig Grundstücke. Die Vorbesitzer sind genau benannt. Genau das wollte mein Urgroßonkel öffentlich machen.« Dann sah der Alte Rodenstock an: »Ja, er war ein Mann, der sich wehrte. Aber es war zu spät, er konnte nichts mehr erreichen. Sie können sich eine Kopie machen, ich will, dass die Originale in meiner Familie bleiben.«

»Das kann ich gut verstehen«, nickte Emma.

Der Alte murmelte gedankenverloren: »Er machte ihnen Feuer unter dem Arsch, er wollte sie eigentlich zum Tempel rausjagen.«

»Er schickte ihnen die Liste, nicht wahr?«, fragte Rodenstock.

»Richtig. Die Liste und einen anonymen Brief. Er schickte die Liste und den Brief anonym an das Hotel, in dem sie jeden Abend ihren Dämmerschoppen tranken. Er gab ihnen eine Woche Bedenkzeit. Hier ist der Brief. Kurz und bündig heißt es da:

Sehr geehrte Herren, dem Verfasser ist bekannt, dass Sie Ihr Wissen ausnutzten, sich Grundstücke im Bereich Pelm, Gerolstein und Lissingen zu kaufen, wobei Sie die trostlose wirtschaftliche Lage der Besitzer ausnutzten. Ich gebe Ihnen acht Tage Zeit, die Käufe rückgängig zu machen. Ich werde mich erneut melden.

Das war Wölbers Brief. Natürlich bekam er keine Antwort, und er erhielt auch kein Zeichen. Stattdessen wurde Tutut totgeschlagen. Ich nehme einmal an, dass sie glaubten, Tutut hätte nicht nur von den Frauen berichtet, sondern auch von den Grundstücken. Tutut kam überall rum, ich wette, er hat die Affären mit den Frauen ebenso gekannt wie den Kauf der Grundstücke über einen Zeitraum von vier Jahren. Tutut wusste das alles. Es existiert aber kein Hinweis, dass Adam Wölber jemals mit Tutut Kontakt hatte. Die Männer müssen in Panik geraten sein.«

»Waren sie alle dabei, als Tutut getötet wurde? Und wer schlug ihm den Schädel ein?«, fragte Rodenstock.

»Sie waren alle dabei«, nickte der alte Mann. »Da gibt es einen Brief, den jemand anonym an das Pfarramt in Gerolstein schickte. Der Mann muss zugegen gewesen sein, als Tutut starb. Da habe ich keinen Zweifel. Hier ist der Brief, datiert vom 24. August des Jahres 1891, also genau drei Jahre später:

Hochwürdigster Herr Pfarrer!

Ich befehle meine Seele dem Herrn. Ich will in einer wichtigen Angelegenheit dieser Gemeinde nicht mehr schweigen. Hier reden alle immer wieder von dem geheimnisvollen Tod des Zigeuners, der unter dem Namen Tutut bekannt war und der als Scherenschleifer, Bote, Gärtner u. ä. mit einem Tanzbären durch unser Land zog. Heute vor genau drei Jahren wurde er in Höhe Rockeskyll erschlagen. Er wurde verscharrt samt einem Reitpferd an der Südwestecke des alten Juddefriedhofs oben vor der Munterley. Dort stehen

Eichen. Eine Gruppe von sieben ehrenwerten Bürgern der Stadt näherte sich dem Zigeuner, um mit ihm zu verhandeln und ihm ein Schweigegeld anzubieten. Denn der Zigeuner wusste allerlei über höchst diskrete Geschäfte und höchst diskrete Liebschaften. In den Augen der sieben ehrenwerten Bürger war er höchlichst eine strenge Gefahr für dieses Gemeinwesen, denn er konnte nicht schweigen. Der Zigeuner stritt ab, etwas von diesen Dingen irgendjemandem erzählt zu haben. Und er wollte kein Geld nehmen, was vermuten ließ, dass ein Unbekannter ihm bereits für sein Wissen Geld gezahlt und das Wissen auch bekommen hatte. Es kam zu einem wilden Streit, in dessen Verlauf einer der sieben Bürger den Zigeuner unglücklich am Hinterkopfe traf, sodass dieser tot zu Boden stürzte. Der Tanzbär des Zigeuners geriet in Rage und riss sich los. Er zerfetzte einem der Bürger den rechten Arm, sodass der nur noch an einem Faden zu hängen schien. Dann griff das Tier ein Reitpferd an und riss es auf, sodass die Gedärme herausquollen und das Tier furchtbar schrie. Anschließend verschwand der Bär im Wald und wurde später von einem Jäger des Grafen von Manderscheid erlegt. Die Bürger brachten den Schwerverletzten nach Hause und schafften die Leiche des Zigeuners und den Körper des toten Pferdes hinauf zur Munterley, wo sie in aller Eile eine Grube aushoben und den Mann und das Tier vergruben. Dies schreibt jemand, der zugegen war, als alles das geschah. Der Herrgott möge meiner Seele gnädig sein.«

»Und der Pfarrer tat nichts«, sagte ich seufzend.

»Richtig. Der tat nichts, weil er genau wusste, was alles dahintersteckte. Wahrscheinlich war er auch viel zu feige, wahrscheinlich hielt er es mit der wohlhabenden Bürgerschaft. Pfarrer sind manchmal so.«

»Wie ist nun der Adam Wölber an den Brief gekommen?«, fragte Rodenstock.

Der Alte antwortete ohne jede Spur von Spott oder Schalk oder Ironie: »Ich vermute, er hat ihn einfach geklaut. Denn der Brief hier ist das Original. Er hat wahrscheinlich gehört, dass der Brief im Pfarramt liegt, hat irgendein anderes Interesse vorgeschoben und dabei den Brief mitgehen lassen. Das lernte ich langsam verstehen. Dieser Adam Wölber nämlich wurde damals um mindestens dreißigtausend Mark gebracht, was eine ungeheure Summe war. Und an dem Fall Tutut war er zunächst gar nicht interessiert. Er wollte die Grundstücksfrage klären.«

»Und Wesendonker?«, fragte Emma zaghaft.

»Tja, Wesendonker, der höchst beliebte Karl-Heinrich Wesendonker, der der Maria Hansen die Ehe versprochen hat und ihr dann nicht nachreiste.« Er grinste wie ein Gassenjunge. »Also, das ist wirklich ein Fall für sich.« Er bewegte die Hände etwas unruhig. »Aber ich habe ihn aufgetrieben, ich habe herausgefunden, wohin er sich abgesetzt hat. Sie werden es nicht glauben. Aber erst muss mal geklärt werden, weshalb die großen Bürger ihn so schnell verschwinden ließen.«

»Das wäre schön«, nickte Rodenstock andächtig.

Er war ein Bauer, aber er sprach so sachlich wie ein Banker, der Aktien zu verkaufen versucht. Und er sprach schnörkelos und formulierte ohne jede Mühe. Wahrscheinlich hatte er sich sein Leben lang mit diesem Fall beschäftigt, wahrscheinlich hatte er dauernd mit seinem eigenen Schatten darüber diskutiert.

»Also, ehrlich gestanden weiß ich nicht, woher mein Urgroßonkel, der Adam Wölber, alle die Informationen herhatte, die er mir hinterließ. Aber man muss sich vorstellen, dass damals ganz Gerolstein jahrelang über die Grundstücksgeschichte redete. Und dann kamen noch diese Frauengeschichten hinzu. Der Wesendonker mit der Maria Hansen, der Richter Brandscheid mit der Frau vom Wesendonker. Niemand wusste etwas Genaues, außer den Herren in der Skatrunde. Und die hätten nie ein Wort verlauten lassen, denn sie alle hatten sich mit den Grundstücken versorgt und durch den Weiterverkauf bereichert. Jeder von ihnen fürchtete den Skandal wie der Teufel das Weihwasser. Jeder in der Stadt bildete sich ein Urteil, jeder redete, jeder setzte auf seine Weise die angeblichen oder tatsächlichen Fakten aneinander. Manches von dem, was Adam Wölber aufgeschrieben hat, wird übertrieben gewesen sein oder sogar gelogen. Aber vieles stimmt einfach, wie ich später Stück für Stück selbst herausfand. Zu Wesendonker muss ich sagen, dass er als Steuereintreiber beliebt war, obwohl man das gar nicht für möglich halten kann. Aber er war so, er ließ fünf schon mal gerade sein, er wartete schon mal ein paar Monate, auch wenn es drängte. Ich habe ja nichts von dem Liebesbrief gewusst, den er der Hansen geschrieben hat. Und es stimmt: Es ist tragisch, dass die Hansen diesen Brief niemals bekam. Denn der Grund, weshalb Wesendonker über Nacht aus Gerolstein fortgeschafft wurde, lag in einem Brief. Und zwar schrieb die Maria Hansen ihrem früheren Ehemann einen Brief mit der Bitte, ihr zu vergeben. Und darin schrieb sie von Dingen, die dieser Mann eigentlich nicht wissen durfte. Und diesen Brief habe ich hier.«

»Wie sind Sie denn daran gekommen?«, fragte Esther. »Auch geklaut?«

»Nein. Der Brief wurde meinem Urgroßonkel von Hansen selbst überreicht. Hansen war blamiert worden, ihm war die Frau abgehauen. Und jetzt erfuhr er zum ersten Mal schwarz auf weiß, mit wem sie eigentlich hatte durchbrennen wollen. Und der Bauer Hansen, der später übrigens an die Mosel ging, war als jähzorniger Mann bekannt. Wesendonker hätte das nicht überlebt, er musste aus Gerolstein herausgebracht werden. Hier ist das kostbare Stück.« Er hielt einen vergilbten Umschlag in den Händen, öffnete ihn behutsam, zog die Papierbögen heraus und hielt sie hoch. »Sie kann kein Wort richtig schreiben, aber was sie schreibt, ist starker Tobak. Sie muss eine ungeheure Wut auf Wesendonker gehabt haben. Sie schreibt ohne Anrede einfach drauf los. Das hört sich so an:

Ich will mich noch mal melden, ein letztes Mal. Ich bin weit weg, und Du kannst mich nicht mehr erreichen. Du kannst mich auch nicht mehr bestrafen. Du kannst mich auch nicht mehr schlagen. Du wirst sehen, dass der Brief aus Amerika kommt, und in diesem riesigen Land wirst Du mich niemals finden. Ich habe diesen Brief einem Bekannten mitgegeben, der ihn tausend Meilen entfernt auf die Post tragen wird. Such mich also nicht, denn ich trage auch nicht mehr Deinen Namen.

Ich schreibe Dir, weil ich Dich um Verzeihung bitten will. Eine gute Frau rennt ihrem Mann nicht weg. Ich bin keine gute Frau, ich weiß auch nicht, was eine gute Frau ist. Ich musste raus aus diesem Hexenhof, ich wollte weiterleben. Und dann kam dieser Steuerkassierer Karl-Heinrich Wesendonker, vor dem Du Dich immer im Heu oder auf dem Kornboden versteckt hast. Ja, es stimmt, ich habe ihm gehört, viele, viele Male. Ich muss auch zugeben, dass ich ihn geliebt habe. Er hat mir die Schiffsreise in dieses Land bezahlt, er hat mir eine Kennkarte auf einen anderen Namen geschenkt, er hat gesagt, er geht mit mir nach Amerika, er lebt mit mir und hat vielleicht Kinder mit mir. Er hat gesagt, mein ganzes Leben wird anders sein, ich werde mich sicher fühlen, ich werde seine richtige Ehefrau. Namen sind in diesem Lande Schall und Rauch.

Er ist nicht gekommen, und ich weiß nicht, warum er nicht gekommen ist. Er hatte wohl nur seinen Spaß im Sinn, er hat mich gebraucht, so wie Du damals die Magd gebraucht hast, die wir mal hatten. Jetzt habe ich einen Mann, der mich heiraten wird und der sagt, ich gehöre zu ihm. Er ist ruhig und schlägt mich nicht und zwingt mich nie zu Sachen, die ich nicht machen will. Ich bitte Dich, mir zu verzeihen, wenn Du das kannst.

Ich werde nie mehr zurückkehren, denn ich lebe in einem Blockhaus, wie man das hier nennt: ein großes Haus, ganz aus Holz mit sechs Räumen. Wir haben schöne Petroleumlampen in jedem Zimmer. Und in jedem Zimmer steht ein Ofen aus Eisen. Und wir werden im nächsten Sommer ein Haus aus Stein bauen, und ich glaube, ich werde ein Kind kriegen. Du kannst Dir nicht vorstellen, wieviel Angst ich davor hatte, ein Kind von Dir zu kriegen.

Auf unseren Weiden stehen jetzt hundertzwanzig Stück Vieh und im nächsten Jahr werden es doppelt oder dreimal so viel sein. Im Frühling, wenn die Weiden erstmalig blühen, wird ein Pfarrer kommen, der uns trauen wird, denn eine Kirche haben wir noch nicht und wenn wir einen Nachbarn besuchen wollen, so sind wir gute sechs Stunden mit dem Pferd unterwegs.

Dies ist ein großes Land, und wir haben so viel davon, dass wir vier Stunden stramm reiten müssen, wenn wir einmal rundkommen wollen.

Ich bitte unseren Herrgott jeden Tag, mir zu vergeben. Und vielleicht vergibt er mir, wenn ich dann zu ihm komme und meine Reise auf Erden zu Ende ist. Ich habe manchmal geglaubt, dass Du mich nur geschlagen hast, weil Du mit Deinem Schicksal haderst und nicht weißt, wie das Leben weitergehen kann. Aber das ist jetzt egal. Du bist immer in die Kirche gerannt, jeden Sonntagmorgen, und ich habe immer gehofft, dass Du aufhörst, mich zu schlagen und anzubrüllen wie das Vieh. Und dann wollte ich nur noch weg. Gott möge die Männer strafen, die ihre Frauen schlimm behandeln. Die Frau aus Amerika, die mal Deine war.

Das schrieb sie also, und das hat mich sehr nachdenklich gemacht damals, als ich den Brief las. Dieser Hansen übrigens ging an die Mosel, wie ich schon sagte. Und er soll sich später aufgehängt haben, weil er auch dort niemals richtig Fuß fasste.«

Wir schwiegen eine Weile, dann flüsterte Esther: »Das ist der Fall der erschütternden Briefe. Haben Sie denn rausgefunden, was aus Maria wurde?«

»Ja, ich fand es heraus. Sie siedelten in der Gegend, die heute das Silikon-Valley genannt wird. Sie bekam noch zwei Kinder. Und einer ihrer Enkel, ein Mann namens George Smith, war als amerikanischer Offizier bei der Fronttruppe, die sich als Speerspitze 1944 durch die Eifel vorwärts kämpfte und den Rheinübergang bei Remagen erreichte. So klein ist die Welt.«

»Ich verstehe etwas nicht«, murmelte Rodenstock, vollkommen versunken in seiner Welt. »Wir werden niemals erfahren, wer Tutut den Schädel einschlug, und eigentlich ist es auch bedeutungslos. Wir wissen, dass die Männer damals einen Riesenskandal befürchteten und stark unter Angst und Panik gelitten haben. Wie konnten denn die hochwerten Herren von diesem Brief der Maria Hansen an ihren Mann überhaupt erfahren? Das Postgeheimnis war doch heilig. Wie konnten sie vorher wissen, was in diesem Brief stehen würde?«

»Darüber habe ich auch gegrübelt«, sagte der Alte. Seine Stimme war ganz leise geworden. »Wahrscheinlich haben sie die gesamte Post, die in Gerolstein ankam, überprüft. Wahrscheinlich gab es auf dem Postamt irgendeinen Menschen, der zu ihnen rannte und sagte: Da ist ein Brief an den Hansen aus Amerika! Sie haben den Brief geöffnet und wussten: Jetzt kommt es zum Skandal.«

»Aber sie hätten den Brief einfach vernichten können«, sagte Emma strikt.

»Richtig, hätten sie.« Der Alte kratzte sich am Kinn. »Aber vielleicht ging das in ihren Augen zu weit. Hansen hat den Brief bekommen, las ihn, aber Wesendonker war verschwunden. Wesendonker hat gelesen, dass Maria ihn hasste. Er hat möglicherweise vorgehabt, doch noch nach Amerika zu gehen. Als er jedoch den Brief las, wird er gedacht haben: Nie mehr nach Amerika!«

»Da gibt es noch einen Punkt, den ich geklärt haben will. Der Richter Severus Brandscheid liebt die Frau des Wesendonker. Dass er ihr falsche Papiere verschafft hat, ist klar. Aber ihr Ehemann liegt zu Hause, ist schwerverwundet. Wie hat seine Ehefrau Gerolstein verlassen können, ohne ihrerseits einen Skandal auszulösen?«

»Ganz einfach«, antwortete der Alte. »Das ist wirklich der Fall der Briefe. Sie hat nämlich an sämtliche Freundinnen und Bekannte Briefe geschrieben. Und zwar so, dass sie ganz nebenbei erwähnte, sie werde notgedrungen nach Berlin reisen müssen, um ihre kranke Mutter zu pflegen. Die Mutter wohnte natürlich gar nicht in Berlin, aber das interessiert in so einem Fall niemanden. Sie schuf sich eine perfekte Erklärung für ihre Abreise. Und sie reiste ab. Und sie besorgte ihrem Ehemann vorher noch eine Haushälterin aus Gerolstein, die den Mann bekochte und das Haus sauberhielt. Severus Brandscheid reiste ihr nach, ging dann mit ihr zusammen von Berlin aus nach Bad Doberan. Sie werden zwei dieser Briefe von Frau Wesendonker in diesen Unterlagen finden. Es war übrigens schwer, diese Briefe aufzutreiben. Aber diese hier waren an Freundinnen in Gerolstein gerichtet, die blieben erhalten, Adam Wölber hat sie irgendwie ausgegraben.«

Die Sonne strahlte grell durch die Gardinen am Fenster, in der Luft flimmerte Staub.

»Jetzt die Frage aller Fragen«, lächelte Emma. »Wohin verschwand unser allseits geliebter Karl-Heinrich Wesendonker?«

»Tja«, strahlte der Alte. »Da bin ich richtig stolz auf mich. Es war mitten in der Nacht, als die Kutsche vorfuhr und ihn im Galopp abtransportierte nach Euskirchen. Adam Wölber hat herausgefunden, dass er in Köln zunächst in irgendeinem Steuer-Zentralamt für diesen Teil Preußens tätig war. Er wohnte auch in Köln, die Adresse habe ich. Und dann, etwa ein dreiviertel Jahr später, war er plötzlich wie vom Erdboden verschwunden. Zuerst nahm Wölber an, Wesendonker sei nach Amerika gegangen, um seine Maria doch noch zu suchen. Aber dann fand er durch Zufall heraus, dass Wesendonker seinen Namen gewechselt hatte. Er nannte sich nicht mehr Wesendonker, sondern Wesendonker-Schnigger. Er hatte also einen Doppelnamen eintragen lassen. Und wer Verwaltungen kennt, der weiß, dass hinter so etwas ein Plan stecken kann, der ...«

»Er nannte sich irgendwann nur noch Schnigger, wetten?«, fragte ich.

»Richtig!«, strahlte der Alte. »Der Kandidat gewinnt ein Wasserschloss am Niederrhein. Ein preußischer Beamter, der Zeit hat, kann seinen Namen langsam und systematisch ändern. Er braucht nur im Zeitraum von einigen Jahren zweimal angeben, sein Pass sei verloren gegangen. Irgendwann wurde aus Karl-Heinrich Wesendonker Karl-Heinrich Wesendonker-Schnigger und dann letztlich Karl-Heinrich Schnigger. Und dieser Karl-Heinrich Schnigger taucht eines Tages, genau fünf Jahre nach den Ereignissen in Gerolstein, als Leiter einer kleinen Steuerstelle wieder auf und lebt sein Leben friedlich und unbeweibt zu Ende.«

»Wo?«, fragten Rodenstock und ich gleichzeitig.

Der Alte begann hoch und schrill zu kichern. »In Bad Münstereifel in der schönen Eifel.«

Das Gelächter war gewaltig, und ich spürte eine Art sanfte Sympathie für diesen Wesendonker in mir. Was, um Gottes Willen, war an seinem Leben so sündig? Dass er geliebt hatte? Dass er dabei war, als Tutut starb? Dass er womöglich – obwohl zu verurteilen – in Angst und Panik selber zuschlug? Rodenstock hatte recht: Wer ohne Sünde ist, der werfe den ersten Stein.

Der Alte fragte: »Sagt mal, Leute, wann wird denn die Geschichte erscheinen?«

»Das kann dauern. Ein Jahr oder auch zwei«, sagte Emma. »Schließlich wird es eine Doktorarbeit.«

»So lange?«, fragte er misstrauisch. »Na gut. Dann wird der liebe Herrgott noch ein wenig auf mich warten müssen. Junge, schieb mich in die Sonne, ich fühle mich gut.«

KBV-KRIMI

Jacques Berndorf

Der letzte Agent

KBV-Krimi Nr. 134
Taschenbuch 281 Seiten
ISBN 978-3-937001-51-7

Der Journalist Siggi Baumeister hat alle Hände voll zu tun. Nicht nur mit der gräßlich zugerichteten Leiche, die er im Eifelwald findet, gewissermaßen fast vor seiner Haustür. Auch eine resolute alte Dame aus Berlin tritt plötzlich auf den Plan und stellt sich als seine Tante Anni vor. Baumeister hat noch nie von ihr gehört. Und schließlich entpuppt sie sich als eine mit allen Wassern gewaschene Frau vom Fach, eine pensionierte Kripo-Kommissarin. Baumeister kann jede Hilfe gebrauchen, denn die Fährte, die er verfolgt, führt ihn direkt zu einem alten Stasi-Komplott, das man erschreckend wendig der neuen politischen Situation angepasst hat. Nur eines hat man beim Alten belassen: die Entschlossenheit, lästige Störenfriede gnadenlos zu liquidieren …

Jacques Berndorf

Requiem für einen Henker

KBV-Krimi Nr. 150
Taschenbuch 309 Seiten
ISBN 978-3-937001-72-2

Es hätten für Siggi Baumeister ruhige Wintertage in der Abgeschiedenheit der Eifel werden können. Der Schnee fällt, die Katze erwartet Junge, und es muss Holz für den Ofen gehackt werden. Doch dann schickt ihn ein Nachrichtenmagazin zur Recherche in das Bonner Regierungsviertel, und mit einem Mal beginnt für ihn ein Albtraum. Er stolpert in das hektische Treiben einer Mordkommission. Ein Landstreicher wurde erschlagen, eigentlich höchstens eine Zehn-Zeilen-Meldung. Doch Baumeisters journalistischer Instinkt schlägt Alarm. Der Tote, soviel steht schnell fest, war nicht der, für den man ihn hielt. Die Ungereimtheiten häufen sich, Recherchen sollen halboffiziell unterbunden werden, er merkt erst fast zu spät, dass der Preis für seine Nachforschungen sein eigenes Leben sein könnte und dass er sich mit Leuten angelegt hat, vor denen er auch in der Eifel keinen Unterschlupf findet.

Jacques Berndorf (Hg.)

Mords-Eifel

KBV-Krimi Nr. 124
Taschenbuch, 192 Seiten
ISBN 978-3-937001-14-2

Jacques Berndorf hat die Eifel berühmt gemacht. Die Auflagen seiner Kriminalromane aus dieser Landschaft im Wilden Westen Deutschlands erreichen Millionenhöhe. Seine Titel wie »Eifel-Wasser« oder »Eifel-Liebe« erklimmen regelmäßig die Bestsellerlisten.
In diesem KBV-Sammelband hat der Erfinder des »Eifelkrimis« seine schwarzen Schafe um sich versammelt: Carola Clasen, Ralf Kramp, Gisbert Haefs, Carsten-Sebastian Henn und viele andere haben ihre literarischen Leichen in eine raue Landschaft gelegt, die tatsächlich wie geschaffen scheint für Kriminalgeschichten aller Art. In knapp zwanzig mörderischen Eifel-Kurz-krimis bieten Berndorf & Co. spannendste Unterhaltung.

KBV-KRIMI

Carola Clasen

Tot und begraben

KBV-Krimi Nr. 108
Taschenbuch, 240 Seiten
ISBN 3-937001-03-4

Von einem Tag auf den anderen kostet eine Beerdigung im kleinen, beschaulichen Eifelort Oberprüm nur noch die Hälfte. Kein Wunder, dass die Konkurrenz den Leichenwagen von nun an nicht mehr aus den Augen lässt. Die Bestatter Paul und Peter Schlangensief haben offensichtlich eine todsichere Geschäftsidee entwickelt, dank derer sie allen anderen eine Nasenlänge voraus sind. Zur gleichen Zeit gibt der einsame Witwer Wilden eine Heiratsannonce auf. Als er endlich einen Brief und ein Foto erhält, verliebt er sich Hals über Kopf in die schöne Sybille. Sein Glück scheint perfekt. Doch dann geht es plötzlich mit seiner Gesundheit rapide bergab.

»*... die Handschrift macht Appetit auf mehr!*« (Das Magazin)

»*... die Crime Lady unter den Eifelkrimiautoren*« (Trierischer Volksfreund)

Carola Clasen

November-nebel

KBV-Krimi Nr. 93
Taschenbuch, 185 Seiten
ISBN 3-934638-93-7

Die Krimiautorin Julia Kirschbauer befindet sich nach einer Lesung in Trier auf einer einsamen nächtlichen Autofahrt nordwärts durch die Eifel.
Nebel ... Angst ...
Man sieht nicht einmal fünf Meter weit. Und dann sind da plötzlich diese grellen Scheinwerfer! Wenige Augenblicke später ist Julia Kirschbauer spurlos verschwunden.
Die Trierer Kommissarin Sonja Senger wird mit dem Fall beauftragt. Gemeinsam mit ihrem undurchsichtigen Kölner Kollegen Roman Zorn begibt sie sich auf die Suche nach der verschwundenen Autorin und entdeckt dabei verborgene Eifler Eigenarten, die selbst der dichte Novembernebel nicht zu verhüllen vermag.

»Die Queen of Eifel-Crime«
(Trierischer Volksfreund)

Carola Clasen

Das Fenster zum Zoo

KBV-Krimi Nr. 96
Taschenbuch, 201 Seiten
ISBN 3-934638-83-X

Als der Kölner Zoo am Morgen seine Pforten öffnet, hat die vergangene Nacht grausige Spuren hinterlassen: Im Käfig des Grizzly liegt die zerfetzte Leiche eines jungen Mannes. Der verstümmelte Körper gehört Ben Krämer, einem Fotografen, der im Zoo auf Tippvisite war.
Ist er aus Unachtsamkeit in die Fänge des Bären geraten?
Die Tierpflegerin Nelly Luxem scheint etwas zu verbergen zu haben, und der frisch pensionierte Kommissar und Zooliebhaber Lorenz Muschalik versucht ganz behutsam hinter ihr dunkles Geheimnis zu dringen.

»Carola Clasen versteht es, mit den klassischen Versatzstücken des Kriminal- und Schauerromans zu spielen.«

(Kölner Stadt-Anzeiger)

KBV-KRIMI

Ralf Kramp
Tief unterm Laub
KBV-Krimi Nr. 11
Taschenbuch, 256 Seiten
ISBN 3-934638-11-2

Ein alter Mann wird überfahren. Nur ein Unfall? Einige Zeit später kommt sein ehemaliger Zivi beim Sturz aus dem Fenster seiner Dachwohnung ums Leben. Selbstmord? Laurentius Bock, Besitzer eines kleinen Copy-Shops, wird unfreiwillig in den rätselhaften Fall hineingezogen. Zusammen mit Lindy, der Freundin des jungen Mannes, versucht er, die Hintergründe der seltsamen Geschehnisse aufzudecken. Die Spur führt in die Eifel, doch auch hier ist die Welt nicht mehr in Ordnung, und das schon seit vielen, vielen Jahren.

»... Wirklich gelungen ... Brillant ... Sehr gut!« (Jacques Berndorf)

»Kramps brillanter Krimi fesselt bis zur letzten Seite.« (Das neue Buch / Buchprofile)

Ralf Kramp
Der neunte Tod
KBV-Krimi Nr. 44
Taschenbuch, 256 Seiten
ISBN 3-934638-44-9

Herbie Feldmanns dritter Fall. Er hütet das protzige Haus seiner Tante, und sein ständiger Begleiter Julius ahnt bereits Böses, als Herbie in jener kalten Winternacht einem Obdachlosen Asyl gewährt. Und er behält Recht. Tante Hettis Kostbarkeiten werden bei Nacht und Nebel gestohlen, und Herbie hat seine liebe Mühe, die teuren Stücke wiederzubeschaffen. Das kann er nur, wenn er den Landstreicher auftreibt. Der nennt sich »Mikesch«, wie der Kater, und glaubt, ebenso wie der, neun Leben zu haben und auch neun Tode. Und ganz plötzlich, auf schreckliche Weise, kommt schließlich auch der neunte ...

»... der lokale Meister des schwarzen Humors.« (Kölner Stadt-Anzeiger)

Ralf Kramp
Still und starr
KBV-Krimi Nr. 51
Taschenbuch, 185 Seiten
ISBN 3-934638-51-1

Marcus Mathei kehrt zurück. Aus seiner gescheiterten Ehe heraus flüchtet er in ein kleines Nest in der Eifel, kehrt zurück an die Stätte seiner Jugend. Dort sucht er Ablenkung vom drohenden Scheidungsdesaster, Erholung von der Stadt und Ruhe von seinem nervenaufreibenden Job in der Werbeagentur, der auf der Kippe steht.
Doch als er in das Dorf zurückkehrt, in dem sich sein Vater, der Dorfarzt, vor Jahren das Leben nahm, wird es nicht nur eine Reise in seine eigene Jugend auf dem Land.
Alles deutet darauf hin, dass mit seiner Rückkehr auch der Tod Einzug in das Dorf hält. Die übel zugerichtete Leiche eines Bahnarbeiters wird gefunden, und es sieht ganz so aus, als würde dies nicht der einzige Tote bleiben.